Daniel Pennac

La fée
carabine

Gallimard

« *Et personne ne sauva personne par l'épée.*
Ça nous changeait, le chien et moi. »

Robert Soulat
(*L'Avant-Printemps*)

« *Vieillir, hélas!* disait mon père, *mais*
c'est le seul moyen que j'aie trouvé de ne pas
mourir jeune. »

A la Sécu

*Pour Igor, pour André Vers,
Nicole Schneegans, Alain Léger
et Jean-François Carrez-Corral.
Et chaque mot en souvenir de
Jean et de Germaine.*

I

LA VILLE, UNE NUIT

*La ville est l'aliment préféré
des chiens.*

1

C'était l'hiver sur Belleville et il y avait cinq personnages. Six, en comptant la plaque de verglas. Sept, même, avec le chien qui avait accompagné le Petit à la boulangerie. Un chien épileptique, sa langue pendait sur le côté.

La plaque de verglas ressemblait à une carte d'Afrique et recouvrait toute la surface du carrefour que la vieille dame avait entrepris de traverser. Oui, sur la plaque de verglas, il y avait une femme, très vieille, debout, chancelante. Elle glissait une charentaise devant l'autre avec une millimétrique prudence. Elle portait un cabas d'où dépassait un poireau de récupération, un vieux châle sur ses épaules et un appareil acoustique dans la saignée de son oreille. A force de progression reptante, ses charentaises l'avaient menée, disons, jusqu'au milieu du Sahara, sur la plaque à forme d'Afrique. Il lui fallait encore se farcir tout le sud, les pays de l'apartheid et tout ça. A moins qu'elle ne coupât par l'Erythrée ou la Somalie, mais la mer Rouge était affreusement gelée dans le caniveau. Ces supputations gambadaient sous la brosse du blondinet à loden vert qui observait la vieille depuis son trottoir. Et il se trouvait une assez jolie imagination, en l'occurrence, le blondinet. Soudain, le châle de la vieille se déploya comme une voilure de chauve-souris et tout s'immobilisa. Elle avait perdu l'équilibre ; elle venait de le retrouver. Déçu, le blondinet jura entre ses dents. Il avait toujours trouvé amusant de voir quelqu'un se casser la figure. Cela faisait partie du désordre de sa tête blonde. Pourtant, vue du dehors, impeccable, la petite tête. Pas un poil plus haut que l'autre, à la surface drue de la brosse. Mais il n'aimait pas trop les vieux. Il les trouvait vaguement sales. Il les imaginait *par en dessous*, si on peut dire. Il était donc là, à se demander si la vieille allait se rétamer ou non sur cette banquise africaine, quand il aperçut deux autres personnages sur le trottoir d'en face, qui n'étaient d'ailleurs pas sans rapport avec l'Afrique : des Arabes. Deux. Des Africains du Nord, quoi, ou des Maghrébins, c'est selon. Le blondinet se demandait toujours comment les dénommer pour ne pas faire raciste. C'était très important avec les opinions qui étaient les siennes de ne pas faire raciste. Il était Frontalement National et ne s'en cachait pas. Mais justement, il ne voulait pas s'entendre dire qu'il l'était *parce que* raciste. Non, non, comme on le lui avait jadis appris en grammaire, il ne s'agissait pas là d'un rapport de cause, mais de conséquence. Il était Frontalement National, le blondinet, *en sorte qu*'il avait eu à réfléchir objectivement sur les dangers de l'immigration sauvage ; et il avait conclu, en tout bon sens, qu'il fallait les virer vite fait, tous ces crouilles, rapport à la pureté du cheptel français d'abord, au chômage ensuite, et à la sécurité enfin. (Quand on a autant de bonnes raisons d'avoir une opinion saine, on ne doit pas la laisser salir par des accusations de racisme.)

Bref, la vieille, la plaque en forme d'Afrique, les deux Arabes sur le trottoir d'en face, le Petit avec son chien épileptique, et le blondinet qui gamberge... Il s'appelait Vanini, il était inspecteur de police et c'était surtout les problèmes de Sécurité qui le travaillaient, lui. D'où sa présence ici et celle des autres inspecteurs en civil disséminés dans Belleville. D'où la paire de menottes chromées bringueballant sur sa fesse droite. D'où son arme de service, serrée dans son holster, sous son aisselle. D'où le poing américain dans sa poche et la bombe paralysante dans sa manche, apport personnel à l'arsenal réglementaire. Utiliser d'abord celle-ci pour pouvoir cogner tranquillement avec celui-là, un truc à lui, qui avait fait ses preuves. Parce qu'il y avait tout de même le problème de l'Insécurité ! Les quatre vieilles dames égorgées à Belleville en moins d'un mois ne s'étaient pas ouvertes toutes seules en deux !

Violence...

Eh ! oui, violence...

Le blondinet Vanini coula un regard pensif vers les Arabes. On ne pouvait tout de même pas les laisser saigner nos vieilles comme des chèvres, non ? Soudain le blondinet éprouva une vraie émotion de sauveteur ; il y avait les deux Arabes, sur le trottoir d'en face, qui causaient, mine de rien, dans leur sabir à eux, et lui, l'inspecteur Vanini, sur ce trottoir-ci, tout blond de la tête, avec au cœur ce sentiment délicieux qui vous réchauffe juste au moment où on va plonger dans la Seine vers la main qui s'agite. Atteindre la vieille avant eux. Force de dissuasion. Aussitôt mise en application. Voilà le jeune inspecteur qui pose un pied sur l'Afrique. (Si on lui avait dit qu'il ferait un jour un pareil voyage...) Il progresse à grands pas assurés vers la vieille. Il ne glisse pas sur le verglas, lui. Il a aux pieds ses brodequins à crampons, ceux-là mêmes qu'il ne quitte plus depuis sa Préparation Militaire Supérieure. Le voici donc qui marche sur la glace au secours du troisième ou quatrième âge, sans perdre les Arabes de l'œil, là-bas, en face. Bonté. Tout en lui, maintenant, n'est que bonté. Car les frêles épaules de la vieille dame lui rappellent tout à coup celles de sa grand-mère à lui, Vanini, qu'il a tant aimée. Aimée après sa mort, hélas! Oui, les vieux meurent souvent trop vite; ils n'attendent pas l'arrivée de notre amour. Vanini en avait beaucoup voulu à sa grand-mère de ne pas lui avoir laissé le temps de l'aimer vivante. Mais enfin, aimer un mort, c'est tout de même mieux que de ne pas aimer du tout. C'est du moins ce que pensait Vanini, en s'approchant de cette petite vieille qui vacillait. Même son cabas était émouvant. Et son appareil auditif... La grand-mère de Vanini aussi avait été sourde durant les dernières années de sa vie, et elle faisait le même geste que cette vieille dame, maintenant : régler sans arrêt l'intensité de son appareil en tournant la petite molette entre l'oreille et les rares cheveux de cette partie du vieux crâne. Ce geste familier de l'index, oui, c'était tout à fait la grand-mère de Vanini. Le blondinet, maintenant, ressemblait à de l'amour fondu. Il en aurait presque oublié les Arabes. Il préparait déjà sa phrase : « Permettez-moi de vous aider, grand-mère », qu'il prononcerait avec une douceur petit-filiale, presque un murmure, pour que cette brusque irruption du son dans l'amplificateur auditif ne fît pas sursauter la vieille dame. Il n'était plus qu'à un grand pas d'elle, à présent, tout amour, et c'est alors qu'elle se retourna. D'une pièce. Bras tendu vers lui. Comme le désignant du doigt. Sauf qu'en lieu et place de l'index, la vieille dame brandissait un P. 38 d'époque, celui des Allemands, une arme qui a traversé le siècle sans se démoder d'un poil, une antiquité toujours moderne, un outil traditionnellement tueur, à l'orifice hypnotique.

Et elle pressa sur la détente.

Toutes les idées du blondinet s'éparpillèrent. Cela fit une jolie fleur dans le ciel d'hiver. Avant que le premier pétale en fût retombé, la vieille avait remisé son arme dans son cabas et reprenait sa route. Le recul lui avait d'ailleurs fait gagner un bon mètre sur le verglas.

2

Un meurtre, donc, et trois témoins. Seulement, quand les Arabes ne veulent rien voir, ils ne voient rien. C'est une habitude étrange, chez eux. Ça doit tenir à leur culture. Ou à quelque chose qu'ils auraient trop bien compris de la nôtre. Ils n'ont donc rien vu, les Arabes. Probable qu'ils n'ont même pas entendu : « Pan ! »

Restent le gosse et le chien. Mais le Petit, lui, ce qu'il a vu, derrière ses lunettes cerclées de rose, c'est cette métamorphose de tête blonde en fleur céleste. Et ça l'a tellement émerveillé qu'il a pris ses jambes à son cou pour venir nous raconter ça à la maison, à moi, Benjamin Malaussène, à mes frères et à mes sœurs, aux quatre grands-pères, à ma mère et à mon vieux pote Stojilkovicz qui est en train de me foutre la pâtée aux échecs.

La porte de l'ex-quincaillerie qui nous sert d'appartement s'ouvre à la volée sur le Petit qui se met à gueuler :

— Eh ! J'ai vu une fée !

La maison ne s'arrête pas de tourner pour autant. Ma sœur Clara, qui prépare une épaule d'agneau à la Montalban, demande juste, avec sa voix de velours :

— Ah ! oui, Petit ? Raconte-nous ça...

Julius le Chien, lui, va direct inspecter sa gamelle.

— Une vraie fée, très vieille et très sympa !

Mon frère Jérémy en profite pour tenter une sortie hors de son boulot :

— Elle t'a fait tes devoirs ?

— Non, dit le Petit, elle a transformé un mec en fleur !

Comme personne ne réagit plus que ça, le Petit s'approche de Stojilkovicz et de moi.

— C'est vrai, oncle Stojil, j'ai vu une fée, elle a transformé un mec en fleur.

— Ça vaut mieux que le contraire, répond Stojil sans quitter l'échiquier des yeux.

— Pourquoi ?

— Parce que le jour où les fées transformeront les fleurs en mecs, les campagnes ne seront plus fréquentables.

La voix de Stojil ressemble à Big Ben dans le brouillard d'un film londonien. Si profonde, on dirait que l'air palpite autour de vous.

— Echec et mat, Benjamin, mat à la découverte. Je te trouve bien distrait, ce soir...

*

Ce n'est pas de la distraction, c'est de l'inquiétude. Mon œil n'est pas vraiment sur l'échiquier. Mon œil épie les grands-pères. Mauvaise heure pour eux, le coucher du soleil. C'est entre chien et loup que le démon de la dope les démange. Leur cervelle réclame la sale piquouse. Ils ont besoin de leur dose. Pas le moment de les perdre de vue. Les enfants comprennent la situation aussi bien que moi et chacun fait de son mieux pour occuper son grand-père attitré. Clara demande toujours plus de précisions à Papy-Rognon (ex-boucher à Tlemcen) sur l'épaule d'agneau à la Montalban. Jérémy, qui redouble sa cinquième, prétend vouloir tout connaître de Molière, et le vieux Risson, son grand-père à lui (un libraire à la retraite) multiplie les indiscrétions biographiques. Maman, immobile dans son fauteuil de femme enceinte, se laisse indéfiniment friser et défriser par Papy-Merlan, l'ancien coiffeur, pendant que le Petit supplie Verdun (le doyen des quatre grands-pères, 92 berges!) de l'aider à remplir sa page d'écriture.

Chaque soir c'est le même rituel : la main de Verdun tremble comme une feuille, mais, à l'intérieur, celle du Petit la stabilise, et l'aïeul croit dur comme fer qu'il trace ses anglaises aussi joliment qu'avant la Première Guerre. Il est triste, pourtant, Verdun, il fait écrire au Petit un seul prénom sur son cahier : *Camille, Camille, Camille, Camille...* sur toute la longueur des lignes. C'est le prénom de sa fille, morte il y a 67 ans, à l'âge de six ans, juste à la fin de la Der des Ders, fauchée par l'ultime rafale, celle de la grippe espagnole. C'était vers l'image de Camille que Verdun tendait ses mains tremblantes quand il a commencé à se shooter. Il se rêvait, bondissant de sa tranchée, zigzaguant entre les balles, cisaillant les barbelés, déjouant les mines, et courant vers sa Camille, sans fusil, bras ouverts. Il traversait ainsi toute la Grande Guerre et trouvait une petite Camille morte, momifiée, plus ratatinée à six ans qu'il ne l'est lui-même aujourd'hui. Double dose pour la seringue.

Depuis que je le planque chez nous, Verdun ne se shoote plus. Quand le passé le prend à la gorge, il regarde juste le Petit, les yeux noyés, et murmure : « Pourquoi qu' t'es pas ma p'tite Camille ? » Parfois, il lâche une larme sur le cahier d'écriture, et le Petit dit :

— T'as encore fait un pâté, Verdun...

C'est tellement déchirant que l'ex-séminariste Stojil-kovicz, ex-révolutionnaire, ex-vainqueur des armées Vlassov et de l'hydre nazie, que Stojil, présentement conducteur de bus pour touristes CCCP, et pour vieilles dames seules le samedi et le dimanche, que Stojil, dis-je, se racle la gorge et grogne :

— Si Dieu existe, j'espère qu'Il a une excuse valable.

*

Mais, celle qui fournit le plus gros boulot à cette heure critique de la soirée, c'est ma sœur Thérèse.

Présentement, dans son coin de sorcière, Thérèse rafistole le moral de Papy-Semelle. Le vieux Semelle ne crèche pas à la maison. C'est l'ancien cordonnier de notre rue de la Folie Régnault. Il a son chez soi juste à côté de chez nous. Il n'a jamais plongé. Avec lui, on fait dans le préventif. Il est vieux, il est veuf, il est sans enfant, la retraite le déglingue : c'est une proie rêvée pour les seringueurs. Une seconde d'inattention et le vieux Semelle sera aussi fléché qu'une cible de concours. Après cinquante ans de turbin dans la savate, oublié de tous, Semelle faisait les cent pas au fond de sa déprime. Heureusement, Jérémy a tiré le signal d'alarme. « Alerte ! » Et Jérémy a aussitôt envoyé au Maire des maires une bafouille où il sollicitait (en imitant parfaitement l'écriture tremblée de Semelle) la Médaille de la Ville pour récompenser cinquante années de travail dans la même échoppe. (Oui, à Paris, on vous décore pour ça.) Joie du Semelle quand le Maire des maires a répondu OK ! Le Maire des maires en personne se souvenait du vieux Semelle ! Semelle avait une piaule dans la mémoire du Maire des maires ! Semelle était un des pavés sacrés de Paris. O Gloire ! O Bonheur !

Pourtant, ce soir, à la veille du grand jour, Semelle balise dur. Il a peur de ne pas être à la hauteur, pendant la cérémonie.

— Tout se passera bien, assure Thérèse en tenant la main du vieux ouverte devant elle.

— Tu es sûre que je ne ferai pas de bêtise ?

— Puisque je vous le dis. Est-ce que je me suis jamais trompée ?

Ma sœur Thérèse est raide comme le Savoir. Elle a la peau sèche, un long corps osseux et la voix pédagogue. C'est le degré zéro du charme. Elle trafique dans une magie que je réprouve, et pourtant je ne me lasse pas de la voir opérer. Chaque fois qu'un vieux débarque chez nous, tout à fait bousillé de l'intérieur, convaincu de n'être plus rien avant même d'être mort, Thérèse l'attire dans son coin, elle prend d'autorité la vieille main dans les siennes, elle déplie un à un les doigts rouillés, elle lisse longuement la paume comme on fait aux feuilles froissées, et, quand elle sent la paluche parfaitement détendue (des mains qui ne se sont pas vraiment ouvertes depuis des années !) Thérèse se met à parler. Elle ne sourit pas, elle ne flatte pas, elle se contente de leur *parler d'avenir*. Et c'est bien le truc le plus incroyable qui pouvait leur arriver : l'Avenir ! Les troupes astrales de Thérèse y vont de bon cœur : Saturne, Apollon, Vénus, Jupiter et Mercure organisent des petites rencontres de cœur, concoctent des succès de dernière minute, ouvrent des perspectives, bref, regonflent ces vieilles carcasses, leur prouvent que le rouleau a encore de quoi dérouler. Chaque fois, c'est un jeunot qui sort des mains de Thérèse. Clara sort alors son appareil photo pour fixer la métamorphose. Et ce sont les photos de ces nouveau-nés qui ornent les murs de notre apparte. Oui, ma Thérèse sans âge est une source de jouvence.

— Une femme ! Tu es sûre ? s'exclame le vieux Semelle.

— Jeune, brune, aux yeux bleus, précise Thérèse.

Semelle se retourne vers nous avec un sourire de 3 000 watts.

— Vous entendez ? Thérèse dit que demain, pour la remise de ma médaille, je vais rencontrer une jeunesse qui va transformer ma vie !

— Pas votre vie seulement, rectifie Thérèse, elle va transformer *notre vie à tous.*

*

Je m'attarderais volontiers à l'inquiétude qui perce dans la voix de Thérèse si le téléphone ne se mettait à sonner et si je ne reconnaissais Louna, ma troisième frangine, au bout du fil :

— Alors ?

Depuis que maman est enceinte (pour la septième fois, et pour la septième fois de père inconnu) Louna ne dit plus « Allô ? » elle dit : « Alors ? »

— Alors ?

Je jette un coup d'œil furtif à maman. Elle est assise dans son fauteuil, au-dessus de son ventre, immobile et sereine.

— Alors, rien.

— Mais qu'est-ce qu'il attend, ce mouflet, bordel ?

— C'est toi, l'infirmière diplômée, Louna, c'est pas moi.

— Mais ça va bientôt faire dix mois, Ben !

C'est vrai que le petit septième a largement dépassé les arrêts de jeu.

— Il a peut-être la télé, à l'intérieur, il voit le monde tel qu'il est, il est pas pressé de plonger.

Rire costaud de Louna. Elle demande encore :

— Et les grands-pères ?

— C'est la marée basse.

— Laurent dit que tu peux doubler le Valium en cas de besoin.

(Laurent est le mari toubib de la frangine infirmière. Tous les soirs ils passent leur coup de grelot à la même heure. Météo de l'âme.)

— Louna, j'ai déjà dit à Laurent que dorénavant leur Valium, c'est nous.

— Comme tu voudras, Ben, c'est toi qui es sur le pont.

*

A peine ai-je raccroché que le bignou, comme le facteur (ou le train, je ne sais plus) sonne une deuxième fois.

— Vous vous foutez de moi, Malaussène ?

Ouh ! là, je la reconnais cette crécelle furibarde. C'est la Reine Zabo, grande prêtresse des Editions du Talion, ma patronne.

— Vous devriez être au travail depuis deux jours !

Parfaitement exact. A cause de cette histoire de grands-pères camés, j'ai extorqué à la Reine Zabo deux mois de congé sous prétexte d'hépatite virale.

— Vous faites bien d'appeler, Majesté, dis-je, j'allais justement vous réclamer une rallonge d'un mois.

— Pas question, je vous attends demain à huit heures précises.

— Huit heures du matin ? C'est vous lever tôt pour attendre un mois !

— Je n'attendrai pas un mois. Si vous n'êtes pas ici demain à huit heures, c'est que vous êtes au chômage.

— Vous ne ferez pas ça.

— Ah ! non ? Vous vous jugez indispensable à ce point, Malaussène ?

— Du tout. Il n'y a que vous qui soyez irremplaçable aux Editions du Talion, Majesté ! Mais si vous me virez, je vais être obligé de flanquer mes sœurs sur le tapin, ainsi que mon plus jeune frère, un enfant

23

adorable qui porte des lunettes roses. C'est une faute morale que vous ne vous pardonnerez pas.

Elle m'offre son éclat de rire. (Un rire menaçant comme une fuite de gaz.) Puis, sans transition :

— Malaussène, je vous ai engagé comme bouc émissaire. Vous êtes payé pour vous faire engueuler à ma place. Vous me manquez terriblement.

(Bouc, oui, c'est mon boulot. Officiellement « directeur littéraire », mais en fait : bouc.) Elle enchaîne, brutale :

— Pourquoi voulez-vous ce rab ?

D'un seul coup d'œil j'embrasse Clara, derrière ses fourneaux, le Petit, dans la main de Verdun, Jérémy, Thérèse, les grands-pères, et maman qui règne sur tout ça, maman, lisse et phosphorescente comme les vierges repues des maîtres italiens.

— Mettons que ma famille ait particulièrement besoin de moi, en ce moment.

— Quel genre de famille avez-vous, Malaussène ?

Couché au pied de maman, Julius le Chien, avec sa langue pendante, figure assez bien le bœuf et l'âne. Dans leurs jolis cadres, les photos des grands-pères semblent miser sur l'avenir : de vrais rois mages !

— Le genre Sainte Famille, Majesté...

Il y a un petit silence, au bout du fil, puis la voix grinçante.

— Je vous accorde quinze jours, pas une minute de plus.

Un temps.

— Mais écoutez-moi bien, Malaussène : *n'imaginez pas que vous cessez d'être Bouc Emissaire parce que vous prenez des vacances !* Bouc, vous l'êtes jusque dans la moelle de vos os. Tenez, si en ce moment même on cherche le responsable d'une grosse connerie dans la ville, vous avez toutes les chances d'être désigné !

3

Justement, debout sur la ville, statufié dans son manteau de cuir par moins douze degrés nocturnes, l'œil rivé sur le cadavre de Vanini, le commissaire divisionnaire Cercaire cherchait un responsable.

— Je le crèverai, celui qui a fait ça !

Douleur blême autour de ses moustaches noires, c'était tout à fait le genre de flic à prononcer ce genre de phrases.

— Celui qui a fait ça, je le crèverai !

(Et à la répéter à l'envers, les yeux fixés sur son reflet, dans le sombre miroir du verglas.)

A ses pieds, l'agent en uniforme qui traçait à la craie la silhouette de Vanini au milieu du croisement, se lamentait comme un gosse :

— Putain, Cercaire, ça ripe sur la glace !

Cercaire était aussi le genre de flic à se faire appeler par son nom. Pas de « patron ». Encore moins de « Monsieur le divisionnaire ». Le nom, direct : « Cercaire. » Cercaire aimait son nom.

— Sers-toi de ça.

Il tendit un cran d'arrêt que l'agent utilisa comme pic à glace avant de dessiner à Vanini son costume d'asphalte. La tête du blondinet figurait vraiment une fleur éclatée : rouge au cœur, pétales jaunes, et un certain désordre vermillon encore, à la périphérie. L'agent hésita une seconde.

— Trace le plus large possible, ordonna Cercaire.

Maintenus à distance par le cordon bleu police, tous les regards du quartier suivaient le travail du crayeur. A croire que les pièces allaient pleuvoir.

— Et pas un seul témoin, c'est ça ?

Le divisionnaire Cercaire avait posé la question d'une voix sonore.

— Rien que des spectateurs ?

Silence. Petite foule molletonnée au souffle de coton blanc. Pelote frileuse de laine des Pyrénées qui s'entrouvrit juste pour le passage de la caméra télé.

— C'est pour vous que ce garçon est mort, madame !

Cercaire venait de s'adresser à une Vietnamienne du premier rang, une minuscule vieille, en robe thaï toute droite, ses grosses chaussettes de jésuite fichées dans des socques de bois. La vieille lui jeta un regard incrédule, puis réalisant que c'était bien à elle que le colosse adressait la parole, elle opina gravement :

— Tlê djeune !

— Oui, on les prend très jeunes pour vous protéger.

Cercaire sentait le zonzon télévisé lui lécher le visage. Mais il était flic à savoir ignorer un objectif.

— Pouôtédger ? demanda la vieille.

Dans un quart d'heure, au journal télévisé, son long visage attentif et sceptique rappellerait celui d'Hô Chi Minh aux téléspectateurs les plus méritants.

— C'est ça, vous protéger ! toutes, sans exception, les vieilles dames de ce quartier. Que vous puissiez vivre en sécurité. La SE-CU-RI-TE, vous comprenez ?

Et soudain, bien en face de la caméra, un sanglot coincé dans la voix, le commissaire divisionnaire Cercaire déclara :

— C'était le meilleur de mes hommes.

Le cameraman fut illico avalé par la voiture de la régie qui disparut dans un large dérapage. La foule

26

réintégra ses locaux, et ce fut de nouveau la solitude des flics dans la ville. Seule la Vietnamienne restait plantée là, son regard songeur sur le cadavre de Vanini qu'on chargeait dans l'ambulance.

— Et alors, demanda Cercaire, vous n'allez pas vous admirer comme tout le monde à la télé ? C'est dans dix minutes, le journal !

Elle fit non de la tête.

— Dje dédzends à Paghis !

Elle disait « descendre à Paris », par opposition à Belleville, comme les plus anciens habitants du quartier.

— La vamille ! précisa-t-elle dans un sourire déchaussé.

Cercaire la lâcha aussi vite qu'il s'était intéressé à elle. Il claqua des doigts pour réclamer le couteau que le petit flic en uniforme avait empoché, puis il aboya :

— Bertholet ! Tu me mets le 10e, le 11e et le 20e sur le coup. Qu'ils ratissent au plus large et qu'on m'amène tout ce qui compte à la Maison.

Du haut de sa carcasse gelée, l'inspecteur Bertholet entrevit une nuit passée à réveiller une armée de suspects clignotants.

— Ça va faire du monde...

Cercaire balaya l'objection en rempochant son couteau.

— Ça fait toujours trop de monde avant qu'on tombe sur le bon.

Il ne quittait pas des yeux le gyrophare de l'ambulance qui emmenait Vanini. Le grand Bertholet soufflait sur ses doigts.

— Et puis, il y a l'interrogatoire de Chabralle à boucler...

Immobile dans son cuir, Cercaire jouait les monuments, là où était tombé Vanini.

— Je veux le salaud qui a fait ça.

Il ravalait des larmes de pierre. Il parlait avec la calme douleur des chefs.

— Nom de Dieu, Cercaire, la garde à vue de Chabralle se termine à huit heures. Tu veux qu'il se casse ?

La voix du grand Bertholet était montée d'un demiton. Depuis le temps que l'équipe travaillait Chabralle, l'idée de voir ce tueur partir au petit matin lui sapait le moral. Chabralle trempant son croissant-beurre, non !

— Chabralle nous promène depuis près de quarante heures, dit Cercaire sans se retourner, il ne craquera pas au dernier moment. Autant le libérer tout de suite.

Rien à faire. Il y avait de la vengeance dans l'air. Bertholet capitula. Il fit pourtant une suggestion.

— Et si on faisait appel à Pastor, pour cuisiner Chabralle ?

— Le Pastor du divisionnaire Coudrier ?

Cette fois, Cercaire s'était retourné d'un bloc. En un éclair, il s'était figuré la confrontation Chabralle-Pastor. Chabralle, le tueur des tueurs dans sa peau de croco, et l'angélique Pastor, le petit marquis du divisionnaire Coudrier, flottant dans les pulls toujours trop vastes que lui tricotait sa maman. Chabralle contre Pastor ! Grande idée que la proposition de Bertholet ! Bien planqué derrière sa douleur, Cercaire se marrait franchement. Cela faisait une année pleine que les divisionnaires Cercaire et Coudrier jouaient l'un contre l'autre leurs deux poulains Pastor et Vanini. Vanini le petit génie de l'anti-émeute et Pastor le surdoué de l'interrogatoire... A en croire Coudrier, Pastor aurait fait avouer un mausolée ! Vanini était en acier trempé et Vanini était mort. Il était temps d'éliminer Pastor, le Petit Prince de Coudrier — au moins symboliquement.

— Ce n'est pas une mauvaise idée, Bertholet. Si cette pelote de laine fait craquer Chabralle, je veux bien qu'on me les coupe.

Trois cents mètres plus bas, au coin du Faubourg du Temple et de l'avenue Parmentier, une minuscule Vietnamienne pianotait dans la gueule ouverte d'un distributeur de billets. Chaussettes de laine et socques de bois, elle se hissait sur ses pointes. Il était 20 h 15 ; son image venait de se greffer sur tous les écrans de l'hexagone. Aux oreilles de chaque foyer, elle posait l'angoissante question de cette fin de siècle :

— Pouôtédger ?

Elle-même, pourtant, faisait cracher son maximum au piano à billets, en pleine nuit des villes, sans prendre la moindre précaution.

Elle n'entendit pas s'approcher le grand Noir et le petit rouquin pure Kabylie. Elle sentit juste le parfum de cannelle du premier et l'haleine mentholée de l'autre. Cela fit un petit tourbillon dans la gueule de la machine. Il y avait une troisième odeur : l'odeur impatiente de la jeunesse. Sueur vive malgré le froid. Ils avaient couru. Elle ne se retourna pas. Les billets s'empilaient devant elle. A deux mille huit, la machine s'excusa de ne pas pouvoir donner plus. Elle prit les billets à pleine main et les empocha en vrac par la fente de sa robe thaï. L'un d'eux en profita pour s'échapper et passa en voletant sous le nez du rouquin. Mais le pied droit du grand Noir l'aplatit sèchement sur le trottoir. Fin d'une cavale. Entre-temps, la vieille avait récupéré sa carte de crédit et se dirigeait vers le métro Goncourt. Elle avait écarté les jeunes gens en douceur. Toutes les flèches des arbalètes moïs se seraient brisées sur les abdominaux du Noir, et le Kabyle était plus large que haut. Mais elle s'était faufilée sans crainte entre les deux adolescents et marchait, toute paisible, vers le métro.

— Eh! grand-mère!

Le Noir la rattrapa en deux enjambées.

— T'as paumé un biffeton, mémé!

C'était un grand Mossi, de la troisième génération bellevilloise. Il lui brandissait ses deux cents francs sous le nez. Elle les rempocha sans hâte, remercia poliment et continua sa route.

— T'es pas un peu secouée de tirer une pareille fortune du côté de chez nous?

Le rouquin les avait rejoints. Deux incisives écartées lui faisaient un sourire plus large que lui.

— Tu lis pas les journaux? Tu sais pas ce qu'on leur fait, nous aut' les junkies à vous aut' les vieilles peaux?

Entre ses incisives écartées, soufflait le vent du Prophète.

— Biell pôh? demanda la vieille, pas gompli biell pôh...

— Les vioques, traduisit le grand Noir.

— Tout ce qu'on invente pour vous piquer vot' blé, t'es pas au courant?

— Rien que ce dernier mois à Belleville, on s'en est fait trois!

— On vous grille les miches à la Marlboro, on vous fait le tenaille-têton, on vous poinçonne les doigts un à un jusqu'à ce que vous nous crachiez vos p'tits codes secrets, et après, on vous coupe en deux, à ce niveau-là.

Le gros pouce du rouquin fit un arc de cercle à la base de son cou.

— On a un spécialiste, précisa le grand Mossi.

Maintenant, ils descendaient les marches du métro.

— Tu vas à Paris? demanda le rouquin.

— Tgez ma bell'ville, répondit la vieille.

— Et tu prends le métro avec tout ce pognon sur toi?

Le bras droit du rouquin s'était posé comme un châle autour des épaules de la vieille.

— Bédit bébé bient de naitle, expliqua-t-elle, soudain radieuse, boucoupe cadeaux !

Une rame pénétra en même temps qu'eux dans l'antre naturaliste des frères Goncourt.

— On t'accompagne, décida le grand Mossi.

D'un coup sec, il fit sauter la gâche d'une porte qui s'ouvrit en chuintant.

— Des fois que tu fasses une mauvaise rencontre.

Le wagon était vide. Ils y montèrent tous les trois.

4

Pendant ce temps chez les Malaussène, comme on dit dans les bédés belges de mon frère Jérémy, les grands-pères et les enfants ont bouffé, ils ont desservi la table, se sont cogné la vaisselle, ont fait leur toilette, enfilé leurs pyjamas, et maintenant ils sont assis dans leurs plumards superposés, les charentaises dans le vide et les yeux hors de la tête. Car la petite chose sphérique qui tourne à toute allure en sifflant méchamment sur le plancher de la chambre leur caille littéralement le sang. C'est noir, c'est compact, c'est lourd, ça tourne sur soi à une allure vertigineuse en crachant comme un nœud de vipères. M'est avis que si ce truc explose, toute la famille va sauter avec. On retrouvera des morceaux de barbaque et de plumards métalliques de la Nation aux Buttes Chaumont.

Moi, ce n'est pas la chose ronde qui me fascine, ni la terreur surgelée des mômes et des vieux ; ce qui me la coupe, c'est le visage du vieux Risson, celui qui *raconte,* l'œil fixe, la voix rentrée, sans le moindre geste, plus concentré que la charge explosive de cette toupie maléfique. Le vieux Risson raconte tous les soirs à la même heure, et dès qu'il l'ouvre, ça devient plus vrai que le vrai. A l'instant même où il se pose au milieu de la chambre, assis tout droit sur son tabouret, l'œil flamboyant, auréolé de son incroyable crinière blanche, ce sont les lits, les charentaises, les pyjamas et les murs de la piaule qui deviennent hautement inconcevables. Plus rien n'existe, hormis ce qu'il raconte aux enfants et aux grands-pères : pour l'heure, cette masse noire qui tournoie à leurs pieds en leur promettant la mort éparpillante. C'est un obus français, tiré le 7 septembre 1812 à la bataille de Borodino (une sacrée boucherie où des bataillons de fées ont transformé des bataillons de mecs en fleurs). L'obus est tombé aux pieds du prince André Bolkonski, lequel se tient là, debout, indécis, à donner l'exemple à ses hommes pendant que son officier d'ordonnance pique du nez dans la bouse. Le prince André se demande si c'est la mort qui tournoie sous ses yeux, et le vieux Risson, qui a lu *Guerre et Paix* jusqu'au bout, sait bien que c'est la mort. Seulement, il fait durer le plaisir dans la pénombre de la chambre où on ne laisse allumée qu'une petite lampe à pied, recouverte d'un cachemire par Clara, et qui diffuse au ras du sol une lumière mordorée.

*

Avant l'arrivée du vieux Risson parmi nous, c'était moi, Benjamin Malaussène, l'indispensable frère aîné, qui servais aux mômes leur tranche de fiction prénocturne. Tous les soirs depuis toujours : « Benjamin, raconte-nous une histoire. » Je me croyais le meilleur dans le rôle. J'étais plus fort que la téloche à une époque où la téloche était déjà plus forte que tout. Et puis Risson survint. (Il se pointe toujours tôt ou tard, le caïd tombeur du caïd...) Il ne lui a pas fallu plus d'une séance pour me ravaler au rang de lanterne magique et s'octroyer la dimension cinémascope-panavision-sunsurrounding et tout le tremblement. Et ce n'est pas la Collection Harlequin qu'il leur sert, aux enfants ! mais les plus ambitieux Everest de la littérature, des romans immenses conservés tout vivants dans sa mémoire de libraire passionné. Il les ressuscite dans le moindre détail devant un auditoire métamorphosé en une seule et gigantesque oreille.

Je ne regrette pas d'avoir été dégommé par Risson. D'abord, je commençais à manquer de salive et à loucher vers les télés d'occase, et ensuite, ce sont ces récits hallucinés qui ont définitivement sauvé Risson de la drogue. Il y a retrouvé sa cervelle, sa jeunesse, sa passion, son unique raison de vivre.

*

Un sacré miraculé, en fait ! Les poils de mon âme se hérissent encore quand je revois sa première apparition parmi nous.

C'était un soir, il y a un mois de ça. J'attendais la visite de Julie qui nous avait promis un nouveau grand-père. On était tous à table. Clara et Papy-Rognon nous avaient mitonné des cailles dodues comme les marmots de Gilles de Rays. Fourchettes et couteaux levés, on était sur le point de se les faire, toutes nues sur leurs canapés, quand soudain : Dring !

— C'est Julia ! je m'écrie.

Et mon cœur bondit tout seul vers la porte.

C'était bien ma Corrençon, ses cheveux, ses volumes, son sourire et tout. Mais derrière elle... Derrière elle, le vieillard le plus démoli qu'elle eût jamais introduit ici. Ça avait dû être plutôt grand, mais c'était si bien cassé que ça n'avait plus de taille. Ça avait dû être plutôt beau, mais si les morts ont une couleur, la peau de ce type avait cette couleur-là. Une peau décollée dans laquelle flottait un squelette suraigu. Chaque geste faisait un angle qui menaçait de percer. Les cheveux, les dents, les ongles et le blanc de l'œil étaient jaunes. Plus de lèvres. Mais, le plus impressionnant, c'était qu'à l'intérieur de cette carcasse et au fond de ce regard on sentait une vitalité affreuse, quelque chose de résolument increvable, l'image même de la mort vivante que donne la fringale d'héroïne aux grands camés en état de manque. Dracula soi-même !

Julius le Chien avait filé en grondant se planquer sous un plumard. Couteaux et fourchettes nous étaient tombés des mains, et, dans nos assiettes, les petites cailles en avaient chopé la chair de poule.

Finalement, c'est Thérèse qui a sauvé la situation. Elle s'est levée, elle a pris le déterré par la main et elle l'a conduit jusqu'à son guéridon où elle a immédiatement entrepris de lui fabriquer un avenir, comme elle l'avait fait pour les trois autres grands-pères.

Moi, j'ai entraîné Julie dans ma chambre, et je lui ai joué la scène de la fureur chuchotée.

— Pas un peu cinglée, non ! Nous amener un mec dans un état pareil ! Tu tiens à ce qu'il crève ici ? Tu trouves que ma vie est trop simple ?

Elle a un don, Julie. Le don des questions qui me sectionnent. Elle a demandé :

— Tu ne l'as pas reconnu ?

— Parce que je suis censé le connaître ?

— C'est Risson.

— Risson ?

— Risson, l'ancien libraire du Magasin.

Le Magasin, c'était la boîte qui m'employait avant les Editions du Talion. J'y jouais le même rôle de Bouc Emissaire, et je m'en suis fait virer après que Julie eut écrit dans son canard un grand article sur la nature de mon boulot. Il y avait en effet un vieux libraire là-bas, tout droit, tête blanche, splendide, dingue de littérature, mais d'une nostalgie sauvagement nazillonne. Risson ? J'ai défroissé l'image du petit vieux tout ruiné qu'elle venait de nous refiler, et j'ai comparé... Risson ? Peut-être. Alors, j'ai dit :

— Risson est une vieille ordure, son cerveau a confit dans la merde, je peux pas l'encadrer.

— Et les autres grands-pères ? a demandé Julie sans se démonter.

— Quoi, les autres ?

— Qu'est-ce que tu sais de leur passé, de ce qu'ils étaient il y a quarante ans ? Merlan, par exemple, un indic de la Gestapo, peut-être ? Un coiffeur, ça enregistre, non ? donc ça parle... Et Verdun ? tout vivant après la Der des Ders, il se serait pas caché derrière ses potes, par hasard ? Et Rognon, boucher en Algérie, tu imagines ? « Le boucher de Tlemcen », ça sonnerait plutôt bien pour signer un massacre...

Tout en murmurant, elle faisait sauter nos premiers boutons et son feulement des savanes coulait directement dans le velouté de mon oreille.

— Non, crois-moi, Benjamin, il vaut mieux ne fouiller personne ; la prescription, ça a du bon.

— Prescription, mon cul ! Je me rappelle mot pour mot ma dernière conversation avec le vieux Risson : il a une croix gammée à la place du cœur.

— Et alors ?

(La première fois que je l'ai vue, Julie, elle volait un shetland au rayon pulls du Magasin. Ses doigts s'enroulaient d'eux-mêmes, et sa main aspirait. J'ai illico décidé de devenir le shetland de Julie.)

— Benjamin, l'important n'est pas de savoir ce qu'un Risson a pensé ou fait quand sa cervelle était en état de marche, mais de combattre les salauds qui ont transformé cette cervelle en huile de vidange.

Je ne sais pas comment elle s'y est prise, mais cette dernière phrase fut prononcée sous nos draps, et il me semble bien qu'il n'y avait plus la moindre fringue dans le secteur. Pourtant, elle ne lâchait pas son sujet.

— Tu sais pourquoi il a décollé comme ça, Risson ?

— Je m'en tape.

36

C'était vrai. Ça m'était égal. Non plus au nom d'une éthique anti-Rissonienne, mais parce que les mamelles de Julie sont le lit de mon cœur. Elle a quand même tenu à m'expliquer pendant que je me servais. Et, tous ses doigts dans mes cheveux, elle m'a raconté l'aventure de Risson.

*

TRAGÉDIE EN 5 ACTES.

Acte I : Quand je me suis fait virer du Magasin, l'année dernière, après l'article de Julie, l'Inspection du Travail est tombée sur le poil de la direction. Elle voulait savoir à quoi ressemblait une boîte qui employait un bouc émissaire chargé d'éponger toutes les emmerdes en chialant comme un veau devant les clients râleurs. Et madame l'Inspection a trouvé des tas de choses. Entre autres, un Risson qui conservait sa librairie au noir alors qu'il aurait dû être à la retraite depuis dix années bien tassées. Exit, Risson. Fin du Premier Acte.

Acte II : Lourdé, seul au monde dans son petit deux-pièces de la rue Broca, Risson se couche et déprime. Le genre d'apprenti cadavre à être retrouvé en compote avariée dans son plumard, six mois plus tard, par des voisins à l'odorat subtil. Lorsqu'un matin...

Acte III : Bonté du Bon Dieu, Risson voit débarquer chez lui une toute jeune fille, aide soignante et ménagère, soi-disant cadeau gratis de la Municipalité. Une petite brune à l'œil d'azur, vive comme un furet et douce comme un rêve de femme. O joie ! O dernière idylle ! La jeunette te cajole le Risson, te l'emballe, et te lui enfourne des tonnes de médicaments pas avouables pour curer ses langueurs.

Acte IV : Risson dépense tous ses ronds pour acheter de plus en plus de bonbons magiques, passe naturellement de la pilule à la piquouse, décolle, sénilise à la vitesse grand Vé, et un matin, tout euphorique après une bonne giclée intraveineuse, il se dépoile en plein marché du Port-Royal. Gueule des maraîchers devant le strip-tease de Mathusalem !

Acte V : Police, internement d'office à Sainte-Anne, telle aurait dû être la fin logique de cette affreuseté. Mais Julie pistait la brunette depuis un certain temps, bien décidée à tirer Risson de ses pattes en forme de seringues. Aussi, quand le vieux fait son happening dans les fruits et légumes, Julia, qui le suivait, lui jette son manteau sur les épaules (un beau sconse noir luisant comme un capot de Buick) l'enfourne dans un taxi, et, après deux jours et deux nuits de sommeil forcé, nous l'amène ici, dans la maison Malaussène, comme elle l'a fait des trois autres grands-pères, à des fins désintoxicationistes. Voilà. La suite reste à écrire. C'est le sujet de l'article que Julie prépare pour son journal, dans le but de faire tomber la bande de la jolie brunette piquouseuse de vieillards.

*

Risson raconte la Guerre et la Paix, et, dans le sifflement empoisonné de la petite bombe, on peut entendre tourner les noms de Natacha Rostov, de Pierre Besoukhov, d'André, d'Hélène, de Napoléon, de Koutouzov...

Ma pensée à moi s'envole vers Julie, vers ma Corrençon, vers ma journaliste de l'Ethique... Trois semaines que nous ne nous sommes vus. Prudence. La bande ne doit pas savoir où sont planqués les vieux. Elle n'hésiterait pas à buter ces témoins gênants, et moins encore leur entourage...

Où es-tu Julie ? Je t'en supplie, sois prudente. Ne

déconne pas, ma Julia. Méfie-toi de la ville. Méfie-toi de la nuit. Méfie-toi des vérités qui tuent.

Ce pensant, je fais un clin d'œil discret à Julius le Chien, qui se lève pour sortir avec moi dans Belleville : notre bol d'air nocturne.

5

Pendant que le prince André Bolkonski regardait tournoyer sa mort dans une quincaillerie désaffectée de Belleville, une jeune fille anonyme jouait du violon, quai de la Mégisserie, derrière sa fenêtre close. Toute vêtue de noir, debout devant la ville, la jeune fille torturait la sonate N° 7 de Georg Friedrich Haendel.

Pour la millième fois, elle revit la séquence des actualités télévisées de vingt heures : le jeune policier blond, au manteau vert, qui gisait, tête éclatée, sur l'asphalte de Belleville, et la petite Vietnamienne, si vieille, si fragile, si menacée, qui demandait, en gros plan :

— Pouôtédger ?

Couronnant le manteau vert, la tête blonde du garçon figurait une vaste fleur sanglante au-dessus de sa tige.

— Quelle horreur ! avait dit maman.

— Elle ressemble à Hô Chi Minh, cette Vietnamienne, tu ne trouves pas ? avait demandé papa.

*

La jeune fille avait discrètement quitté le cercle de famille et s'était enfermée dans sa chambre. Elle n'avait pas allumé la lumière. Elle avait pris son violon. Debout devant la double fenêtre close, elle s'était mise à jouer toutes les pièces de son répertoire. Cela faisait maintenant quatre heures qu'elle jouait. Elle découpait la musique dans la nuit à petits coups d'archet tranchants. Les doigts de sa main gauche se relâchaient si vite au passage du crin qu'ils étouffaient toute résonance. Rien d'autre que cette note juste et glacée comme une lame. On eût dit qu'elle jouait avec un rasoir. Qu'elle lacérait ses plus jolies robes... C'était le tour de Georg Friedrich Haendel, maintenant.

La ville égorgeait les vieilles dames...

La ville faisait exploser les jeunes têtes blondes...

« Pouôtédger ? » demandait une Vietnamienne seule dans la ville... « *pouôtédger ?* »...

— Il n'y a pas d'amour, murmura la jeune fille entre ses dents.

C'est alors qu'elle vit l'auto. C'était une longue auto noire dont la carrosserie luisait vaguement. Elle venait de se garer au beau milieu du Pont-Neuf, au-dessus de la Seine, avec majesté, comme on accoste. La porte arrière s'ouvrit. La jeune fille vit un homme sortir. Il soutenait une femme chancelante.

— Saoule, diagnostiqua la jeune fille.

(Et le passage de son archet sur les cordes rendit un de ces sons vacillants dont seul le violon a l'horrible secret.)

L'homme et la femme titubaient vers le parapet. La jeune fille sentait la tête rousse de la femme peser de tout son poids sur l'épaule de son compagnon.

— A moins qu'elle ne soit enceinte, se dit la jeune fille, il y a tant de raisons de vomir...

Mais non, la femme ne se cassa pas en deux pour rendre son trop-plein de maternité à la Seine. Le couple semblait rêver, au contraire, la tête de la femme contre l'épaule de l'homme, la joue de celui-ci dans la chevelure de celle-là. Le manteau de fourrure de la femme luisait comme la carrosserie de l'auto.

— Non, c'est de l'amour, se dit la jeune fille.

(Première caresse de la soirée pour Georg Friedrich Haendel.)

— Elle a les mêmes cheveux que maman.

Une incroyable chevelure rousse, en fait, blond vénitien peut-être, où se prenait la lueur du réverbère, ce qui faisait au couple une auréole dorée.

— Alors, la voilà, la belle amour ?

Contre le trottoir, patiente, l'auto lâchait dans le froid de petites fumeroles blanches et silencieuses. Georg Friedrich Haendel pansait ses blessures.

— De l'amour, répéta la jeune fille.

Et juste à ce moment-là, elle entendit le rugissement. Cela perça le double vitrage de ses fenêtres. Un long rugissement métallique qui sortait du moteur de l'auto en stationnement, dont la porte avant, soudain, s'était ouverte. La jeune fille vit alors l'homme disparaître derrière le parapet et la femme basculer par-dessus le pont. On eût dit que la femme s'était envolée. Elle était encore déployée dans l'espace que l'homme, déjà, s'engouffrait dans la portière ouverte et que l'auto démarrait dans un hurlement de ses quatre roues. Il y eut le corps blanc de la femme dans la nuit, le virage de l'auto, le choc de son aile arrière contre une borne, sa fuite ferrailleuse le long du quai, à toute allure. La jeune fille ferma les yeux.

Quand elle eut le courage de les rouvrir — il ne s'était écoulé que quelques secondes — le pont était vide. Mais, entre les parois luisantes du quai, glissait la masse sombre d'une péniche. Et là, dans les replis d'une montagne de charbon, brisé comme un oiseau mort, le corps nu de la femme passait sous les yeux de la jeune fille.

— Il n'aura pas tout perdu, pensa la jeune fille, il a gardé le manteau.

Puis, pour la seconde fois, elle reconnut l'auréole d'or autour du visage si blanc.

— Maman, murmura-t-elle.

Elle laissa tomber l'archet et le violon, ouvrit grand la fenêtre et hurla dans la nuit.

6

On se les gèle à moins douze, et pourtant Belleville bouillonne comme le chaudron du diable. A croire que toute la flicaille de Paris monte à l'assaut. Il en grimpe de la place Voltaire, il en tombe de la place Gambetta, ils rappliquent de la Nation et de la Goutte d'Or. Ça sirène, ça gyrophare et ça stridule à tout va. La nuit a des éblouissements. Belleville palpite. Mais Julius le Chien s'en fout. Dans la demi-obscurité propice aux régals canins, Julius le Chien lèche une plaque de verglas en forme d'Afrique. Sa langue pendante y a trouvé du délicieux. La ville est l'aliment préféré des chiens.

On dirait que, dans cette nuit coupante, Belleville règle tous les comptes de son histoire avec la Loi. Les matraques pourfendent les impasses. Rades et fourgons jouent les vases communiquants. C'est la valse du dealer, c'est la course à l'Arabe, c'est le grand méchoui de la flicaille à moustaches.

A part ça, le quartier reste le même, c'est-à-dire toujours changeant. Ça devient propre, ça devient lisse, ça devient cher. Les immeubles épargnés du vieux Belleville font figure de chicots dans un dentier hollywoodien. Belleville devient.

*

Il se trouve que moi, Benjamin Malaussène, je connais le grand ordonnateur de ce devenir Bellevillois. Il est architecte. Il s'appelle Ponthard-Delmaire. Il perche dans une maison toute de verre et de bois, enfouie dans la verdure, rue de la Mare, là-haut. Un coin de paradis pour les ateliers du bon Dieu, normal. C'est un archicélèbre, Ponthard-Delmaire. On lui doit, entre autres, la reconstruction de Brest (architecturalement parlant, le Berlin-Est français). Il va bientôt publier dans ma boîte (aux Editions du Talion) un gros ouvrage sur ses projets parisiens : le genre mégalo-book, papier glacé, photos couleurs, plan dépliable et tout. Opération prestige. Avec de belles phrases d'architectes : de celles qui s'envolent en abstractions lyriques pour retomber en parpaings de béton. C'est parce que la Reine Zabo m'a envoyé chercher son manuscrit que j'ai eu les honneurs de Ponthard-Delmaire, le fossoyeur de Belleville.

— Pourquoi moi, Majesté ?

— Parce que s'il y a quelque chose qui merde dans la publication de son livre, Malaussène, c'est vous qui vous ferez engueuler. Autant que Ponthard connaisse tout de suite votre jolie tête de bouc.

Ponthard-Delmaire est un gros mec qui, pour une fois, ne se déplace pas « avec une étonnante souplesse pour sa corpulence ». Un gros qui se déplace comme un gros ; pesamment. Qui se déplace peu, d'ailleurs. Après m'avoir filé son bouquin, il ne s'est pas levé pour me raccompagner. Il m'a juste dit :

— J'espère pour vous qu'il n'y aura pas de problème.

Et il ne m'a pas lâché des yeux, jusqu'à ce que le larbin au gilet d'abeille eût refermé sur moi la porte de son bureau.

*

— Tu viens, Julius ?

On croit qu'on emmène son chien pisser midi et soir.
Grave erreur : ce sont les chiens qui nous invitent deux
fois par jour à la méditation.

Julius s'arrache à son Afrique verglacée, et nous
continuons notre balade, direction Koutoubia, le restaurant de mon pote Hadouch et de son père Amar.
Belleville peut bien se convulser autour de ses tripes,
rien ne modifiera la trajectoire du penseur et de son
clébard. Pour l'heure, le penseur évoque la femme qu'il
aime. « Julie, ma Corrençon, où es-tu ? Tu me man-
ques, bordel, si tu savais comme ! » Il y a tout juste un
an de ça, Julie (qu'à l'époque j'appelais Julia) faisait
une entrée discrète dans ma vie. Femme nomade, elle
me demanda si j'acceptais d'être son porte-avions.
« Pose-toi, ma belle, et décolle aussi souvent que tu le
veux, moi, désormais, je navigue dans tes eaux. » J'ai
répondu quelque chose dans ce genre. (Ouh, là ! que
c'était beau...) Depuis, je passe ma vie à l'attendre. Les
journalistes de génie ne vous baisent qu'entre deux
articles, voilà l'inconvénient. Et si elle grattait dans un
quotidien, au moins... mais non, c'est dans un mensuel
que ma Corrençon s'exprime. Et elle n'y publie que
tous les trois mois. Oui, l'amour trimestriel, voilà mon
lot. « Pourquoi t'occupes-tu de ces vieux camés, Julie ?
Parce qu'un aïeul qui se défonce c'est le scoop de
l'année ? » Je devrais avoir honte de me poser cette
question, mais je n'en ai pas le temps. Une main, jaillie
de la nuit, me chope par le col et m'arrache. Je décolle
et j'atterris.

— Salut, Ben.

Le couloir est obscur, mais je reconnais le sourire :
tout blanc, avec un trou noir entre les deux incisives. Si
une loupiote s'allumait, les cheveux seraient bouclés

roux au-dessus d'un œil fauve. Simon le Kabyle. Je reconnais aussi son haleine mentholée.

— Salut, Simon, depuis quand tu m'alpagues comme un flic ?

— Depuis que la poulaille nous empêche de monter dans la rue.

Cette autre voix aussi, je la reconnais. Une voix souple qui fait un pas en avant, et la nuit prend corps autour de Mo le Mossi, l'ombre immense du Kabyle.

— Qu'est-ce qui se passe, les gars ? On a encore égorgé une vieille ?

— Non, cette fois, c'est une vieille qui a farci un flic.

Cannelle et menthe verte, Mo le Mossi et Simon le Kabyle font la paire la plus efficace de la Roquette aux Buttes Chaumont en matière de loteries clandestines. Ce sont les lieutenants de mon pote Hadouch, fils d'Amar, et condisciple à moi au lycée Voltaire. (A ma connaissance, le seul khâgneux à avoir choisi la section bonneteau.)

— Un flic tué par une vieille ?

(Ce qu'il y a d'agréable, avec Belleville, c'est la surprise.)

— Le Petit ne t'a pas dit ? Il était là avec ton chien. Ça s'est passé au croisement Timbaud. Hadouch et moi on a tout vu du trottoir d'en face.

Murmures glacés, couloir pisseux, mais grand sourire de Simon.

— Une vieille bien de chez vous, Ben : cabas, charentaises et tout. Elle l'a rectifié au P.38. Je te le jure sur ma propre mère.

(Alors, c'est donc vrai que les fées transforment les mecs en fleurs ? Putain de vieille salope : sortir la mort violente sous les lunettes roses de mon Petit...)

— Ben, Hadouch te demande un service.

Simon ouvre nos blousons respectifs et une enveloppe kraft passe discrètement de sa chaleur à la mienne.

— C'est des photos du flic dessoudé, Ben. Quand tu les verras, tu comprendras que Hadouch ne peut pas garder ça chez lui en ce moment. Chez toi, au moins, il n'y aura pas de perquisition.

*

— Tu viens, Julius ?

La nuit est de plus en plus aiguisée.

— Tu viens, oui ?

Cataclop, cataclop, il s'amène. Il pue tellement, ce chien, que son odeur refuse de le suivre : elle le précède.

— On coupe par Spinoza ou on fait le tour par la Roquette ? « Pourquoi n'es-tu pas là, Julie ? Pourquoi dois-je me contenter de Julius, et de Belleville ? » « Dans le journalisme tel que je le conçois, Benjamin, les raisons d'écrire sont mes seules raisons de vivre. »

— Je sais, je sais, mais tâche de ne pas en mourir...

Les phares de la bagnole nous éblouissent tout à coup, Julius et moi. On entend le moteur hurler du fond de la rue de la Roquette. Le gars doit grimper vers nous à plus de 120. (Au fond, je devrais faire la même chose : passer mon permis, m'acheter un bolide, et, quand je désire trop ma Corrençon, m'offrir un tour de périf à fond la caisse.) Fasciné par la bagnole, Julius s'est laissé tomber sur son gros cul. Il plante ses yeux dans les phares, comme s'il espérait hypnotiser le dragon. Cent contre un qu'avec ce verglas, le dragon va se viander contre le portail du Père Lachaise.

— Tu paries, Julius ?

Pari perdu. Hurlement sur hurlement, ça rétrograde sec, ça chasse du cul dans le virage, ça se récupère à la sortie et ça file plein pot vers Ménilmontant. Seulement, dans le virage, une portière s'est ouverte, et quelque chose comme un oiseau sinistre s'est envolé de la voiture noire. J'ai d'abord cru que c'était un corps, mais c'est retombé comme une peau vide. Un manteau, peut-être, ou une couverture. J'ai déjà posé le pied dans le caniveau pour aller y voir, mais un long hurlement de femme me saisit le sang comme une flamme de chalumeau. Puis, une voiture de police, qui suit la première, me rejette sur le trottoir. La femme invisible continue de hurler. Je me retourne. Ce n'est pas une femme, c'est Julius.

— Julius, merde, non, ne me fais pas ça !

Mais, la tête dévissée vers la voiture disparue, la gueule arrondie comme dans un dessin et l'œil flamboyant de terreur, Julius continue de hurler. Une longue plainte féminine entrecoupée de sanglots brefs. Une lamentation qui enfle, envahit le quartier tout entier, jusqu'à ce qu'une fenêtre s'allume, puis une autre, m'obligeant à m'enfuir le long de la Folie Régnault, courbé en deux comme un voleur d'enfant, mon chien assis dans mes bras, bavant dans la main qui le bâillonne, mon chien roulant des yeux dans la nuit rousse de la ville, mon chien en pleine crise d'épilepsie.

*

Il est couché dans ma chambre à présent, sur le flanc, mais *toujours en position assise*. Tête dévissée, l'œil au plafond, aussi rêche et léger qu'une noix de coco vide, il se tait, au point qu'on pourrait le croire mort. Mais il a beau puer de la gueule comme s'il voyageait au fond des enfers, Julius le Chien est vivant. Epilepsie. Ça va durer un certain temps. Plusieurs jours, peut-être. Aussi longtemps que la vision qui a provoqué cette crise s'accrochera à sa rétine. J'ai l'habitude.

— Alors, Dostoïevski, qu'est-ce que tu as vu, ce coup-ci ?

Moi, ce que je vois, après avoir ouvert l'enveloppe kraft de Hadouch, me laisse tout rêveur, et mon dîner, pourtant lointain, me remonte gentiment à la bouche. Sur l'enveloppe, on a écrit : INSPECTEUR VANINI, et sur les photos étalées devant moi, un jeune type au loden vert et à la brosse blonde est en train de casser des têtes brunes à coups de poing américain. L'une des têtes a explosé, un œil a jailli de son orbite. Pas la moindre jubilation sur le visage du blondinet. Rien qu'une application d'écolier. Je comprends que Hadouch ne veuille pas qu'on trouve ça chez lui. Après la mort du flic Vanini, le Maghreb a intérêt à se faire petit.

Le monde me fatigue, tout à coup, et je n'ai pas sommeil. Tant pis pour les consignes de sécurité. Je décroche le bigo et j'appelle Julie. J'ai besoin de sa voix. La voix de Julie, s'il vous plaît... Rien du tout, ça sonne tout vide dans la nuit.

7

— Morte ? demanda Pastor.

A genoux dans le charbon, le toubib était penché sur le corps de la femme. Il leva les yeux sur le jeune inspecteur au grand chandail de laine qui l'éclairait de sa torche.

— Elle ne vaut guère mieux.

La lueur bleue du gyrophare de la vedette fluviale passait sur le corps, puis la jaune, puis c'était la nuit du charbon, puis le flash du photographe. Une des jambes de la femme, brisée, faisait un angle à hurler. On lui avait rivé aux chevilles deux lourds bracelets de plomb.

— Elle ne serait pas remontée de sitôt.

— Regardez.

Le toubib avait saisi le coude avec délicatesse. Il désignait un hématome, au creux de la saignée.

— Piquée, dit Pastor.

Ils parlaient à petits mots congelés. Entre ces bribes, on entendait le halètement profond des diesels. La péniche sentait le fuel et la tôle grasse.

— Vous en avez assez vu ?

Pastor promena une dernière fois le faisceau de sa lampe sur le corps de la femme. Traces de piqûres, marques de coups et de brûlures diverses. Il s'attarda un instant au visage, bleu par le froid et les ecchy-

51

moses. Front large, pommettes saillantes, bouche énergique et charnue. Et cette crinière dorée. Le visage ressemblait au corps : puissant. Adouci par une sorte de plénitude souple. Pastor s'adressa au photographe.

— Vous pouvez atténuer le massacre du visage ?

— J'ai un copain, au labo, il vous fera un tirage spécial. On effacera le pire.

— Belle fille, dit le docteur en rabattant la couverture.

La lampe de Pastor traça un demi-cercle dans la nuit.

— Brancardiers !

Il les entendit marcher sur le charbon comme sur une montagne de coquilles.

— Fractures multiples, résuma le toubib, brûlures diverses, dose indéterminée de saloperie dans les veines, sans parler des suites pulmonaires probables. Elle est cuite.

— Elle est solide, dit Pastor.

— Elle est cuite, répéta le toubib.

— On parie ?

Il y avait de la gaieté dans la voix du jeune inspecteur.

— Vous êtes toujours d'aussi bon poil à une heure du matin et devant un gâchis pareil ? demanda le toubib.

— Moi, j'étais de permanence, répondit Pastor, c'est vous qu'on a réveillé en sursaut.

Pastor, le toubib et le photographe escaladaient le charbon à la suite des brancardiers. Gyrophare de la vedette fluviale, gyrophare de l'ambulance, gyrophare de l'estafette, lampe de poche de Pastor, feux d'arrêt de la péniche, la nuit clignotait. La voix du marinier aussi ; il parlait en claquant des dents.

— C'est tout moi, ça, il pleut des gerces à poil dans mon charbon, et je m'en aperçois pas.

Comme tous les mariniers, il avait une tête de forain ravagé par l'ennui et le 421.

— Le jour où vous regarderez pleuvoir les filles, dit Pastor en passant devant lui, vous vous paierez une pile de pont.

Rigolade générale.

— Elle est morte? demanda le marinier.

— En bonne voie, répondit un des brancardiers.

— Où est la jeune fille au violon? demanda Pastor.

— Dans l'estafette, répondit un des flics. Elle est complètement allumée, cette gamine, elle croyait que c'était sa mère, dans le charbon.

Pastor fit un pas vers l'estafette, puis, il se ravisa.

— Ah! j'oubliais...

Il s'était retourné vers le marinier.

— Demain, quand vous aurez livré, vous irez boire un coup dans votre troquet habituel, non?

— Plutôt deux, fit le marinier en sautant sur place.

— Pas un mot de tout ça, dit Pastor.

Il souriait toujours. Mais d'un sourire absolument immobile.

— Quoi?

— Pas la plus petite allusion. Vous n'en parlez à personne. Même pas à vous-même. Il ne s'est rien passé.

Le marinier n'en revenait pas. Deux secondes plus tôt, il avait affaire à un petit gars marrant, tout en gestes dans son gros pull de laine, et maintenant, le flic.

— Et pas d'alcool pendant dix jours, ajouta Pastor, comme s'il dictait une ordonnance.

— Hein?

— Un ivrogne, ça raconte n'importe quoi, surtout la vérité.

Les yeux de Pastor s'étaient creusés. Ils étaient très loin de son sourire.

— Régime sec. Compris ?

Il semblait fatigué, soudain.

— C'est vous la Loi, bougonna le marinier qui venait de perdre d'un coup son carburant et le sujet de conversation de toute une vie.

— Vous êtes gentil, dit Pastor avec lenteur.

Il ajouta :

— D'ailleurs, les belles filles ne tombent pas du ciel.

— C'est rare, convint le marinier.

— Ça n'arrive jamais, dit Pastor.

*

La première personne que Pastor vit dans l'estafette, ce fut l'agent en uniforme. Il se tenait recroquevillé à une extrémité de la banquette, un calepin vierge ouvert sur ses genoux serrés, aussi loin que possible de la jeune fille au violon. La jeune fille était très brune, très pâle, et terriblement adolescente. Elle était toute vêtue de noir, ses mains coupées à la première phalange par des mitaines de résille. « Je porte le deuil du monde, n'espérez pas me faire sourire », voilà ce que voulait signifier ce déguisement de veuve sicilienne. Le petit flic en uniforme accueillit Pastor avec le regard du chien qu'on va peut-être détacher. Pastor tendit la main à la jeune fille :

— C'est fini, mademoiselle, je vous raccompagne chez vous.

*

Dans la voiture de service, assise à côté de Pastor qui conduisait avec douceur, la jeune fille se mit à parler. Elle évoqua d'abord le visage d'une Vietnamienne très âgée, qui l'avait bouleversée, à la télévision, aux actualités de vingt heures. « Pouôtédger ? » demandait la vieille dame, « et on sentait toute la menace du monde peser sur ses épaules », précisa la jeune fille au violon. Pastor conduisait en silence. Sans gyrophare. Sans sirène. Lui dans son chandail, la jeune fille dans ses pensées, on aurait pu croire le frère et la sœur. La jeune fille se sentait en confiance. Elle redit une nouvelle fois ce qu'elle avait vu par sa fenêtre. Elle raconta, dans le moindre détail : le rugissement de l'auto, la femme nue dans l'espace...

Mais, selon elle, le plus grave était qu'elle avait cru reconnaître sa mère dans le corps qui glissait « sur son catafalque de charbon ». Apparemment, le fait que la maman en question dormît tranquillement dans sa chambre à ce moment-là n'y changeait rien.

— C'est absolument comme si j'avais tué maman, monsieur l'inspecteur ! J'ai essayé d'expliquer cela à votre collègue en uniforme, il n'a pas voulu me comprendre.

En effet. Pastor essaya d'imaginer la tête du jeune flic et faillit griller un feu rouge.

*

Après avoir déposé la jeune fille chez elle, Pastor retrouva la Maison en éruption : couloir bondés d'Arabes assis par terre ou serrés sur des bancs, claquements de porte, coups de gueule, sonneries de téléphone, rafales de machines à écrire, va-et-vient de dossiers à grandes enjambées de flics furibards... Hommage du commissaire divisionnaire Cercaire à l'inspecteur Vanini, tombé cette nuit, victime de la ville. Deuil flamboyant du divisionnaire Cercaire. Cellules et fichiers se remplissaient.

Pastor se réfugia dans l'ascenseur en bénissant le ciel de ne pas être un homme de Cercaire, mais un flic du divisionnaire Coudrier. Le divisionnaire Coudrier traitait discrètement les affaires, dans la pénombre d'un bureau confortable. Le divisionnaire Coudrier vous offrait le café dans des tasses empire, frappées de l'impériale majuscule « N ». Le divisionnaire Coudrier se montrait peu. Il n'était pas un flic de terrain. Si Pastor venait à se faire tuer dans la rue, Coudrier aurait le deuil sobre. Peut-être priverait-il son café de sucre, pendant quelques jours.

*

Quand Pastor ouvrit la porte de son propre bureau, ce fut pour y découvrir une minuscule Vietnamienne, montée sur socques de bois, et occupée à avaler un plein verre à dent d'une matière blanchâtre avec un rictus cyanuré.

8

Pastor referma la porte du bureau sans s'émouvoir.

— Tu te suicides, Thian ? Je me suis pourtant laissé dire que tu avais fait un tabac, à la télé, ce soir.

Tête renversée, la Vietnamienne leva une main qui exigeait le silence. Le bureau était un bureau de flic à petit budget. Deux tables, deux machines à écrire, un téléphone et des fichiers métalliques. Pastor y avait installé un lit de camp. Il dormait là, quand il n'avait pas la force de rentrer chez lui. Pastor était un héritier du boulevard Maillot. Une grande maison, au bord du Bois. Une grande maison vide. Depuis la mort du Conseiller et de Gabrielle, Pastor dormait au bureau.

Quand elle eut reposé le verre et qu'elle se fut essuyé les lèvres du revers de la main, la Vietnamienne dit :

— Ne me cherche pas, gamin ; ce soir, je hais la jeunesse.

Elle n'avait plus le moindre accent de sa lointaine Plaine des Joncs. Elle avait la voix de Gabin : quelque chose comme un roulement de galets, scandé par les intonations irréfutables du douzième arrondissement.

— C'est la mort de Vanini qui te met dans un état pareil ? demanda Pastor.

D'un geste las, la Vietnamienne retira sa perruque de cheveux lisses, ce qui fit jaillir sur toute la surface de son vieux crâne une brosse grise et clairsemée, mais raide comme la fureur.

— Vanini était un petit con qui a dû pousser son pion trop loin, dit-elle, il s'est mangé une bastos, paix à son âme. C'est pas de ça qu'il s'agit, gamin, aide-moi, tu veux ?

La Vietnamienne présenta son dos à Pastor qui dégrafa la robe thaï, et, d'un coup de glissière, fendit la soie jusqu'à la naissance des fesses. La forme humaine qui enjamba la robe était entièrement masculine et thermolactyle. Pastor cessa de respirer.

— Qu'est-ce que tu utilises, comme parfum ?

— « Mille Fleurs d'Asie », tu aimes ?

Pastor expira comme on se purge.

— Incroyable que Cercaire ne t'ait pas reconnu !

— Même moi je ne me reconnaîtrais pas, gronda l'inspecteur Van Thian en dégageant l'arme de service dissimulée dans le creux de ses maigres cuisses.

Il ajouta :

— Ma parole, gamin, c'est comme si j'étais devenu ma propre veuve.

Dépouillé des attributs de la veuve Hô (il poussait le scrupule jusqu'à porter deux seins de latex, plats comme des steaks attendris au hachoir) l'inspecteur Van Thian était un flic maigre, vieux, et chroniquement déprimé. Il ouvrit une rose boîte de Tranxène, propulsa deux gélules au creux de sa main, et les fit passer à l'aide du verre de bourbon que Pastor lui tendait.

— Tous mes ulcères se sont réveillés d'un coup.

L'inspecteur Van Thian tomba assis sur une chaise, en face de son jeune collègue Pastor. Pastor récupéra le verre, le remplit d'eau, y jeta deux cachets d'aspirine effervescente, le posa au milieu du bureau, et s'assit à son tour. Les deux hommes, le menton sur leurs doigts croisés, contemplèrent en silence la valse pétillante. Quand le vieux Thian se fut envoyé l'aspirine, il dit :

— J'ai bien cru que j'en coinçais deux, ce soir.

— Deux gosses ? demanda Pastor.

— Si on veut. Simon le Kabyle et Mo le Mossi. Ils font le bonneteau pour le compte de Hadouch Ben Tayeb. Ils doivent pas totaliser plus de quarante berges à eux deux. Par rapport à moi, c'est des mômes, mais par rapport à la vie, ils ont roulé leur caisse, crois-moi.

Pastor aimait ces heures de la nuit où l'inspecteur Van Thian descendait des hauteurs de Belleville pour venir taper ses rapports à la Maison. Pour une raison que Pastor ne s'expliquait pas, la présence du vieux Thian lui rappelait celle du Conseiller. Peut-être parce que Thian lui racontait des histoires (les tribulations de la veuve Hô) tout comme le Conseiller, quand Pastor était enfant. Ou l'âge, tout simplement... l'approche du grand âge.

— Ecoute bien ça, gamin, ils m'ont coincé au distributeur de billets du Faubourg du Temple et de l'avenue Parmentier. Tu imagines ? Un Mossi en acier et un Kabyle en béton contre la petite veuve Hô. Je leur ai donné près de trois cents sacs à renifler. J'ai même paumé volontairement un biffeton. Et tu sais quoi ? Voilà Mo le Mossi qui cavale après moi pour me le *rendre* ! Bon, je me dis que ce sera pour plus tard, qu'ils veulent me ratisser du total, sans risque, dans un coin pénard, le métro par exemple. Va pour le métro. Ils y descendent avec moi en me susurrant des horreurs avec des ricanements à la con, comme quoi ils vont me griller les miches, me tortiller les roberts, tu vois le genre... Ils m'obligent à monter dans un wagon vide, m'assoient entre eux deux, et au lieu de me soulager du paquet, ils continuent à me réciter leur catalogue de chinoiseries. On change à République et on se dirige vers l'Italie. (Je leur avais dit que j'allais voir ma belle-fille qui venait d'accoucher.) Et ça continue de plus belle, au point que je me dis qu'ils veulent, en prime, sauter ma belle-fille et me faire la totale dans son plumard. Résultat, que dalle ! Ils m'ont accompagné jusqu'au pied de la tour où créchait ma prétendue belle-fille et se sont cassés au moment de monter dans l'ascenseur, comme ça, sans prévenir.

— Conclusion ?

— Déprimante, gamin. Ces mômes ne voulaient pas voler la veuve Hô. Je dirais même plus : *ils l'ont protégée !* Ils lui ont servi de gardes du corps ! Non seulement ils ne l'ont pas touchée, mais toutes les sado-salades qu'ils lui ont débitées, c'était pour lui foutre les flubes, qu'elle arrête de se balader la nuit, approvisionnée comme un compte libanais. Et ça, tu vois, gamin, ça m'inquiète plus que tout.

— Ça veut dire que Cercaire se trompe sur la jeunesse bellevilloise ?

— Ça veut dire que tout le monde se plante, dans cette affaire de vieilles. Moi-même autant que ce buffle fumant de Cercaire.

Petit bilan silencieux. Sourcils froncés, Thian avait aussi quelque chose de Gabrielle, la femme du Conseiller, quand elle s'offrait un air réfléchi. Le Conseiller disait alors à Pastor : « Gabrielle pense, Jean-Baptiste, dans quelques secondes nous serons moins bêtes. » Tous deux étaient morts, maintenant, Gabrielle et le Conseiller.

— Tu sais quoi, gamin ? De jouer les travelos depuis un mois dans Belleville, ça m'aura au moins appris un truc : c'est que les vieilles peaux peuvent bien s'y balader à poil toutes les nuits, leurs diams vissés dans le nombril et leur argenterie de famille autour du cou, pas un seul camé ne lèvera le petit doigt sur elles. La consigne est passée, et le plus envapé des mouflets se ferait piler plutôt que de plumer une vioque sur Belleville. C'est pas que la jeunesse du quartier soit devenue vertueuse, note, c'est qu'elle est née expérimentée. Les rues sont pourries de flics discrets comme des Vanini, les gosses le savent et ils ne bronchent pas, c'est tout. Même, ils seraient les premiers à mettre la main sur le dingue au rasoir que ça ne m'étonnerait pas. Tu vois, gamin...

Thian leva sur Pastor un regard de sagesse épuisée.

— Tu vois comment c'est, la vie ? Je me disais que j'allais sauter ce trancheur de vieilles avant l'équipe à Cercaire, histoire de me retirer en beauté, et de faire un dernier cadeau à notre Coudrier : et voilà que c'est contre une bande de marmots que je me retrouve en compétition.

L'inspecteur Van Thian leva péniblement ses trente-neuf années de service pour aller les asseoir derrière son bureau. Il confectionna un copieux sandwich de feuilles blanches et de carbones qu'il offrit au rouleau de sa machine.

— Et toi, gamin, tu es tombé sur quelque chose, cette nuit ?

La porte du bureau s'ouvrit à la même seconde sur un coursier du labo qui apportait la réponse.

— Je suis tombé sur ça, répondit Pastor en remerciant le flic et en jetant une poignée de photos encore humides devant Thian.

Thian regarda longuement le corps nu de la femme blanchi par le flash et le contraste du charbon.

— Ceux qui l'ont jetée à la Seine ont fait hurler le moteur de leur voiture pour couvrir le « plouf », expliqua Pastor, du coup, ils n'ont pas entendu passer la péniche.

— Les cons...

— Et ils ont perdu leur pare-chocs en dérapant. Je l'ai récupéré au passage. Une BMW qu'on retrouvera sans mal.

— Ils avaient le feu au cul ?

— Des amateurs, peut-être. Ou des types complètement speedés. La fille a été droguée.

— Tu as des témoins ?

— Une jeune fille qui jouait du violon deux étages plus haut en regardant la nuit. Tiens, elle t'a vu à la télé, à propos. Ça lui a complètement sapé le moral. D'où le violon...

Thian ne releva pas. Il faisait glisser les photos les unes sur les autres, rêveusement.

— Qu'est-ce que tu en penses ? demanda Pastor. Une pute corrigée trop fort ?

— Non, ce n'est pas une pute.

Catégorique, l'inspecteur Van Thian. Et toujours avec cet air de sagesse asiatico-dépressive.

— Qu'est-ce qui te fait dire ça ?

— J'ai fait coffrer deux de mes beaux-frères et trois de leurs cousins pour proxénétisme. Avant notre mariage, ma femme tapinait à Toulon, et ma fille bosse à Nanterre comme bonne sœur dans un foyer de michetonneuses repenties. On s'y connaît en putes, dans la famille.

Puis, de nouveau, secouant la tête :

— Non, ce n'est pas une pute.

— On vérifiera tout de même, fit Pastor en chargeant sa propre machine.

C'est, entre autres qualités, parce qu'il travaillait vite et juste, et qu'il vérifiait tout, que Thian appréciait Pastor. Il n'était pourtant pas porté sur les jeunots. Et moins encore sur les fils de famille. Le père de Pastor avait été Conseiller d'Etat, fondateur, en son temps, de la Sécurité Sociale — pour l'inspecteur Van Thian grand consommateur de médicaments, quelque chose d'aussi inaccessible qu'un archevêque de la Curie romaine. Les manières douces, les pull-overs, le subjonctif et l'inaptitude à l'argot que la famille avait légués au gamin, n'étaient pas non plus du goût de Thian. Pourtant Thian aimait Pastor, aucun doute, il l'aimait comme une vieille tiba sans principes le fils du Gouverneur, et il le lui répétait régulièrement, à peu près vers cette heure-là de la nuit, quand chantaient les claviers de leurs machines respectives.

— Je t'aime, gamin, ça me déprime, mais je t'aime bien.

Sur quoi, le téléphone se mettait à sonner, quelqu'un pénétrait dans le bureau, une des deux machines se bloquait, ou n'importe quoi d'autre survenait pour endiguer l'effusion. Ce fut encore le cas cette nuit-là.

— Allo, oui, inspecteur Van Thian, police judiciaire.

Puis :

— Oui, il est là, oui, je vous l'envoie, oui, tout de suite.

Et :

— Arrête ta berceuse, gamin, Coudrier veut te voir.

9

Même en pleine journée d'été, le bureau du divisionnaire Coudrier était du genre nocturne. A plus forte
raison en pleine nuit d'hiver. Une lampe à rhéostat n'y
diffusait pas plus que la lumière nécessaire. Les bibe-
lots Empire qui ornaient la bibliothèque émergeaient
de la nuit des temps et la fenêtre à double vitrage
donnait sur la nuit de la ville. Dès que le jour se levait,
les rideaux en étaient refermés. Quelle que fût l'heure
du jour ou de la nuit, il régnait ici une odeur de café qui
prédisposait à la réflexion et faisait parler à voix plutôt
basse.

COUDRIER : Vous ne devriez pas être de perma-
nence, ce soir, Pastor ; qui remplacez-vous ?
PASTOR : L'inspecteur Caregga, Monsieur, il est
tombé amoureux.
COUDRIER : Café ?
PASTOR : Volontiers.
COUDRIER : Je le fais moi-même à cette heure-ci, il
sera moins bon que celui d'Elisabeth. Alors, Caregga
est amoureux ?
PASTOR : D'une esthéticienne, Monsieur.
COUDRIER : Combien de camarades avez-vous rem-
placé, cette semaine, Pastor ?

PASTOR : Trois, Monsieur.

COUDRIER : Quand dormez-vous ?

PASTOR : Par-ci, par-là, par petites doses.

COUDRIER : C'est une méthode.

PASTOR : C'est la vôtre, Monsieur, je l'ai adoptée.

COUDRIER : Vous êtes aussi flagorneur et discret qu'un ordonnance britannique, Pastor.

PASTOR : Votre café est excellent, Monsieur.

COUDRIER : Il s'est passé quelque chose de particulier, cette nuit ?

PASTOR : Tentative d'assassinat par noyade, quai de la Mégisserie, juste en face de chez nous.

COUDRIER : Tentative ratée ?

PASTOR : Le corps est tombé dans une péniche qui passait sous le pont à ce moment-là.

COUDRIER : En face de chez nous. Ça ne vous a pas étonné ?

PASTOR : Si, Monsieur.

COUDRIER : Eh bien, ne vous étonnez plus. Si on draguait la Seine autour du Pont-Neuf, on y trouverait la moitié des présumés disparus.

PASTOR : Pourquoi cela, Monsieur ?

COUDRIER : Provocation, goût du risque, la nique au gendarme, déposer le mort sous le nez du flic, ça doit être plus « bandant », comme disent les jeunes gens de votre génération. La vanité des tueurs...

PASTOR : Puis-je vous demander une faveur, Monsieur ?

COUDRIER : Allez-y.

PASTOR : J'aimerais conserver l'enquête, ne pas la refiler à Caregga.

COUDRIER : Sur quoi êtes-vous, en ce moment ?

PASTOR : Je viens de boucler l'affaire des entrepôts de la SKAM.

COUDRIER : L'incendie ? Alors, c'est le propriétaire qui a fait le coup pour toucher l'argent de l'assurance ?

PASTOR : Non, Monsieur, c'est le courtier d'assurance lui-même.

COUDRIER : Original.

PASTOR : Dans l'intention de partager la prime avec le propriétaire.

COUDRIER : Moins original. Vous avez des preuves ?

PASTOR : Des aveux.

COUDRIER : Des aveux... Encore du café ?

PASTOR : Volontiers, Monsieur.

COUDRIER : Décidément, j'adore vos « Monsieur ».

PASTOR : J'y mets toujours une majuscule, Monsieur.

COUDRIER : C'est bien ainsi que je l'entends. Dites-moi, Pastor, à propos d'aveux, connaissez-vous le dossier du Crédit Industriel de l'avenue Foch ?

PASTOR : Trois morts, quatre milliards anciens envolés, et l'arrestation de Paul Chabralle par l'équipe du divisionnaire Cercaire. Van Thian a collaboré à une partie de l'enquête.

COUDRIER : Eh bien, je viens de recevoir un coup de fil de mon collègue Cercaire.

PASTOR : ...

COUDRIER : Cercaire est entièrement mobilisé par la mort de Vanini ; or, la garde à vue de Chabralle prend fin ce matin à huit heures. Et il continue à protester de son innocence.

PASTOR : Il a tort, Monsieur.

COUDRIER : Pourquoi ?

PASTOR : Parce que c'est un mensonge.

COUDRIER : Arrêtez de faire le zouave, Pastor.

PASTOR : Bien, Monsieur. Pas de preuves tangibles ?

COUDRIER : Une montagne de présomptions.

PASTOR : Insuffisantes pour le déférer à l'Instruction ?

COUDRIER : Tout ce qu'il y a de suffisantes, mais Chabralle est le roi du non-lieu.

PASTOR : Je vois.

COUDRIER : Or, je suis fatigué de Chabralle, mon garçon. Il a bousillé au bas mot trois douzaines de personnes.

PASTOR : Dont certaines mijotent peut-être sous le Pont-Neuf.

COUDRIER : Peut-être. J'ai donc proposé vos services à mon collègue Cercaire.

PASTOR : Bien, Monsieur.

COUDRIER : Pastor, vous avez cinq heures pour faire craquer Chabralle. S'il ne signe pas d'aveux avant huit heures, vous aurez à enquêter encore sur des meurtres de convoyeurs et de caissières.

PASTOR : Je pense qu'il signera.

COUDRIER : Espérons.

PASTOR : J'y vais tout de suite, Monsieur, merci pour le café.

COUDRIER : Pastor ?

PASTOR : Monsieur ?

COUDRIER : J'ai le sentiment que mon collègue Cercaire veut surtout tester vos capacités en matière d'interrogatoire, dans cette affaire.

PASTOR : Testons, Monsieur.

*

— Thian, parle-moi de Chabralle, donne-moi des détails sur lui, quelque chose de vivant. Prends ton temps.

— Gamin, le « vivant », comme tu dis, est plutôt rare aux alentours de Chabralle.

Mais l'inspecteur Van Thian aimait raconter. Il se rappelait avoir enquêté onze ans plus tôt sur un double crime imputé à Chabralle : un conseiller fiscal et sa petite amie. Thian avait été le premier à pénétrer dans l'appartement des victimes.

— Un loft rupin dans un entrepôt rénové, du côté des Halles, une piaule vaste comme un hangar d'avions et haute comme une cathédrale, murs crépis vieux rose, meubles laqués blanc, verrière dépolie et structure métallique à gros rivets ronds. Ponthard-Delmaire faisait beaucoup ce genre de truc dans les années soixante-dix.

La première chose que Thian avait vue après avoir enfoncé la porte (et la seule, d'ailleurs) ç'avait été un lustre d'un *nouveau style*.

— L'homme et la femme étaient pendus à la même corde, jetée par-dessus la poutre maîtresse de l'appartement. Comme la femme rendait douze kilos à l'homme et que c'était exactement le poids du chien de la maison, on avait pendu le chien à la cheville de la femme. Stabile.

Une quinzaine plus tard, Van Thian s'était rendu au domicile de Chabralle avec le commissaire Coudrier qui n'était pas encore divisionnaire, à l'époque.

— Et tu sais ce qu'on voit, posé sur la table de nuit de Chabralle, dans sa chambre à coucher, gamin ? Un petit stabile. En or. Le même : l'homme, la femme et le chien. Evidemment, ce n'était pas une preuve...

— Tu peux me résumer l'affaire du Crédit Industriel, maintenant ?

*

Vers quatre heures du matin, le divisionnaire Cercaire reçut Pastor en coup de vent.

— On m'a buté un gars, ce soir, à Belleville, j'ai plus un homme disponible, la foule des indics, tu sais ce que c'est... Chabralle est dans le bureau de Bertholet, troisième à droite.

Les distributeurs de café étaient vides, les cendriers étaient pleins, les doigts étaient jaunes, les yeux tirés par la nuit blanche et les chemises froissées aux hanches. Les coups de gueule claquaient, la lumière éblouissait les murs. Pastor fit les frais de l'humeur ambiante. Il pouvait entendre ses collègues penser, en s'avançant dans le couloir. Alors, c'est lui, Pastor ? l'accoucheur d'aveux, le gynéco du crime, le Torquemada du divisionnaire Coudrier ? Du flic en dentelles, ça, du pistonné qui cherche à grimper pendant que nous, les hommes de Cercaire, les têtes de pont de l'antidope, on se farcit les gros calibres. Quelques pas encore, et le dénommé Pastor se trouverait en face du citoyen Chabralle. Et Chabralle, les hommes de Cercaire connaissaient ! Il venait de les trimballer quarante-deux heures durant ! Tous autant qu'ils étaient — et ils n'étaient pas des moindres. Pastor sentait qu'aucun de ces types à gourmette et blouson n'aurait misé un rond sur son vieux pull tricoté maison, face au sourire inoxydable de Paul Chabralle.

Pastor pénétra dans le bureau, vida poliment le flic qui surveillait Chabralle et ferma soigneusement la porte sur lui.

— Tu viens pour le ménage, petit ? demanda Chabralle.

*

Vingt minutes plus tard, une oreille qui passait par là entendit à travers la porte close la frappe régulière d'une machine à écrire. Elle fit signe à une autre oreille qui se ventousa à son tour. Dans le bureau, une voix bourdonnait, accompagnant le rythme de la machine. D'autres oreilles se collèrent d'elles-mêmes à la porte. Puis, il y eut un répit.

Et la porte s'ouvrit enfin. Chabralle avait signé.

Non seulement, il reconnaissait le casse du Crédit Industriel, mais encore six des sept autres affaires pour lesquelles il avait bénéficié d'un non-lieu.

Le premier instant de surprise passé, les hommes de cuir du divisionnaire Cercaire auraient volontiers porté Pastor en triomphe. Mais quelque chose, dans l'expression du jeune inspecteur, les en dissuada. On aurait dit qu'il venait de contracter une maladie mortelle. Son vieux pull pendait sur lui comme une peau morte. Il passa sans les voir.

*

— Une histoire drôle, gamin ?

L'inspecteur Van Thian connaissait bien cet état, chez son jeune collègue Pastor. Les interrogatoires avaient toujours sur lui le même effet. Pastor obtenait des aveux, toujours. Mais après chaque séance, Van Thian récupérait le gamin plus mort que vif. Trente années de plus sur ce visage enfantin. L'ombre agonisante de lui-même. Il fallait le ressusciter. Van Thian imposait son histoire drôle.

— Je vais te dire un proverbe taoïste, gamin ; très bon pour ta modestie après le succès que tu viens de t'offrir.

Thian asseyait Pastor sur un tabouret. Il s'accroupissait en face de lui et cherchait les yeux du jeune flic qui avaient disparu au fond de ses orbites. Il captait enfin le regard. Et il racontait. Il ne faisait pas dans la dentelle. Il y allait carrément.

— Proverbe taoïste, gamin : *Si demain, après ta victoire de cette nuit, te contemplant nu dans ton miroir, tu te découvrais une seconde paire de testicules, que ton cœur ne se gonfle pas d'orgueil, ô mon fils, c'est tout simplement que tu es en train de te faire enculer.*

Après chaque histoire, une décharge traversait le visage de Pastor, que Thian interprétait comme un bref éclat de rire. Puis les traits du jeune inspecteur se recomposaient peu à peu. Il se détendait. Il reprenait forme humaine.

II

LE BOUC

— *Pleurez, Malaussène, pleurez de façon convaincante : soyez un bon bouc.*

10

Le lendemain samedi, la Ville de Paris, en sa Mairie du XIe arrondissement, récompense notre vieux Semelle d'avoir chaussé cinquante années durant les panards de Belleville. Un petit gros à diagonale bleu-blanc-rouge déclare officiellement que c'est très bien. Semelle regrette un peu que le discours ne soit pas prononcé par le Maire des Maires en personne, mais le Maire des Maires se recueille sur la dépouille d'un jeune inspecteur abattu la veille, dans le même quartier, à quelques centaines de mètres de l'ancienne échoppe de Semelle.

— C'est aux hommes et aux femmes méritants de votre génération que ce jeune héros a sacrifié sa vie, monsieur...

Mais le vieux Semelle ne pense pas au jeune inspecteur. Le vieux Semelle n'a d'yeux que pour la médaille promise. La médaille rutile dans son petit cercueil de velours, posée sur une longue table derrière laquelle on a assis un député cubique et un jeune énarque soyeux, Secrétaire d'Etat aux Personnes Agées. Pour ce qui est de l'assistance, mon pote Stojilkovicz a surpeuplé la salle, en plusieurs voyages de son autobus légendaire. A son entrée, notre Semelle s'est vu sacrer Empereur du bitume par l'innombrable peuple aux pieds sensibles, Roi de la Godasse, d'une seule voix, Grand Vizir de la Pompe ! Et maintenant, debout derrière la longue table, le gros tricolore y va de son compliment :

— Je vous connais bien, monsieur...

(Mensonge.)

— J'ai toujours admiré...

(Re-mensonge.)

— Et quand je pense à vous...

(Incroyable...)

Sur quoi, le député d'arrondissement prend le relais (mâchoires carrées, énergie à longue distance) et passe la vitesse supérieure :

— Les hommes comme moi ont le difficile honneur de succéder aux hommes de votre trempe...

Et d'embrayer sur la vénération que le Pouvoir doit aux Vénérables, estimant au passage que le précédent gouvernement ne les vénérait pas assez. Mais, patience, mes amis, nous sommes de retour, on reprend le manche, et dans quelques mois tous les retraités qui ont fait notre beau pays pourront villégiaturer gratis aux Baléares, comme ils le méritent, « comme la Nation le leur doit. »

(En gros.) Bravos, hochements de tête approbateurs, roses joues de notre vieux Semelle ; on échappe de justesse au bis et la parole est refilée au Secrétaire d'Etat aux Personnes Agées, un blond jeune homme trois-pièces, impeccablement partagé par sa raie médiane, moins bouffeur d'air que le député, moins lyrique, plus chiffré. Il s'appelle Arnaud Le Capelier. Dès ses premiers mots, tout le monde pige que le cheval d'Arnaud, ce n'est pas la politique, mais l'Administration, qu'il est, depuis le berceau, programmé pour la permanence des institutions. L'Homme est un plantigrade adapté aux échelons ; les pieds d'Arnaud Le Capelier doivent porter la trace de tous ceux qu'il a gravis de la Maternelle jusqu'à son poste actuel. Il commence son spitche en se félicitant de « la belle autonomie du médaillé » (sic : ça veut dire que si notre Semelle n'est plus d'âge à fabriquer des pompes, il peut encore lacer les siennes tout seul), « se réjouit de le voir si bien entouré » (bravo, Stojilkovicz !) et « déplore pour sa part que l'image de ce bonheur ne soit pas plus répandue ».

— Mais l'Etat et l'Administration sont là pour pallier les défaillances humaines et prendre en charge ceux des plus vieux citoyens que les circonstances de la vie ont acculés à une solitude désespérée, et parfois dégradante. (Re-sic.)

Il ne fait pas partie de la brigade du rire, Arnaud Le Capelier. Et il a une curieuse façon de parler. Un débit « attentif », je dirais. Oui, c'est ça, *il parle comme on écoute,* les mots qu'il lâche, il veut les *entendre pénétrer* dans la cervelle de l'auditoire. Et que dit-il aux vieillards ici présents ? Il dit ceci : quand vous sentirez que vous commencez à perdre les pédales ou à souffler trop fort dans les escaliers, mes petits vieux, n'attendez pas que vos mômes secouent le cocotier, venez direct à moi que je vous bichonne. Et si vous n'arrivez pas à déterminer vous-mêmes votre « degré d'autonomie » (décidément, il y tient à cette formule au formol !), faites confiance au diagnostic des infirmières visiteuses que l'Etat et la Municipalité mettent gracieusement à la disposition des personnes âgées. Elles sauront vous « dispatcher » (sic, oui, sic) vers « les E.P.A. les mieux appropriés à vos besoins respectifs ».

Une fois qu'on a pigé que les initiales E.P.A. désignent les Etablissements pour Personnes Agées, on a compris l'essentiel de son discours, au bel Arnaud Le Capelier : de la retape pour les mouroirs, voilà ce qu'il est en train de faire, tout bonnement. Nos regards se croisent par hasard. (« Si tu t'imagines qu'on va te refiler nos grands-pères, mon bel Arnaud, tu te goures... ») Et je sens que ses yeux m'entendent penser. Rarement vu un regard aussi attentif. Drôle de gueule, ce garçon. Sa raie le partage vraiment comme une motte de beurre. Elle est prolongée par la droite ligne d'un nez tranchant qui achève de couper ce visage en deux en tombant comme un point d'exclamation sur la fossette d'un menton plutôt gras. Le tout fait un drôle de mélange. Mollesse implacable. Une couenne douillette protégeant la musculature d'un sportif mondain. Bon tennisman, sans doute. Et bridgeur, aussi, spécialiste des contrats vicelards. Je n'aime pas Arnaud Le Capelier, voilà. Je ne l'aime pas. Et de penser que c'est le « Monsieur Vioques » du pays me défrise vaguement. Je n'ai plus qu'une envie, c'est de tirer mes vieux d'ici, vite fait. Je suis la poule. Je flaire le renard. Arnaud, mon bel Arnaud, jamais je ne te laisserai visiter mon clapier. Mes vieux à moi sont miens, compris ? La seule infirmière autorisée, c'est moi. Pigé ?

*

Pendant que je laisse aller ma paranoïa, le petit maire tout rond a repris le manche. Il épingle la médaille du Cinquantenaire sur la poitrine palpitante de Semelle. Flashs de ma petite sœur Clara, qui se met à mitrailler Semelle, la foule en joie, les officiels officiants, rechargeant son Leica à la vitesse-Rambo, toute lumineuse de donner libre cours à sa passion pour la photographie. Bisous, paluches, larmes de Semelle (ces émotions risquent de l'abréger !), congratulations...

Légèrement en retrait de cette agitation, Jérémy, mon petit faussaire de frangin (celui qui est, en fait, à l'origine de cette belle cérémonie) médite en silence sur la Puissance et la Gloire.

11

Veufs et veuves, Bellevillois et Malausséniens, Stojil-kovicz nous a tous embarqués dans son autobus, et ça s'est terminé chez Amar, notre restau-famille, dans les dunes blondes du couscous et la mer Rouge du Sidi-Brahim. A peine avons-nous pénétré dans la salle enfumée que Hadouch, fils d'Amar, ami de mes écoles, me prend dans ses bras.

— Comment ça va, mon frère Benjamin, ça va ?

Son profil d'oiseau s'est collé à mon oreille.

— Ça va, Hadouch, et toi, ça va ?

— A la grâce de Dieu, mon frère, tu as bien planqué les photos que t'a refilées le Kabyle ?

— Sous la paillasse de Julius. Qui était ce flic ?

— Vanini, un inspecteur des stups, mais un gros bras nationaliste. Il s'offrait des ratonades. Il en a tué quelques-uns chez nous, dont un de mes cousins. Elles peuvent servir, ces photos, veille sur elles, Benjamin...

Ayant murmuré, Hadouch s'en est allé vaquer à son service. Au bout de la table, la conversation bat déjà son trop-plein.

— Moi, je suis resté vingt-cinq ans coiffeur dans le même quartier, confie Papy-Merlan à une veuve sa voisine, mais c'était la barbe, surtout, qui me plaisait, le rasoir, le vrai, le sabre !

La veuve a l'œil admiratif et une permanente Chantilly.

— Quand le syndicat a décrété que la barbe n'était plus rentable et qu'il ne fallait plus raser, j'ai laissé tomber, le métier avait perdu tout son sens.

Il s'anime, Merlan, il démontre :

— Tous les matins, un rasoir, ça redessine les visages, vous comprenez ?

La veuve fait oui de la tête, elle pige.

— Alors je me suis mis coiffeur funéraire.

— Coiffeur funéraire ?

— Dans le septième, le huitième et le seizième arrondissements. Je rasais les morts de la haute. La barbe et les cheveux, ça continue de pousser après la mort, on peut raser toute une éternité.

— A propos de poils, intervient Papy-Rognon, le boucher de Tlemcen, je vais sur mes soixante-douze piges, et tel que tu me vois, mes tifs poussent tout noirs et ma barbe toute blanche, tu peux m'expliquer ça, Merlan ?

— Moi, je peux, déclare Stojil de sa voix de basson ; c'est comme tout, Rognon, l'homme use ce dont il se sert. Toute ta vie tu as bouffé comme quatre et ta barbe pousse blanche ; pour ce qui est de ta cervelle... tes cheveux sont restés noirs. Tu as choisi la sagesse, Rognon.

Traduction simultanée en arabe et rigolade générale. C'est la veuve Dolgorouki qui a le plus joli rire. Elle est assise à côté de Stojil. Elle est la veuve préférée de Clara et de maman.

— La vérité, dit gravement Risson, c'est qu'il n'y a plus de *métier* ; le métier, en général, se perd, nous sommes tous ici des anciens du *métier*.

Jérémy n'est pas d'accord.

— Ancien libraire, ancien boucher, ancien coiffeur, ça veut rien dire, tout ça : être un ancien quelque chose, c'est forcément devenir un nouveau quelqu'un !

— Ah oui ? Et t'es un ancien quoi, toi, bonhomme ?

— Aussi vrai que tu es un ancien coiffeur, rétorque le môme, moi je suis un ancien du C.E.G. Pierre Brossolette ! Pas vrai, Benjamin ?

(Parfaitement vrai. L'année dernière, ce petit con a foutu le feu à son collège, et il s'est retrouvé ancien élève avant que les cendres en soient refroidies.) Mais, ding-ding-ding, la fourchette de Verdun réclame l'attention générale. Ceux qui savent déjà ce que le doyen va dire piquent le nez dans leurs assiettes. On déroule le tapis du silence.

— Semelle, déclare Verdun d'une voix commémorative, Semelle, je vais déboucher une bouteille en ton honneur.

Et de poser solennellement devant lui un demi-litron d'un liquide parfaitement transparent.

— Eté 1976, annonce-t-il en sortant son Laguiole.

C'est bien ce qu'on craignait. C'est de la flotte qui stagne depuis dix ans dans cette prison de verre soufflé. De l'eau de pluie. Oui, Verdun collectionne les bouteilles d'eau de pluie. Ça date de l'été 1915, cette manie. Ayant appris par l'Illustration que nos pioupious manquaient tragiquement d'eau dans leurs tranchées, la petite fille de Verdun, Camille, s'était mise à remplir des bouteilles d'eau de pluie, « pour que papa n'ait plus jamais soif ». Et Verdun a continué, après que la grippe espagnole lui eut enlevé son enfant. Un hommage à Camille. De tout ce qu'il possédait, quand on l'a installé chez nous, Verdun n'a voulu emporter que sa collection de bouteilles. 284 boutanches en tout ! Une par saison depuis l'été 1915 ! Très poétique, tout ça... Seulement, ces derniers temps, Verdun nous honore un peu trop. Anniversaire de Thérèse, première dent perdue du Petit, fête des uns, gloire des autres, tout est prétexte à ouvrir une boutanche... une overdose d'eau croupie.

— Eté 76, dit gentiment la veuve Dolgorouki, il avait été particulièrement sec, n'est-ce pas ?

— Ouais, un grand cru, lâche Rognon en louchant sur le Sidi-Brahim.

Sur quoi, le vieil Amar dépose la semoule entre les convives silencieux, et penche sur moi sa toison de vieux mouton blanc.

— Ça va, mon fils ?

— Ça va, Amar, je te remercie.

*

La question étant, en effet, de savoir si ça va si bien que ça. Légitimement, ça devrait. Nous formons autour de cette nappe blanche une famille unie de petits enfants et de grands-pères qui communient dans l'eau pure. (Bien sûr, les grands-pères ne sont pas authentiques et les papas sont portés disparus, mais rien n'est parfait.) Non, ça devrait aller. Alors, Malaussène, pourquoi ça ne va pas ? Julius le Chien est en crise, voilà ce qui ne va pas. Cette affaire de vieux camés traîne en longueur et je commence à avoir les foies, voilà ce qui ne va pas. Dis, Julie, tu es prudente au moins ? Tu ne fais pas de conneries ? Ça ne rigole pas, dans la drogue, tu sais... fais gaffe, ma Julia, fais gaffe.

*

Le scopitone entame une chanson d'Oum Kalsoum. Ça commence à fleurer bon la semoule chaude et les herbes de là-bas.

— Vous avez vu ? C'est pas du bronze, c'est du vermeil ! s'exclame tout à coup Semelle en brandissant sa décoration. Ils m'ont donné une médaille en vermeil !

— Comme les anciennes cuillers à thé des Algéroises, ironise Hadouch qui vient de déposer les brochettes.

— Et ils m'ont aussi offert une chaussure-cendrier.

La godasse à clopes fait le tour des convives. Son talon est frappé à la Caravelle de la ville. Très joli.

— Et des cachets contre la déprime !

— Quoi ?

Semelle me refile un sachet en plastique bourré de gélules multicolores.

— L'infirmière m'a dit d'en prendre une chaque fois que je me faisais des idées noires.

— Quelle infirmière ?

— Une petite brunette toute pareille à celle que Thérèse a vue dans ma main.

(En vrac, les pilules, sans mode d'emploi et sans ordonnance.)

— Vous les faites descendre avec un bon pastis, voilà ce qu'elle m'a dit.

— Fais voir ?

Les doigts bruns de Hadouch se sont enroulés autour du paquet qu'il soupèse une seconde.

— Elle m'a dit qu'elle m'en apporterait d'autres quand j'aurai fini celles-là.

Hadouch ouvre le paquet, croque une pastille, grimace, crache, et me dit :

— Amphétamines, Ben. Ça plus du pastis, c'est la mise sur orbite garantie. A quoi ils jouent, à la mairie ?

Je n'ai pas le temps de répondre à cette intéressante question, car la porte de Koutoubia s'ouvre à la volée et le petit restau est aussitôt bourré de flics — au moins deux par client.

— Personne ne bouge ! On fouille, on fouille, et personne ne bouge.

Le grand moustachu qui vient de gueuler ça, porte un manteau de cuir. Son sourire aimerait bien voir quelqu'un bouger, pour le pur plaisir de l'aligner. Vieilles et vieux ouvrent les yeux de la terreur. Les enfants me regardent et s'immobilisent. Hadouch a le réflexe de glisser le sachet de pilules sous le pain d'une corbeille, mais un plus rapide que lui a repéré son geste.

— Eh, Cercaire! Jette un coup d'œil là-dessus!

Le manteau à moustaches chope le paquet au vol. Là-bas, au fond du restaurant, dans le scopitone, la voix d'Oum Kalsoum accompagne son propre cercueil jusqu'aux jardins d'Allah. La foule se déchire sur son passage.

— Eteignez-moi ce bastringue!

Quelqu'un arrache le fil de l'appareil, et, dans le silence soudain, la voix du moustachu murmure :

— Alors, Ben Tayeb, on fait dans la pharmacie de pointe, maintenant?

J'ouvre la bouche, mais le regard que me lance Hadouch me bloque la pensée au ras des mots.

Silence.

12

Ils ont saisi deux couteaux, un rasoir, le sachet, ont embarqué Hadouch et deux autres Arabes. Un jeune flic tout rose, qui fait comme moi dans le social, a doucement recommandé aux enfants et aux vieux de ne plus fréquenter d'endroits pareils. Malgré les protestations d'Amar, le déjeuner a pris fin avant même de commencer. C'est que le moustachu a ordonné la fermeture pour le restant de la journée : perquisition. Stojil est parti dans son autobus promener ses vieilles. Le reste de la tribu a regagné la maison, tête basse. Moi, je reste un moment en compagnie du costaud à moustaches.

On cause.

Dans un fourgon bleu.

Charmante causerie.

Pour qu'il n'y ait pas de confusion possible, Moustaches de Cuir m'apprend d'entrée de jeu qu'il n'est pas une seconde matraque des stupéfiants, mais un tout premier gourdin : le Commissaire Divisionnaire Cercaire (que d'air !) en personne, grand maréchal de l'antidope. A la façon dont il m'annonce ça, je comprends qu'il me faudrait hocher la tête comme si je me trouvais devant la grande image. Désolé, Cercaire, j'ai pas la télé.

— Et vous, c'est comment, votre nom, déjà ?

(C'est ça, la vie ; il y a les connus et les inconnus. Les connus tiennent à se faire reconnaître, les inconnus aimeraient le rester, et ça foire.)

— Malaussène, je dis, Benjamin Malaussène.

— Niçois ?

— Au moins de nom, oui.

— J'ai de la famille, là-bas, beau pays.

(En effet, ça sent le mimosa, à ce qu'il paraît.)

— Tu t'imagines, bien, Malaussène, que si je me déplace un samedi à Belleville, c'est pas pour foutre des contredanses.

(« Tu-tu », il cherche le contact, Cercaire. « Tu-tu », sous prétexte qu'il a une lointaine cousine niçoise.)

— Ça fait combien de temps que tu habites le quartier ?

(Il a la cinquantaine colossale, le manteau de cuir bossu où il faut, la chevalière et la gourmette taillées dans le même or, les pompes-miroir et, probablement, les coupes de ses concours de tir alignées sur les étagères de son burlingue.)

— Depuis mon enfance.

— Tu connais bien, alors ?

(Poussé sur la pente savonneuse, je suis.)

— Mieux que Nice, oui.

— Tu viens souvent bouffer chez Ben Tayeb ?

— J'y emmène ma famille une ou deux fois par semaine.

— C'étaient tes enfants, à table ?

— Mes frères et sœurs.

— Qu'est-ce que tu fais, comme boulot ?

— Directeur littéraire aux Editions du Talion.

— Et ça vous plaît ?

(Voilà, il y a les « apparences-tu » et les « métiers-vous ». Un homme simple, Cercaire. J'ai une tête de quoi avant que le titre ne vienne contredire l'apparence ? Plombard ? Chômeur ? Marlou ? Alcoolo ?)

— Je veux dire, les milieux littéraires, ça vous plaît ?
Vous devez rencontrer des tas de gens passionnants !

(Essentiellement pour qu'ils m'engueulent, oui.
Quelle tête, il ferait, Moustaches Viriles, s'il savait que
le titre prestigieux de « directeur littéraire » cache
chez moi l'activité rampante de Bouc Emissaire ?)

— En effet, des gens tout à fait attachants.

— J'ai moi-même quelques projets d'écriture...

(Ben voyons.)

— C'est qu'on est aux premières loges, dans la
police ; on voit toutes sortes de choses.

(Des directeurs littéraires à tête de gouape, par
exemple.)

— Mais je réserve la plume à mes années de retraite.

(Erreur, pour la retraite, la plume est moins utile
que la tondeuse à gazon.)

Puis, soudain :

— Il risque de graves ennuis, votre ami Ben Tayeb.

— Ce n'est pas mon ami.

(On pourrait prendre ça pour une petite vilenie, mais
c'est un réflexe de prudence. Si je veux aider Hadouch
auprès de ce croque-mitaine, il faut que je me démar-
que.)

— J'aime mieux ça. On va pouvoir collaborer plus
facilement. Il vous fourguait ses petites pilules quand
nous sommes entrés ?

— Non, il venait de poser les brochettes sur la table.

— Avec ce gros paquet dans la main ?

— Je ne l'avais pas remarqué avant votre arrivée.

Suit un silence qui me permet d'identifier l'odeur
intime de ce fourgon. Un mélange de cuir, de panards,
et de tabac froid. Des heures de flics passées à taper le
carton en attendant de cogner plus fort. Cercaire
reprend, confidentiel :

— Vous savez pourquoi je joue les cow-boys, à la
brigade des stupéfiants ?

(Qu'est-ce qu'on peut répondre à ça ?)

— Parce que vous avez des sœurs et des frères, Malaussène, et que l'image d'une aiguille plantée dans une veine de cet âge-là, je ne peux pas la supporter, c'est tout.

Il a mis une telle conviction dans ce qu'il vient de dire, que je pense tout à coup : « Comme ce serait beau, si c'était vrai ! » Sans blague. Même, pendant une seconde, j'ai eu envie de le croire, j'ai entrevu un paradis social où les pandores auraient la vocation du bonheur-citoyen, un joli monde où l'on ne shooterait les vieux qu'avec leur accord exprès, où les gentilles fées ne défourailleraient pas en pleine rue sur les têtes blondes, où les têtes blondes ne casseraient pas les têtes brunes, une société où personne n'aurait à faire dans le social, où Julia, ma si belle Corrençon, pourrait enfin remplacer ses raisons d'écrire par des occasions de me baiser. Bon Dieu que ce serait beau !

— Et je respecte les intellectuels dans votre genre, Malaussène, mais je ne les laisserai pas se mettre en travers de ma route quand il s'agit de coincer un bougnoule qui fait dans la came.

(Ainsi meurt un rêve.)

— Parce que c'est de ça qu'il s'agit, au cas où vous ne l'auriez pas pigé. Ce que Hadouch Ben Tayeb vous proposait, ou était sur le point de vous proposer, ce sont des saloperies d'amphétamines mises au rebut par nos services de contrôle, mais qu'il se procure librement dans les pharmacies algériennes pour les réintroduire chez nous.

(Si on les trouve là-bas, c'est bien que nous les y exportons, non ? Mais je garde cette fine remarque pour moi.) Je dis :

— Peut-être étaient-ce les médicaments du vieil Amar. Je sais qu'il souffre de rhumatismes.

— Mon cul.

Voilà. S'il ne croit pas ça, essayez de lui expliquer que c'est la Mairie soi-même qui a fourgué ces pilules à Semelle. Je comprends de mieux en mieux le silence de Hadouch.

— On va arrêter là notre petite conversation, Malaussène.

(Pas de refus.) Je me lève donc, mais sa main chope mon bras au passage. Du bel acier.

— On m'a tué un homme, hier, dans ce quartier pourri. Un brave môme qui était affecté à la protection des vieilles femmes — celles que les drogués égorgent. Il va falloir me la payer très cher, cette vie-là. Alors, ne faites pas le con, Malaussène, si vous apprenez quelque chose, pas d'imprudence : téléphonez-moi vite fait. Je respecte votre goût pour l'exotisme maghrébin, mais jusqu'à un certain point seulement. Pigé ?

*

Tout rêveur, sur le chemin du retour, je manque me faire écraser par un autobus rouge, bourré de vieilles dames en folie. Stojil me salue d'un coup de klaxon et je lui réponds par un baiser distrait, lancé du bout des doigts. Les uns égorgent les vieilles dames, Stojil les ressuscite.

Au croisement Belleville-Timbaud, m'apparaît en effet ce qui m'avait échappé la nuit dernière : la silhouette d'un corps dessinée à la craie au milieu du carrefour. Une petite fille d'outre-Méditerranée, emmitouflée dans une douzaine de cache-nez, y joue toute seule à la marelle. Ses deux pieds sont posés bien à plat sur les pieds du mort. Là-bas, le cercle élargi de la tête fera office de paradis.

13

Stojilkovicz avait déposé la veuve Dolgorouki au coin du boulevard de Belleville et de la rue de Pali-Kao. L'autobus était reparti, dans le rire frais des vieilles dames, et la veuve Dolgorouki traînait maintenant comme une jeunette, le long de la rue de Tourtille. Elle était vieille. Elle était veuve. Elle était d'origine russe. Elle portait un petit sac en croco, dernier vestige de son temps à elle. Mais elle souriait. L'horizon semblait dégagé devant elle. Un jeune flic à blouson de cuir la suivait des yeux. Il la trouvait imprudente de rêvasser dans Belleville à cette heure semi-nocturne, mais il savait une chose : on ne la lui tuerait pas. Il veillait sur elle. D'ailleurs, il la trouvait jolie. C'était un brave garçon. Il tenait Belleville sous sa ligne de mire.

La veuve Dolgorouki rêvait au « divin Stojilkovicz ». Elle ne l'appelait jamais autrement : « Le divin Stojilkovicz. » Non sans en sourire elle-même. Cet homme et son autobus avaient peuplé sa solitude jusqu'au tourbillon. (Oui, elle employait des expressions de ce genre : « peuplé jusqu'au tourbillon ». En roulant un peu les « r ».) Le divin Stojilkovicz promenait les vieilles dames en autobus. Il y avait les « virées du samedi » où ses amies et elles faisaient leurs emplettes de la semaine, guidées par un Stojilkovicz qui connaissait comme personne « les boutiques de vos vingt ans ». Il y avait aussi les grandes échappées du dimanche, où le divin Stojil leur offrait Paris, pour le plaisir de la promenade. Un Paris oublié qu'il faisait jaillir de leurs anciennes bottines de jeunes filles. La semaine dernière elles avaient dansé, rue de Lappe, le fox-trot, le charleston, et des choses plus alanguies. Les têtes des danseurs traçaient un labyrinthe dans la fumée stagnante.

Aujourd'hui, aux puces de Montreuil, le divin Stojil-kovicz avait su marchander pour la veuve Dolgorouki un petit éventail à la mode de Kiev. Sa grosse voix de pope avait sermonné le jeune fripier qui tenait la boutique.

— Tu fais un vilain métier, mon garçon. Les anti-quaires sont des pilleurs d'âmes. Cet éventail appartient à la mémoire de madame, qui est d'origine russe. Si tu n'es pas la future canaille que je crois, fais-lui un gros rabais.

Oui, une belle journée pour la veuve Dolgorouki. Même si le quart de sa pension trimestrielle, touchée le matin même, s'était envolé d'un coup d'éventail. Et demain dimanche, de nouveau, promenade... Puis, comme tous les dimanches après-midi, le « divin Sto-jilkovicz » plongerait sa troupe de vieilles dames dans les profondeurs des catacombes, où, dans la poussière des ossements, elles se livreraient en riant à ce qu'il appelait *la Résistance active à l'Eternité* ». (Mais, de ces petits jeux-là, on avait fait le serment de ne rien dire à personne, et la veuve Dolgorouki serait morte plutôt que de trahir ce secret.)

Après la cérémonie des catacombes, on allait prendre le thé dans cette famille, les Malaussène. Si les promenades se déroulaient « entre filles », là, la veuve Dolgorouki rencontrait des « messieurs ». La mère, enceinte depuis maintenant dix mois, rayonnait. Elle ne semblait pas inquiète. Sa fille Clara servait le thé, et, parfois, prenait des photos. La mère et la fille avaient des visages d'icône. Au fond de la quincaillerie transformée en appartement, une autre fille, très maigre, disait la bonne aventure. Un petit garçon aux lunettes roses racontait des merveilles. Le calme de cette maison apaisait la veuve Dolgorouki.

Tout à coup, la veuve Dolgorouki songea à sa voisine de palier, la veuve Hô. La veuve Hô était vietnamienne. Elle était toute frêle et se sentait très seule. Oui, c'était décidé, samedi prochain, la veuve Dolgorouki inviterait la veuve Hô à monter avec elle dans l'autobus. On se serrerait un peu, voilà tout.

*

C'est à quoi rêvait la veuve Dolgorouki, le long de la rue de Tourtille, en rentrant chez elle, suivie par le petit flic à blouson de cuir. La seule épreuve de la journée serait celle de l'escalier. C'était un escalier sombre (minuterie coupée par l'E.D.F.), encombré à chaque palier de gravats et de poubelles abandonnées. Cinq étages ! A vingt mètres du porche, la veuve Dolgorouki respirait déjà profondément, comme on s'apprête à plonger. L'ampoule du dernier réverbère était morte. (La fronde du petit Nourdine, probablement.) Elle rentrait chez elle. Elle pénétrait dans sa nuit. Le petit flic ne la suivit pas dans l'immeuble. Il venait d'en inspecter tous les paliers. Deux veuves habitaient là : la veuve Hô, celle qui était passée hier soir à la télé, et la veuve Dolgorouki. Le petit flic était l'ange invisible de ces deux veuves. La veuve Dolgorouki venait d'atteindre son immeuble saine et sauve. Le petit flic fit demi-tour. Il ne voulait pas perdre Belleville des yeux.

Dès qu'elle eut passé le porche, la veuve Dolgorouki sentit la menace. Il y avait quelqu'un. Tapi sous la cage de l'escalier B. A un mètre d'elle sur sa gauche. Elle sentait la chaleur de ce corps. Et la tension de ces nerfs. Elle ouvrit doucement son sac. Sa main s'y glissa, et ses doigts s'enroulèrent autour de la crosse de noisetier. Le revolver était une arme courte et trapue, conçue tout exprès pour ce genre de combat rapproché. Un Llama modèle 27. Elle fit glisser le sac de sa hanche droite à son ventre. Maintenant, l'arme était dirigée vers le danger. Elle arma le chien le plus silencieusement possible et sentit le barillet tourner contre sa paume. Elle s'immobilisa. Elle tourna la tête vers le trou obscur de la cage d'escalier et demanda :

— Qui est-ce ?

Pas de réponse. Il allait bondir. Elle ne tirerait qu'au dernier moment, quand elle verrait le rasoir, sans sortir l'arme de son sac.

— Alors, qui est-ce ?

Son cœur battait plus vite, mais c'était d'excitation. Elle donnait l'impression de serrer peureusement son petit sac contre elle.

— J'ai touché ma pension, aujourd'hui, dit-elle, elle est ici, dans mon sac.

Silence.

— Avec un éventail de Kiev et les clefs de mon appartement.

L'ombre ne bronchait toujours pas.

— Cinquième droite, précisa-t-elle.

Rien.

— Bien, fit-elle, je vais appeler au secours. La police est dehors.

L'ombre se manifesta enfin.

— Faites pas la conne, m'dame Dolgo, j' suis en planque !

Elle reconnut immédiatement la voix. Elle lâcha le revolver comme s'il lui brûlait la peau.

— Qu'est-ce que tu fais là, mon petit Nourdine ?

— J'attends Leila, chuchota le gamin. Je veux lui faire peur.

(Leila était une des filles du vieil Amar Ben Tayeb, le restaurateur. Chaque soir, Leila montait leur dîner à la veuve Dolgorouki et à la veuve Hô.)

— Pour faire tomber son plateau comme la semaine dernière ?

— Non, m'dame Dolgo, juste pour la peloter un coup.

— Entendu, mon petit Nourdine, mais quand elle redescendra.

— D'accord, m'dame Dolgo, quand elle redescendra.

*

— Entre, Leila, la porte est ouverte.

Elle venait à peine de déposer son sac et son manteau. Elle n'avait pas encore repris son souffle.

— Ce n'est pas Leila, madame Dolgorouki, répondit la voix, ce n'est que moi.

Elle se retourna, un sourire surpris aux lèvres. Elle n'eut pas le temps de protéger sa gorge. La lame du rasoir avait sifflé. Elle sut que la plaie était nette et profonde. Elle sentit qu'elle se noyait en elle-même. Ce n'était pas une mort si désagréable, une sorte d'ivresse bouillonnante.

14

Il y avait maintenant quatre jours que la jeune femme trouvée dans la péniche dormait profondément.

— Si vous n'êtes pas une pute, belle dame, qui êtes-vous ?

Pastor était agenouillé à son chevet. Il murmurait, dans le silence de la chambre d'hôpital, espérant qu'elle percevait l'écho de ce murmure dans un recoin de son coma.

— Et qui vous a fait ça ?

Elle n'était pas fichée à la prostitution ni portée disparue. Apparemment, personne ne réclamait ce corps somptueux, nul ne se souciait de cette existence vacillante. Pastor avait épuisé toutes les ressources de l'informatique et des fichiers de carton.

— Je les retrouverai, vous savez. Ils étaient au moins deux.

Elle était hérissée de tubes. Elle reposait dans une odeur de conserve hospitalière.

— Nous avons déjà récupéré la voiture, une BMW noire, du côté de la place Gambetta.

Penché sur elle, Pastor lui annonçait de bonnes nouvelles. De celles qui peuvent vous ramener à la surface.

— L'analyse des empreintes va nous apprendre des tas de choses.

Le bip rouge d'un cube métallique indiquait qu'elle pensait, mais de très loin. Le cœur battait irrégulièrement, comme on aime. Elle avait été droguée à mort.

— Même Thian, avec toutes ses pilules, ne supporterait pas une telle quantité de saloperies dans son organisme. Mais vous êtes une fille solide, vous vous en sortirez.

L'étude de la mâchoire non plus n'avait rien donné. Une molaire couronnée, l'extraction d'une dent de sagesse, mais aucun dentiste de France n'avait radiographié cette mâchoire, ni pris l'empreinte de cette molaire.

— Et votre appendice ? Le docteur dit que cette opération est toute fraîche. Deux ans au plus. Qui vous a fauché votre appendice ? Pas un chirurgien français, en tout cas, votre photo a circulé dans toutes les salles d'opérations. Un admirateur ?

Pastor souriait dans la pénombre de la chambre. Il prit une chaise, l'approcha du lit, s'assit posément.

— Bien. Raisonnons.

Il murmurait maintenant tout contre l'oreille de la dormeuse.

— Vous vous faites ouvrir le ventre et soigner les dents à l'étranger. Avec un peu de chance, la composition de votre couronne dentaire nous indiquera le pays. Deux hypothèses donc.

(On peut interroger n'importe qui, dans n'importe quel état ; ce sont rarement les réponses qui apportent la vérité, mais l'enchaînement des questions. C'est le Conseiller qui avait appris cela à Pastor, quand le petit Jean-Baptiste allait encore à l'école.)

— Ou vous êtes une belle étrangère, assassinée sur le territoire français, une espionne, peut-être, puisqu'on vous a torturée, auquel cas l'affaire m'échappera, ce qui me fait d'emblée écarter cette hypothèse.

— Ou vous êtes tout simplement une voyageuse professionnelle.

Pastor laissa passer le bruit ferrailleux d'un chariot dans le couloir. Puis, il demanda :

— Professeur coopérant ? (Il eut une moue sceptique.) Non, ce corps-là n'est pas un corps enseignant. Fonctionnaire d'Ambassade ? Femme d'affaires ?

Les formes vastes, les muscles denses, le visage volontaire évoquaient à la rigueur cette dernière image.

— Non plus : vos hommes vous auraient réclamée.

Pastor avait croisé quelques-unes de ces jets-patronnes. Surprenant comme les hommes se désintégraient en leur absence.

— Tourisme ? Vous faites dans le tourisme ? Guide patiente pour troupeaux anxieux ?

Non. Pastor n'aurait su dire pourquoi, mais non. Pas une tête à suivre des itinéraires fléchés.

— Journaliste, alors ?

Il jouait avec cette idée, maintenant. Journaliste... reporter... photographe... quelque chose dans ce genre...

— Mais pourquoi son journal ne réclamerait-il pas une si belle plumitive, en cas de disparition ?

Il promena encore son regard sur le corps tout entier. Belle fille. Beau squelette. Belle tête. Doigts nerveux et souples. Crinière naturelle.

— Parce que vous n'êtes pas une besogneuse au jour le jour qui alimente un quotidien, ni une reporter de palaces qui téléphone des papiers préfabriqués à l'heure de l'apéritif.

Non, il la voyait plutôt en journaliste de pointe, du genre à « faire corps avec le terrain », disparaissant pendant des semaines et n'émergeant qu'une fois son enquête bouclée. Historienne du présent, ethnologue d'ici-même, tout à fait le type de fille à apprendre ce qui devait rester caché. Et à vouloir le dire. Au nom d'une éthique de la transparence.

— C'est ça ?

La porte s'était ouverte sans que Pastor l'entendît. La voix graillonneuse de Thian ironisa à son oreille.

— Ça ou une dactylo en vacances, ou une héritière encombrante...

— Les dactylos ne se font pas soigner à l'étranger et on ne torture pas les héritières, Thian, on les coule directement dans le béton. Tu es un Annamite obtus, c'est très rare.

— Une sorte de Français, quoi. Allez, gamin, tirons-nous d'ici, les hôpitaux m'aggravent.

*

L'inspecteur Van Thian était déprimé. Les jours passaient et il n'arrivait pas à découvrir l'assassin de la veuve Dolgorouki.

— C'était ma voisine, gamin, elle créchait juste en face de chez moi.

Un type se baladait avec un rasoir dans Belleville. Il coupait les vieilles dames en deux, sous le nez de l'inspecteur Van Thian, et l'inspecteur Van Thian n'arrivait pas à mettre la main dessus.

— Tu crois que ce fumier serait entré chez moi ? Penses-tu, il est allé se servir en face.

La veuve Hô se révoltait dans le cœur de l'inspecteur Van Thian. La veuve Hô était autrement plus friquée que la veuve Dolgorouki. La veuve Hô sillonnait Belleville en secouant des liasses de billets sous le nez du pauvre monde, et c'étaient les autres veuves qui se faisaient dégommer. La veuve Hô dormait sur un matelas de billets pendant que les autres veuves serraient dans leurs petits poings des pensions faméliques. Les pensions étaient empoisonnées, les veuves en mouraient. L'inspecteur Van Thian et la veuve Hô ne faisaient plus bon ménage.

— Gamin, j'en ai marre d'être un vieux con déguisé en vieille conne.

Pastor alignait les verres de bourbon pour faire glisser les pilules antidépressives. Il n'y avait rien d'autre à faire.

— Pourtant, je m'y suis collé nuit et jour...

C'était vrai. L'inspecteur Van Thian avait utilisé toutes les recettes. Dans son habit de civil, il avait interrogé toutes les têtes qui pouvaient savoir. Dans sa robe de veuve, il avait tenté toutes celles qui voulaient se shooter. On avait vu la veuve Hô faire un bout de trottoir avec des camés si troués qu'ils ne retenaient plus leur propre flotte. Ils claquaient des dents, ils suaient par tous leurs trous, mais ils laissaient aller la veuve Hô. La veuve Hô se faisait l'effet d'un gros os interdit posé sous le nez de chiens affamés. Tout ce pognon, bon Dieu! Allah! tout ce blé qui ne ferait jamais de neige! La veuve Hô était comme l'arbre de la Connaissance planté dans le cerveau de Belleville : pas touche! En la voyant passer, certains camés s'évanouissaient de frustration. La veuve Hô ne croyait plus en elle-même, et elle n'aimait pas son accent.

— J'en ai marre d'assaisonner tout ce que je dis de nhuok-mam.

En fait, la veuve Hô ne parlait pas une broque de vietnamien. Son accent était en toc. Ses méthodes aussi.

— J'en ai marre de jouer les Asiates subtiles avec mon épaisse cervelle de Français.

Tous les soirs à l'heure du rapport, complètement écœuré, Thian laissait tomber dans le bureau la robe thaï aux reflets de soie noire. Le parfum Mille Fleurs d'Asie jaillissait de la robe pour étrangler Pastor. Quand la veuve Hô était déprimée, l'inspecteur Van

Thian faisait des confidences. Il était veuf, lui aussi. Sa femme Janine était morte, morte depuis douze ans, Janine la Géante. Elle avait laissé une fille derrière elle, Gervaise, mais Gervaise avait épousé Dieu. (« Je prie pour toi, Thianou, mais je n'ai vraiment pas le temps de venir te voir. ») L'inspecteur Van Thian se sentait seul. Et pour tout dire, il se sentait de nulle part.

— Ma mère était institutrice au Tonkin, dans les années vingt ; j'ai conservé la première et la seule lettre qu'elle ait jamais écrite à sa famille, postée de la ville de Monkaï, où elle était affectée. Tu veux la lire, gamin ?

Pastor lut cette lettre.

Chers parents,
Inutile d'insister, nous ne resterons pas dans ce pays plus de vingt ans. Nous sommes trop voraces pour eux et ils sont trop finauds pour nous. Quant à moi, en bonne pillarde que je suis, je prends ce qui me tombe de plus précieux sous la main et je rentre par le premier bateau. Attendez-moi, j'arrive.

Votre Louise

— Et qu'est-ce qui lui est tombé sous la main ? demanda Pastor.

— Mon père. Le plus petit Tonkinois du Tonkin. Elle, c'était une grande fille du douzième arrondissement, Tolbiac, tu vois ? Les entrepôts de Bercy. C'est là que j'ai grandi.

— Si on peut dire.

— Dans le pinard, gamin. Un fameux petit Gamay.

*

L'enquête de Pastor non plus ne marchait pas fort. L'analyse des empreintes, sur la carrosserie de la BMW n'avait rien donné. La voiture appartenait à un dentiste méticuleux et célibataire qui ne quittait plus ses gants depuis la grande terreur du SIDA. Comme les deux tueurs étaient aussi consciencieux que lui, cette voiture était la seule de Paris à ne porter la trace d'*aucune* empreinte digitale. Même le garagiste soignant avait effacé les siennes.

Conseillé par Thian, Pastor avait collecté tous les appels au secours enregistrés par les commissariats, la nuit où la fille avait été jetée dans la péniche.

— Elle s'est peut-être débattue quand on l'a chargée dans la bagnole, elle a peut-être gueulé, quelqu'un l'a peut-être entendue et a peut-être appelé les flics.

— Peut-être, avait admis Pastor.

Trois cent deux femmes avaient crié, cette nuit-là, dans Paris et sa banlieue. La police s'était déplacée deux cent huit fois. Accouchements prématurés, appendicites aiguës, approbations coïtales, raclées immédiatement pardonnées à la vue des uniformes, rien de sérieux. Pastor se promettait de vérifier le reste.

La photo de la belle fille endormie n'évoquait rien nulle part. Si certaines femmes d'affaires étaient absentes, c'est qu'elles étaient présentes ailleurs, pour leur plus grand profit. Pastor faisait aussi le tour des journaux, de ceux qui pouvaient s'offrir des reporters ou des envoyés spéciaux. Ils étaient plus nombreux qu'il ne l'aurait cru. Il lui faudrait plusieurs jours encore pour les visiter tous.

*

Et vint un soir où l'inspecteur Caregga, un râblé à la nuque de taureau, vêtu en toutes saisons du même blouson d'aviateur à col fourré, se trouva en panne de trombones. Caregga était lent, méthodique, et amoureux d'une toute jeune esthéticienne. Il venait de taper un rapport circonstancié sur une affaire de vol à la tire aggravé d'exhibitionnisme. Il aurait volontiers pardonné le vol, mais l'exhibitionnisme lui répugnait depuis qu'il avait rencontré l'amour dans toute sa pureté. Pendant une bonne minute, Caregga se demanda à qui emprunter le trombone nécessaire à l'assemblage de son rapport. Il opta pour son collègue Pastor. Pastor était un brave type d'une gaieté discrète et permanente, qui rendait un tas de services à un tas de gens, sans réclamer la moindre contrepartie. Pastor était toujours disponible. Il dormait dans son bureau. C'était grâce à Pastor, qui l'avait remplacé lors d'une permanence, que Caregga avait pu passer sa première nuit avec Carole. (A vrai dire, il ne s'était rien passé entre eux, cette nuit-là. Carole et Caregga s'étaient contentés de parler avenir. Ils ne l'avaient mis en chantier que le lendemain matin à six heures trente.) Pastor partageait son bureau avec un minuscule Vietnamien de mère française qui passait son temps à coller des vignettes sur des feuilles de Sécurité Sociale. Le bureau de Van Thian et de Pastor était contigu à celui de Caregga. Pour toutes ces raisons (professionnelles, affectives et topographiques) l'inspecteur Caregga pénétra ce soir-là dans le repaire Thian-Pastor. Debout côte à côte, le dos tourné à la porte, les deux inspecteurs regardaient la nuit d'hiver poudroyer dans les néons de la ville. Ils ne se retournèrent pas. Pour rien au monde Caregga n'aurait emprunté un trombone sans en demander l'autorisation. D'un autre côté, une entrée en matière directement intéressée (du genre : « Pastor, file-moi un trombone ») lui répugnait. Caregga cherchait donc à manifester sa présence, lorsqu'il avisa une photo sur le bureau de Pastor. La photo, qui émanait de leur labo, représentait une belle fille nue dans un tas de charbon. Amochée, mais belle. Ce que confirmait un agrandissement de son visage. A sa façon bourrue d'haltérophile taciturne, l'inspecteur Caregga dit :

— Je connais cette fille.

Pastor se retourna lentement. Il avait les traits tirés.

— Qu'est-ce que tu dis ?

L'inspecteur Caregga répéta qu'il connaissait cette fille.

— Elle s'appelle Julie Corrençon, elle est journaliste à *Actuel*.

Une cascade de pilules roses sautilla sur le sol. Quand Van Thian redressa son flacon de Tranxène, il était vide.

Le téléphone sonna.

— Pastor ?

A l'autre bout du fil, une voix de flic, débordant d'enthousiasme professionnel, s'exclama :

— Ça y est, on sait qui c'est, la fille !

— Moi aussi, dit Pastor.

Et il raccrocha.

15

De mon côté, j'ai gambergé. Une infirmière municipale attachée à la Mairie du Onzième a essayé de
droguer notre vieux Semelle, et Hadouch s'est fait
gauler par les flics, le paquet de pilules à la main.
Persuadé qu'on ne me croirait pas, Hadouch m'a
empêché de le disculper. Il a préféré se démerder tout
seul. Mais, une semaine plus loin, Hadouch n'a toujours pas refait surface. Conclusion : faut l'aider.

J'ai pris la seule décision possible : mettre la main
sur la dope-infirmière et lui faire cracher le morceau.
J'ai donc envoyé mon vieux Semelle prendre rencard à
la Mairie avec ladite dopeuse, sous prétexte que sa
ration de rêve était épuisée. Il a déposé le message et a
reçu la promesse que l'infirmière municipale se pointe-
rait chez lui, aujourd'hui, à seize heures trente, et je
suis planqué dans le placard à fringues de Semelle.
Embuscade. Tout excité à l'idée de la revoyure,
Semelle fait les cent pas dans sa piaule.

— Une brunette piquante, Benjamin, je ne te dis que
ça !

— Tais-toi, Semelle, si elle se pointe, elle va nous
entendre.

Dis-je, accroupi entre ses vieux costards et ses
pompes faites main. L'armoire de Semelle sent le
passé propre.

— Un sourire éclatant, un regard lumineux, tu vas voir !

— Je ne verrai rien du tout si tu continues à l'ouvrir ! Si elle sent que tu n'es pas seul, elle va se barrer !

— J'ai pas arrêté de penser à elle depuis que je l'ai vue.

Je ne vois pas Semelle, mais je l'entends tourner en rond. Il s'est mis sur son trente et un. Ses chaussures gémissent leurs années cinquante.

— Et joyeuse, tu sais ! Elle m'a caressé le creux de la main en me donnant mes remèdes...

A vrai dire, il est aussi nerveux que s'il s'était vraiment envoyé ce sachet d'explosifs. Je crains le pire pour la suite des opérations.

« Toc-toc », la voilà, la suite.

Les semelles de Semelle se taisent.

Re toc-toc. Semelle figé sur place. Chuchotements furibards de mézigue :

— Va ouvrir, bordel !

Rien à faire. Pétrifié. Transi, l'amoureux. Et, accroupi dans son placard, je comprends soudain pourquoi Semelle a épousé le célibat.

TOC-TOC-TOC ! cette fois.

Si je ne me décide pas vite fait, la petite brunette va foutre le camp, comme se sont tirées toutes les femmes de la vie de Semelle, parce qu'il les attirait jusqu'à une porte qu'il ne leur ouvrait jamais. J'ai donc jailli du placard, traversé la piaule, ouvert en grand.

— Pas trop tôt, lâche devant moi une monumentale blondasse, qui me bouscule comme un demi de mêlée et se plante devant un Semelle tétanisé.

— Alors, qu'est-ce qui cloche, pépé ?

Mutisme du Semelle. Le mastodonte se retourne vers moi.

— Qu'est-ce qu'il a ce vieux ? J'ai pas que lui à voir, aujourd'hui !

— Il attendait quelqu'un d'autre, dis-je, il est un peu surpris.

— Quelqu'un d'autre ? Il a bien demandé l'infirmière d'arrondissement ?

— Justement, il attendait l'autre, la brune.

— Y a pas de brune. On n'est que deux sur le secteur. La deuxième est rousse. Et beaucoup plus moche que moi. Aucun espoir de ce côté-là.

— C'est pourtant une petite brunette rigolote qui lui a donné ses médicaments, la dernière fois, et comme ils lui ont fait du bien, il a demandé quelqu'un de chez vous pour refaire le plein.

— Vous avez l'ordonnance ?

— Quelle ordonnance ?

Le grand visage plein lard se fige tout à coup. Les yeux se plissent :

— Pas de salade avec moi, mon petit pote, s'il y avait des médicaments, y avait forcément une ordonnance.

— Rien du tout. C'était des pilules en vrac, dans un sachet en plastique, des trucs contre l'angoisse...

— Vous voulez que j'appelle les flics ?

Là, le dialogue marque une pose. La géante m'a sorti ça comme si elle me proposait d'aller boire un verre.

— Vous êtes vraiment trop cons, dans ce quartier ! C'est la troisième fois en une semaine qu'on essaie de m'extorquer une fausse ordonnance. Primo, je suis contre, et secundo, je suis pas habilitée à.

Mais soudain, plissement futé de la trogne, sourire entendu, coup de pouce vers Semelle.

— C'est pas pour cette ruine, la dope, hein ? C'est pour vous...

(V'là aut' chose.) Et de se faire roucoulante tout à coup.

— La drogue, c'est pas une solution, mon petit homme, j'en connais une autre.

Elle a dit ça en s'approchant de moi. Combien mesure-t-elle ? Si je n'avais pas eu le bon réflexe arrière, ma tête se serait encastrée entre ses seins. Sans se retourner vers Semelle, elle ordonne :

— Allez nous attendre dans votre cuisine, grand-père.

Aussitôt dit aussitôt seuls, sa tête d'ogresse au-dessus de la mienne, sa poitrine de granit m'écrasant au mur, sa pogne de débardeur reptant vers le bas (mon bas à moi) pendant que sa voix de violeuse dicte l'ordonnance :

— J'ai pas le temps maintenant, mon petit amour, mais faudra venir te faire soigner chez moi ce soir au plus tard, si tu veux pas que je te balance aux flics. Tiens, voilà mon adresse.

En effet, ses doigts qui se sont faufilés de l'autre côté de ma ceinture viennent d'y glisser une froide carte de visite dont mon pèse-lettre intime constate qu'elle est imprimée en relief. Le grand chic.

*

Autrement dit, la pourvoyeuse de Semelle était infirmière autant que je suis évêque. Elle n'a évidemment rien à voir avec la Mairie qui a ses propres infirmières — lesquelles ne droguent pas l'administré, mais le violent.

Si donc la brunette ne figure pas sur le registre des fonctionnaires municipaux, c'est qu'elle travaille pour son compte, ou pour celui d'une bande qui démarche systématiquement les assemblées de vieillards. (Elle a déjà fait trois touches dans le quartier.) Et bien sûr, tout à coup, Euréka ! Je me rappelle la petite brune qui droguait Risson et que pistait ma Julia... Et si c'était la même ? Tout bonnement la même ?

La suite de l'enquête Malaussène se déroule dans un cabinet noir, sous les doigts photographes de ma petite sœur Clara, une ampoule rouge pendant au-dessus de nos deux têtes. (La douceur du visage de Clara, sous cette lumière... Dis, ma Clarinette, qui t'aimera, toi, et quand ? Et comment le supportera-t-il, ton grand frère ?)

Nous avons décidé de tirer toutes les photos prises par Clara pendant la remise de la médaille. Avec un peu de chance, la brunette est sur pellicule.

— Regarde le député, Ben, c'est amusant...

Le représentant du peuple apparaît en effet, dans le bac, au fond de la soupe chimique.

— Ce sont les mâchoires qui sortent en premier. Voilà ce que c'est, un visage énergique !

Clara rigole doucement. Clara est une photographe. Dès l'ouverture de ses yeux amande, il y a seize ans, ce fut une photographe. Julie ne s'y était d'ailleurs pas trompée, quand je les avais présentées l'une à l'autre. (« Tu n'imagines pas l'œil que cette enfant pose sur le monde, Benjamin, elle voit la surface et le fond. »)

— Le Secrétaire d'Etat aux Personnes Agées, maintenant...

C'est la raie qui apparaît d'abord, chez Arnaud Le Capelier, puis l'arête du nez et la fossette qui tranche le menton en deux. De part et d'autre de cette ligne verticale, le visage joufflu est net, lisse, inexpressif comme un heaume. Un heaume un peu mou, certes, mais impassible, avec la fente attentive des yeux. (Ouh ! que je ne l'aime pas, celui-là !) Arnaud Le Capelier est penché par-dessus l'estrade. Il serre la main d'un Semelle décoré et rayonnant. En fait, il ne lui cède que le bout de ses doigts. Avec une sorte de dégoût, dirait-on. A mon avis, cet Arnaud-là fait une allergie aux vieux. Et Secrétaire d'Etat aux Personnes Agées... le Destin, ah la la, le Destin !

Nous travaillons ainsi pendant deux bonnes heures, le parfum de Clara luttant contre les relents méphitiques du révélateur. Finalement, Clara dit :

— Les gros plans ne donneront rien, Benjamin, la jeune fille devait se méfier, il faut la chercher dans la foule, je vais faire des agrandissements.

— On a tout le temps.

— Pas toi, Ben, oncle Stojil a dit qu'il passerait ce soir.

(Stojil, je t'en prie, laisse-moi dans cette nuit rouge, avec ma sœur préférée.)

— Il a besoin de toi, Ben, il ne se remet pas de l'assassinat de madame Dolgorouki. Va, si je trouve quelque chose, je t'appellerai.

*

Il est arrivé, Stojil. Il a pris une chaise. Il s'est assis seul au milieu de la chambre où dorment les enfants et les grands-pères. Il m'attend. C'est presque devenu une habitude entre nous, d'écouter dormir les vieux et les mômes. Les enfants sur les lits du dessus, et leur grand-père attitré au-dessous. (Une idée de Thérèse, approuvée par Clara, plébiscitée par les petits, et autorisée par mon autorité. Secoués comme ils l'étaient en arrivant chez nous, les vieux avaient perdu le sommeil. « Le souffle des petits les apaisera », a déclaré Thérèse. Le souffle des petits ou le parfum des jeunes filles ? Toujours est-il que depuis cette décision, les grands-pères roupillent comme des sonneurs. Et nous passons, Stojil et moi, de longues heures à jouer aux échecs en parlant doucement dans ces sommeils mêlés.)

— Aujourd'hui, dit Stojil, j'ai promené des Russes, en ville.

Jérémy se retourne dans son lit, au-dessus de Papy-Merlan qui en fait autant.

— De bons communistes, avec autorisation de sortie et consignes de vigilance.

Le Petit a un gémissement. Thérèse tousse.

— A l'Agence, on m'a recommandé de bien les soigner. Il y avait un aparatchik avec eux, un Ukrainien, du genre jovial. Il m'a dit en rigolant : « Et pas de propagande, camarade, nous savons tout de vos mensonges. » Toujours pareil avec eux : beaucoup de choses se disent en plaisantant, mais c'est un rire qui tue. Comme si tu te faisais piquer par un serpent hilare.

— Je me rappelle Khrouchtchev, oui, il riait beaucoup.

— C'était un spécialiste, celui-là, jusqu'au jour où un autre a rigolé à sa place.

Le souffle des grands-pères s'est petit à petit réglé sur celui des enfants.

— Alors, je leur ai fait visiter un Paris bien de chez eux : place du colonel Fabien, Bourse du Travail, immeuble de la C.G.T., ils n'ont rien vu d'autre. Quand l'aparatchik louchait sur une vitrine de charcuterie, je lui disais : « Propagande ! tout est faux à l'intérieur, saucisses en carton ! si vous regardez ça, Alexeï Trophimovitch, je vais être obligé de faire un rapport ! »

Risson produit un hoquet joyeux, comme s'il riait à l'intérieur de son sommeil.

— A midi, poursuit Stojil, je les ai emmenés bouffer à la cantine de Renault, et l'après-midi, ils ont voulu voir Versailles. Ils veulent tous voir Versailles. Je n'avais pas envie de me traîner une fois de plus jusque-là, alors je les ai conduits devant la gare Saint-Lazare, et je leur ai dit : « Voilà Versailles, le palais du tyran

que la Révolution a adapté à l'usage des masses ! »
Crépitement unanime des flashs.

Sourire. Respiration synchrone des dormeurs.
Toutes ces vies en un seul souffle... Je dis :

— Ils te doivent une visite de Moscou, maintenant.

Mais Stojil est passé à autre chose.

— Ma veuve Dolgorouki connaissait parfaitement
les écrivains prérévolutionnaires. A vingt ans, elle
était communiste, comme moi au sortir de mon cou-
vent. Elle faisait la résistante ici, pendant que je faisais le maquisard en Croatie. Elle savait les poèmes
de Maïakovski par cœur, nous nous récitions des
scènes entières du Revizor et elle connaissait Bielyï.
Oui.

— Je me rappelle cette vieille dame. Elle disait à
maman : « Le visage de votre Clara est pur comme une
icône de Vieux Croyant. »

— C'étaient des princes, dans le temps, les Dolgorouki, des princes de légende, même. Certains ont
choisi la Révolution.

Stojil se lève. Il remet en place le bras du Petit qui
s'est échappé de ses couvertures.

— Qu'est-ce que Risson leur a raconté, ce soir ?

— Août 14. Soljenitsyne. Comme Jérémy voulait
tout savoir sur l'habillement des bidasses en 14,
Verdun est venu au secours de Risson. Il paraît que
l'armée dépensait 700 000 mètres de flanelle par mois à
3,50 F le mètre, 2 550 000 paires de chaussettes, 250 000
cache-nez, 10 000 passe-montagnes, 2 400 000 mètres
de drap en 140 pour les uniformes, représentant
77 000 tonnes de laine en suint. Il connaît tout ça,
Verdun, avec les prix au centime près, il était tailleur,
à l'époque. En écoutant ce déluge, les mômes étaient
encore plus passionnés que par les taxis de la Marne.

— Oui, fait rêveusement Stojil, les jeunes aiment la
mort.

— Tu dis ?

— Les jeunes aiment la mort. A douze ans ils s'endorment sur des récits de guerre, à vingt ans ils la font, comme la veuve Dolgorouki ou moi. Ils rêvent de donner une mort juste ou de recevoir une mort glorieuse, mais dans tous les cas c'est la mort qu'ils aiment. Ici, aujourd'hui, à Belleville, ils égorgent une vieille dame et s'envoient ses économies dans les veines pour trouver une mort lumineuse. C'est de cela qu'elle est morte, ma veuve : de la passion des jeunes pour la mort. Elle aurait pu se faire écraser par un jeune fou dans un bolide, ç'aurait été la même mort. Oui.

Silence. Souffle régulier des dormeurs. Puis :

— Tiens, le lit de Clara est vide ?

— Pas pour longtemps, oncle Stojil, répond la voix de Clara toute proche. (Même lointaine, la voix veloutée de Clara est toute proche.) Je suis là.

Et, après avoir embrassé Stojil :

— Je crois que j'ai trouvé notre infirmière, Ben.

Lumière. Une petite brune, en effet. Les yeux lui mangent la figure (« un regard lumineux », disait Semelle). Des cheveux très noirs encadrant un visage très blanc. Sur une des photos, son sac est ouvert et elle en tire un petit paquet qui pourrait bien être le sachet de gélules. Confirmation dans l'agrandissement suivant. Oui, c'est peut-être ça...

— Bravo, ma chérie, on se fera confirmer ça demain par Julie.

16

Il ne fallut pas plus de deux secondes à l'inspecteur Caregga pour apprendre à Pastor ce qu'il cherchait à savoir depuis une bonne semaine. La belle à la péniche dormant s'appelait Julie Corrençon, elle était reporter au journal *Actuel*, on l'avait interrogée l'année dernière dans l'affaire des bombes qui explosaient dans cette grande boutique, le Magasin.

— Suspecte ? demanda Pastor.

— Non, simple témoin. Elle se trouvait sur les lieux quand une des bombes a explosé [1].

*

Pastor n'apprit pas grand-chose au journal lui-même. Personne, dans l'équipe de rédaction, ne savait où se trouvait Julie Corrençon, et personne ne s'en souciait. Elle disparaissait quelquefois pendant des mois et revenait avec un papier qu'elle glanait aux antipodes ou tout au fond de la plus proche banlieue. Elle ne se manifestait jamais dans l'intervalle. Elle fréquentait peu ses collègues et moins encore le monde journalistique en général. Dans ce milieu d'introvertis exubérants, elle faisait figure de grande fille pas

1. Voir *Au bonheur des ogres*, Folio n° 1972.

bêcheuse mais secrète, sans états d'âme particuliers, sans bobo-psycho, sans attaches d'aucune sorte, l'essentiel de sa vie se ramenant à ceci : elle écrivait des articles du tonnerre dont elle ne communiquait jamais les sujets à l'avance. Ils étaient toujours pris. « C'est une sacrée nana, on va en entendre parler un jour. » Elle ne se shootait ni ne picolait. Tous ses collègues s'accordaient à la trouver « vachement belle », « super-bandante », indestructible. Quant à ses mœurs, on ne lui connaissait de liaison avec personne. La question de savoir si elle était hétéro, homo, onano, sportive ou collectionneuse de timbres, cette question étant démodée (Pastor le comprit trop tard) n'appelait pas de réponse précise. Une certitude, pourtant : Julie Corrençon pouvait engendrer des passions dévorantes, ça oui, mais de là à tomber sur un dingue qui la dévore, ça non.

*

Durant les soirées qui suivirent, allongé sur son lit de camp, Pastor s'envoya les œuvres complètes de la journaliste. Ce qui le frappa d'emblée, c'était la sagesse de l'écriture par opposition à la nature explosive des sujets traités. Une écriture scrupuleusement ponctuée, un style neutre, sujet-verbe-complément, qui semblait dire : « Laissons parler le réel, n'en rajoutons pas trop, il se défend très bien tout seul. » Cela tranchait avec le ton général de son journal et celui de l'époque.

Julie Corrençon avait roulé sa curiosité aux quatre coins du monde. Elle travaillait tout à fait comme Pastor l'avait imaginé, s'immergeant dans son sujet, vivant une vie entière à chaque article, repartant à zéro pour le suivant, une existence sans cesse remise en jeu. Enquêtant sur un trafic de cocaïne, elle s'était fait emprisonner volontairement en Thaïlande, dans une prison de femmes dont elle s'était évadée, camouflée sous un monceau de détenues mortes du choléra. Elle avait partagé l'intimité non moins dangereuse d'un ministre de l'Intérieur turc, le temps de mettre en carte l'itinéraire ultrasecret suivi par le pavot local jusqu'aux laboratoires marseillais où la morphine base devient l'héroïne de notre fin de siècle. Elle avait beaucoup écrit sur la drogue. Pastor le nota pour mémoire. Mais elle s'était aussi attaquée à d'autres sujets. Elle avait fait un tour du monde de l'amour, au terme duquel elle concluait que les dernières populations primitives et les révolutionnaires à la veille de leur victoire (mais ça se gâtait dès le lendemain) étaient les seuls à faire un amour qui fût digne de l'amour. Ici, Pastor rêva un instant dans la pénombre de son bureau. Il pensa au Conseiller son père et à Gabrielle. Si Gabrielle avait lu cet article, elle aurait sans aucun doute invité Julie Corrençon à venir les voir pratiquer, son superbe chauve et elle, malgré leur âge avancé. Un jour Pastor les avait surpris : on se serait cru à l'heure de tous les rendez-vous dans une jungle en éruption.

*

Le dernier article de la Corrençon se présentait sous la forme d'un reportage photographique effectué à Paris six mois plus tôt, et concernant un employé du Magasin, à l'époque où cette énorme boutique était périodiquement secouée par des explosions de bombes. L'employé en question était un type sans âge et curieusement transparent qui répondait au nom de Benjamin Malaussène. Il était salarié par le Magasin pour y remplir la fonction de Bouc Emissaire. Son boulot consistait à endosser tout ce qui clochait dans l'entreprise, et lorsque les clients venaient râler, il prenait une mine si tragiquement douloureuse que la colère faisait place à la pitié, et que les clients lésés repartaient sans demander le moindre dédommagement. Certaines photos montraient un Malaussène et un chef du personnel absolument ravis d'avoir couillonné la clientèle. Suivait une étude chiffrée des économies ainsi réalisées par le Magasin. (Le jeu en valait la chandelle.) Julie Corrençon indiquait aussi le salaire perçu par Malaussène. (Plus que confortable.) L'autre versant du reportage présentait Malaussène en famille. Il y paraissait beaucoup plus jeune et bien mieux défini. Fils aîné d'une famille nombreuse, on le voyait, entouré par les lits superposés de ses frères et de ses sœurs, racontant des histoires qui allumaient littéralement le regard des enfants.

Comme dans tous les autres articles de Julie Corrençon, l'auteur ne s'autorisait pas le moindre jugement de valeur, pas le plus petit point d'exclamation. Sujet, verbe, complément.

*

L'Etat Civil apprit à Pastor que Julie Corrençon était la fille unique de Jacques-Emile Carrençon, né le 2 janvier 1901 dans le petit village du Dauphiné qui, près Villard-de-Lans, porte le même nom (Corrençon), et d'Emilia Mellini, ressortissante italienne, née à Bologne, le 17 février 1923. Malgré leur différence d'âge, la maman meurt la première, en 1951, et le papa en 1969.

L'inspecteur Van Thian connaissait le nom de Jacques-Emile Corrençon.

— C'est un type qui ressemblait à ma mère, annonça-t-il à brûle-pourpoint.

(Le vieux Thian aimait surprendre le jeune Pastor. Il y parvenait quelquefois.)

— Il a grandi dans le pinard, lui aussi ? demanda Pastor.

— Non, c'était un gouverneur colonial qui ne croyait pas à la colonisation.

Thian expliqua que le nom de Corrençon avait affleuré pour la première fois l'actualité en 1954, à côté de celui de Mendès France, lors des négociations avec le Viêt Minh, et qu'il avait aussi joué un rôle actif pour l'obtention, la même année, du statut d'autonomie interne en Tunisie. Sous de Gaulle, Corrençon avait continué à travailler dans ce sens en multipliant les contacts avec toutes les clandestinités africaines en quête d'indépendance.

— Et cet article de la Corrençon, tu l'as lu ? demanda Pastor à Van Thian.

Pastor n'aimait pas se laisser surprendre par Thian sans contre-attaquer. Il lança au vieil inspecteur un article agrémenté de photos qui firent passer Thian du jaune au vert.

L'article racontait comment, trimbalée en mer de Chine à la recherche de boat-people sur une embarcation qui ne valait guère mieux que celles des fuyards (photo), Julie Corrençon avait été terrassée par une crise d'appendicite aiguë. (Photo.) On avait dû l'opérer sur place sans anesthésie (photo), et comme tous ses copains tournaient de l'œil les uns après les autres (photo), elle avait fini elle-même ce qu'ils avaient commencé, tenant le bistouri d'une main et un petit miroir de l'autre (photo).

— Ça nous apprend au moins une chose, dit Pastor, quand Thian se fut administré un calmant, c'est que les gars qui l'ont cuisinée avant de la jeter dans la péniche n'ont certainement rien tiré d'elle.

*

117

L'après-midi du même jour, l'inspecteur Pastor essaya pour la dixième fois de dégainer plus vite que son collègue Van Thian. Son arme de service se prit à une maille de son chandail et lui échappa des mains. Le coup partit quand elle toucha le sol. Une balle réglementaire de 7,65 mm frôla les omoplates de Thian, ricocha sur le plafond, arracha au mur une touffe de polyester insonorisant et se calma.

— On recommence, dit Thian.

— On ne recommence pas, dit Pastor.

Au tir posé, quatre des huit balles de Pastor firent un score honorable dans la cible de Van Thian. La cible de Pastor (elle représentait un tireur de carton en position agressive) était intacte.

— Comment fais-tu pour tirer si mal ? demanda Thian avec admiration.

— De toute façon, s'il faut tirer, c'est qu'il est déjà trop tard, répondit Pastor avec philosophie.

*

Sur quoi, Pastor fut convoqué dans le bureau du commissaire divisionnaire Coudrier, son patron. Comme à l'accoutumée, le bureau, rideaux tirés, baignait dans sa verte pénombre impériale. Une secrétaire longue comme un jour sans pain, qui répondait (silencieusement) au prénom d'Elisabeth, servit à Pastor une tasse de café. Elisabeth éprouvait pour le divisionnaire Coudrier une vénération muette dont celui-ci n'abusait pas. Elle entrait et sortait sans le moindre bruit. Elle laissait toujours la cafetière derrière elle.

17

COUDRIER : Merci, Elisabeth. Dites-moi, Pastor...

PASTOR : Monsieur ?

COUDRIER : Que pensez-vous du divisionnaire Cercaire ?

PASTOR : Le patron des stupéfiants ? Eh! bien, monsieur...

COUDRIER : Oui ?

PASTOR : Disons que je le trouve assez stupéfiant.

COUDRIER : Un sucre ou deux ?

PASTOR : Un et demi, monsieur, je vous remercie.

COUDRIER : En quoi ?

PASTOR : Pardon, monsieur ?

COUDRIER : En quoi trouvez-vous Cercaire stupéfiant ?

PASTOR : C'est un archétype, monsieur, l'archétype du flic de terrain, c'est très rare, un archétype, c'est une sorte de mystère.

COUDRIER : Expliquez-moi ça.

PASTOR : Eh bien, tant d'évidences accumulées sur une même personne finissent par lui faire perdre sa réalité, elle devient aussi mystérieuse qu'une image.

COUDRIER : Intéressant.

PASTOR : La femme sur laquelle j'enquête en ce moment est elle-même un archétype : le reporterbaroudeur-idéaliste. Même le cinéma refuserait d'y croire, à ce point-là.

COUDRIER : « Elle est *trop* », comme disent mes petits-fils.

PASTOR : Vous êtes grand-père, monsieur ?

COUDRIER : Deux fois, c'est presque un second métier. Elle avance votre enquête ?

PASTOR : J'ai établi l'identité de la victime, monsieur.

COUDRIER : Comment avez-vous fait ?

PASTOR : Caregga la connaissait.

COUDRIER : Parfait.

PASTOR : C'est la fille de Jacques-Emile Corrençon.

COUDRIER : L'homme de Mendès ? Une figure sympathique. Lui-même ressemblait à Conrad. A ceci près qu'il décolonisait.

PASTOR : L'aventure à l'envers.

COUDRIER : Si vous voulez. Encore un peu de café ?

PASTOR : Merci, monsieur.

COUDRIER : Pastor, je crains que mon collègue Cercaire n'ait une nouvelle fois besoin de votre collaboration.

PASTOR : Entendu, monsieur.

COUDRIER : Pour ne pas dire de votre aide.

PASTOR : ...

COUDRIER : Dans la mesure du possible.

PASTOR : Cela va sans dire, monsieur.

COUDRIER : Dans le cadre de l'affaire Vanini, Cercaire a mis la main sur un certain Hadouch Ben Tayeb qu'il a pris en flagrant délit. Le Ben Tayeb en question essayait de fourguer des amphétamines à des clients dans le restaurant de son père.

PASTOR : A Belleville ?

COUDRIER : A Belleville. Au cours de l'interrogatoire, Cercaire s'est comporté disons...

PASTOR : En archétype musclé.

COUDRIER : C'est ça. Il est convaincu que Ben Tayeb

a participé à l'assassinat de Vanini, ou qu'il couvre quelqu'un.

PASTOR : Et Ben Tayeb ne craque pas ?

COUDRIER : Non. Mais, le plus grave est qu'il vient de passer près d'une semaine à l'infirmerie.

PASTOR : Je vois.

COUDRIER : Une légère bavure, oui. Il faut essayer de nous arranger ça, Pastor, avant que les journalistes ne s'en mêlent.

PASTOR : Bien, monsieur.

COUDRIER : Vous pouvez interroger Ben Tayeb aujourd'hui ?

PASTOR : Tout de suite.

*

Dès que Pastor eut pénétré dans le bureau lumineux de Cercaire, l'immense moustachu se leva, un sourire d'égalité aux lèvres, enroula son bras autour des épaules de Pastor qu'il dépassait d'une énorme tête.

— J'ai pas eu l'occasion de te féliciter pour Chabralle, petit, mais j'en suis encore sur le cul.

Il entraîna Pastor dans une sorte de ronde.

— Pour ce qui est de Ben Tayeb, je vais t'expliquer le topo. Ce fils de pute...

Le bureau de Cercaire était beaucoup plus vaste et clair que celui de son collègue Coudrier. Alu et verre partout. La série des diplômes obtenus par Cercaire depuis qu'il envisageait d'être policier décorait ses murs parmi les photographies de promotions, de scoutisme, de monômes de la fac de Droit. On voyait aussi le divisionnaire en compagnie de telle ou telle gloire du Barreau, du chaud bisenesse ou de la politique. Sur des étagères de verre étaient alignées les coupes gagnées à divers concours de tir, et le mur d'en face s'honorait d'une belle collection d'armes de poing, dont un petit pistolet à quatre canons qui arrêta une seconde le regard de Pastor.

— Un Remington-Elliot Derringer calibre 32 à percussion annulaire, expliqua Cercaire, l'arme des flambeurs vigilants.

Puis, comme ils passaient devant un petit réfrigérateur encastré entre deux classeurs d'aluminium :

— On se fait une canette ?

— Pas de refus.

Pastor s'était toujours bien entendu avec les malabars. Sa petite taille ne leur faisait pas d'ombre et la vivacité de son esprit les engageait à lui faire la cour. Dès la Maternelle, Gabrielle et le Conseiller avaient appris au petit Jean-Baptiste à ne pas avoir peur du muscle. Souvent, au lycée, Pastor avait joué le rôle de poisson pilote auprès de ces grands squales qui paraissaient tous atteints d'une myopie de l'âme.

— Comme je te le disais, ce salopard de Tayeb fils de Tayeb m'a un peu énervé.

En tant que flic, Cercaire avait réellement fait ses preuves, dans la rue (blessé plusieurs fois) comme dans les hurlements de son bureau. (Une interminable brochette de truands avaient payé cher ses déductions tapageuses.)

— Mais c'est Tayeb qui a buté Vanini, j'en mettrais ma main au feu.

Si Cercaire l'affirmait, Pastor était assez porté à le croire. Il demanda pourtant :

— Des indices ?

— Non, un mobile.

Pastor laissa à Cercaire le temps de trouver les mots de la suite.

— Vanini cognait un peu fort sur les bougnoules, et il a bousillé un cousin de Tayeb pendant une manif. Un dangereux.

— Je vois.

122

— Mais il y a un os, petit. Hadouch Ben Tayeb a pris des photos où on voit Vanini en pleine action. Pas moyen de mettre la main sur ces photos. Si on inculpe Tayeb, elles seront immédiatement publiées.

— Vu. La solution ?

— C'est là que tu interviens, petit. D'abord, il faut que Tayeb avoue le meurtre de Vanini. Mais ensuite, et *surtout*, il faut lui tailler un costume de balance qui dissuadera ses petits copains de le défendre en publiant les photos de Vanini.

— Compris.

— C'est jouable ?

— Bien sûr.

18

Hadouch Ben Tayeb était à peu près dans l'état où Pastor avait trouvé Julie Corrençon au fond de la péniche.

— Vous avez dévalé un drôle d'escalier, fit Pastor après avoir refermé la porte sur lui.

— Ça doit être ça.

Mais, Ben Tayeb était loin d'être dans le coma. Au contraire, les coups semblaient l'avoir affûté.

— Vous savez de quoi on vous soupçonne ? Inutile de vous refaire l'historique.

— Non, ça va, on m'a fait les bosses de la mémoire.

Comme à son habitude, Pastor avait exigé d'être seul avec le prévenu. Son regard errait pensivement dans la pièce (un vaste bureau collectif bourré de machines à écrire et de téléphones). Pastor marchait en caressant les meubles. Son visage s'était creusé.

— Alors voilà ce que je vous propose, ça nous fera gagner du temps.

Pastor vit le téléphone décroché. Il hocha la tête, fit signe à Ben Tayeb de se taire, ôta la gomme qui maintenait l'appareil à quelques millimètres de son support, et raccrocha le combiné.

— On est entre nous, à présent.

A l'autre bout du fil, Cercaire n'entendit pas cette dernière phrase. Il raccrocha avec un hochement de tête admiratif.

*

Comme d'habitude, les oreilles se ventousèrent à la porte. Comme d'habitude, les oreilles entendirent bientôt un murmure indistinct accompagnant la frappe d'une machine à écrire.

Trois quarts d'heure plus tard, Pastor pénétrait à nouveau dans le bureau de Cercaire, quatre feuillets dactylographiés à la main.

— Excuse-moi pour le téléphone, petit, fit Cercaire en rigolant... curiosité professionnelle.

— Ce n'est pas la première fois qu'on me fait le coup, répondit Pastor.

Il avait l'air très fatigué, mais moins démoli, toutefois, qu'après l'interrogatoire de Paul Chabralle.

Cercaire ne se préoccupait pas de la tête de Pastor. Il porta immédiatement les yeux sur la signature de Ben Tayeb.

— Il a signé ? Tu es vraiment à la hauteur de ta réputation, Pastor ! Sers-toi une autre bière, tu l'as bien méritée.

A cet instant précis, le grand flic semblait adorer le petit flic. Puis, Cercaire chaussa ses lunettes et entreprit la lecture du document. Le sourire qui flottait sur son visage se rétrécissait de paragraphe en paragraphe. Au milieu du troisième paragraphe, il releva lentement la tête. Sa bière à la main, Pastor soutint tranquillement ce regard.

— Qu'est-ce que c'est que cette merde ?

— Probablement la vérité, répondit Pastor.

— Vanini buté par une petite vieille ? Tu te fous de ma gueule ?

— C'est ce que Hadouch Ben Tayeb a vu.

— Et tu l'as cru ?

— Puisqu'il me dit quand je le lui demande... fit doucement Pastor.

— C'est ça, ta fameuse méthode?

— Vous devriez lire jusqu'au bout.

Pendant un instant encore, Cercaire regarda Pastor sans mot dire, puis il se replongea dans sa lecture. Le jeune inspecteur, dont le visage retrouvait lentement sa plénitude, finissait poliment sa bière. Page trois, Cercaire leva de nouveau les yeux. Il avait une expression que Pastor avait déjà observée chez d'autres géants: un air de brutalité égarée.

— Et cette histoire de Mairie, qu'est-ce que ça veut dire?

— Oui, Ben Tayeb dit que les amphétamines qu'il avait entre les mains quand vous l'avez arrêté ont été refilées à un petit vieux par une infirmière municipale pendant une remise de décoration.

— D'accord, Pastor. Et je suppose que je dois avaler ça comme un tranquillisant, avec un verre d'eau par-dessus?

— A vous de voir. Mais le fait est que la drogue n'est pas le truc de Ben Tayeb.

Cercaire commençait à envisager Pastor d'un autre œil. Un louveteau qui se poussait dans les couloirs de Coudrier avec l'intention de manger la Maison. Il donnait déjà des conseils.

— Et alors, c'est quoi, son secteur, à Ben Tayeb?

— Le jeu. Il tient toutes les loteries de Belleville à la Goutte d'Or. Si vous voulez le faire tomber, ce sera là-dessus. J'ai les noms de ses deux principaux lieutenants en page 4. Son second est un rouquin qui se fait appeler Simon le Kabyle. Il est lui-même flanqué d'un grand Noir: Mo le Mossi.

Le soir où Vanini s'est fait tuer, le Kabyle et Ben Tayeb venaient de faire la caisse de leur bonneteau, au Père Lachaise. C'est en revenant chez eux qu'ils ont assisté au meurtre, du trottoir d'en face.

— Comme par hasard.

— Un hasard qui les prive d'alibi, oui.

Cercaire dressa l'oreille. Etait-ce un petit cadeau, cette phrase ? Une suggestion ? De nouveau, ce môme bien poli lui plaisait. Il faudrait songer à le faucher à Coudrier, un de ces jours. Cercaire se tut un instant, puis demanda :

— Et ça te brancherait d'avoir mon opinion à moi, sur tout ça ?

— Bien sûr.

— Une chose, d'abord. Tu es un bon flic, Pastor, tu iras loin.

— Merci.

— Et tu accueilles avec modestie les compliments de tes supérieurs.

Pastor sut rire exactement du même rire que Cercaire.

— Maintenant, voilà ce que je pense, moi.

Un petit rien d'autorité dans la voix indiquait que c'était le patron qui reprenait la parole.

— Ce que je pense, c'est que Ben Tayeb t'a chambré avec son histoire de mémé flingueuse. D'ailleurs, je ne sais pas jusqu'à quel point tu l'as cru, ajouta-t-il en filant sur Pastor un regard entendu. En tout cas, qu'une vieille bellevilloise descende en pleine rue un jeune flic affecté à sa protection, tu m'excuseras, mais pas avec moi. Si Ben Tayeb t'a servi cette salade, c'est justement parce qu'elle était gigantesque. Tu ne pouvais pas le soupçonner de mentir à *ce point-là*, tu piges ? L'inflation du mensonge pour donner l'illusion de la vérité, c'est un truc que tous les mômes un peu futés pratiquent très bien. Et les bougnoules mieux que les autres. Mais, là où il a déconné, Ben Tayeb, c'est qu'il reconnaît noir sur blanc *avoir été présent sur les lieux et à l'heure du crime.* C'est ça qui importe. Et rien d'autre. Et c'est signé de sa main. Au fond, tu l'as quand même forcé à sortir un coin de son mouchoir. Le coin sanglant. Quant à l'histoire de l'aïeule au P. 38 (parce que l'arme, c'était un P. 38, tu le savais ?), j'en donne pas cher auprès d'un jury d'Assises.

Un temps.

— Alors voilà ce que je vais faire. D'un côté, je vais déférer Ben Tayeb pour assassinat d'un policier, et de l'autre côté, je vais lui tailler un super costard de balance à l'usage de ses deux lieutenants, Simon le Kabyle et Mo le Mossi. Ils ne lèveront pas le petit doigt pour le défendre, et les photos prises par ce fumier de Tayeb ne seront jamais publiées. Qu'est-ce que tu en penses ?

— Ben Tayeb est votre prévenu, ce n'est pas le mien.

— Juste. Et je crois que tu te plantes aussi pour ce qui est de son rôle dans la pharmacie. Il est dans la dope jusqu'au cou, Ben Tayeb. Mais, sur ce point, j'ai besoin d'un supplément d'informations. Il faut que je travaille sur un certain Malaussène, maintenant.

Pastor revit l'article de Julie Corrençon et la tête de Malaussène en un éclair, mais il enregistra le nom sans broncher.

Cercaire se pencha sur lui. Un demi-ton plus bas, avec une douceur quasi paternelle :

— Ce que je te dis ne te vexe pas, au moins ?

— Du tout.

— Tu reconnais que tu peux te gourer de temps en temps ?

— Ça peut m'arriver, oui.

— Eh ! bien, ça aussi, c'est une sacrée qualité de grand flic, tu sais !

Dans la voiture de service, Pastor raconta à la veuve Hô son entrevue avec Cercaire. Dans la robe de la veuve, l'inspecteur Van Thian se mit à s'agiter fébrilement.

— Qu'est-ce qui se passe, Thian, ça ne va pas?

— Rien. Une rechute de bilharziose, je crois. Ça me fait toujours le même effet quand j'entends prononcer le nom de Cercaire.

Une couche épaisse de nuages obstruait le ciel de la ville. En plein hiver, un ciel menaçant comme des nuées tropicales.

— Tu sais ce que c'est, un cercaire, gamin?

Thian se grattait violemment l'avant-bras.

— A part le flic, je ne vois pas.

— C'est une saloperie de larve à petite queue qui grandit dans les rizières. Ça te pénètre sous la peau, ça te démange à en crever et ça te pourrit de l'intérieur jusqu'à ce que tu pisses du sang. Bilharziose. Voilà l'effet que me fait Cercaire.

— Ton père, le Tonkinois, y est peut-être pour quelque chose, non?

— Nous autres, Asiates du Sud-Est, avons une autre conception de la médecine, gamin; à propos, où va-t-on?

— Chez Julie Corrençon.

— A l'hosto?

— Non, chez elle, 85-87 rue du Temple.

19

— Julia ?

La porte est entrouverte, quand j'arrive sur le palier de Julia avec les photos de l'infirmière-Pseudo à la main. C'est donc du palier que je murmure :

— Julia ?

Timidement. Avec au cœur un battement double : un coup pour la passion, un coup pour l'inquiétude.

— Julia...

Et puis il me faut bien voir ce que je n'ai pas envie de voir : la serrure a été forcée. Le verrou de sécurité a sauté.

— JULIA !

J'ouvre grand. C'est Verdun. (La ville.) Enfin, ce qui en restait après. On a même de la peine à croire que ça puisse être reconstruit un jour. Le tissu mural et la moquette ont été arrachés, le plumard, le canapé et tous les coussins éventrés. On a démonté les meubles planche par planche avant de tout péter. Tous les livres de la bibliothèque gisent écartelés au milieu du massacre. Leurs pages ont été arrachées par poignées. On a vidé la télé et la stéréo de leurs tripes électroniques et les deux moitiés du téléphone ont valsé de part et d'autre du loft, comme séparées par un coup de machette. La cuvette des chiottes est arrachée de son socle, la carapace étanche du frigo repose sur le dos, les canalisations d'eau ont été mises à jour et cisaillées sur toute leur longueur. Le plancher a sauté, latte par latte, systématiquement, et les plinthes avec lui.

Pas de Julia.

Pas de Julia ?

Ou *plus* de Julia ?

Ça bat bizarrement, dans ma poitrine. Un battement que je ne connais pas. Ça bat solitaire. Ça résonne dans le grand vide. Ça bat comme un appel qui ne sera plus jamais entendu. On vient de me greffer un nouveau cœur. Un cœur de veuf. Parce que des types qui sont capables de faire *ça* à un appartement s'autorisent tout quand ils ont une Julia entre les mains. Ils l'ont tuée. Ils me l'ont tuée. Ils m'ont tué Julia.

*

Il y a ceux que le malheur effondre. Il y a ceux qui en deviennent tout rêveurs. Il y a ceux qui parlent de tout et de rien au bord de la tombe, et ça continue dans la voiture, de tout et de rien, pas même du mort, de petits propos domestiques, il y a ceux qui se suicideront après et ça ne se voit pas sur leur visage, il y a ceux qui pleurent beaucoup et cicatrisent vite, ceux qui se noient dans les larmes qu'ils versent, il y a ceux qui sont contents, débarrassés de quelqu'un, il y a ceux qui ne peuvent plus voir le mort, ils essayent mais ils ne peuvent plus, le mort a emporté son image, il y a ceux qui voient le mort partout, ils voudraient l'effacer, ils vendent ses nippes, brûlent ses photos, déménagent, changent de continent, rebelotent avec un vivant, mais rien à faire, le mort est toujours là, dans le rétroviseur, il y a ceux qui pique-niquent au cimetière et ceux qui le contournent parce qu'ils ont une tombe creusée dans la tête, il y a ceux qui ne mangent plus, il y a ceux qui boivent, il y a ceux qui se demandent si leur chagrin est authentique ou fabriqué, il y a ceux qui se tuent au travail et ceux qui prennent enfin des vacances, il y a ceux qui trouvent la mort scandaleuse et ceux qui la trouvent naturelle avec un âge pour, des circonstances qui font que, c'est la guerre, c'est la maladie, c'est la moto, la bagnole, l'époque, la vie, il y a ceux qui trouvent que la mort c'est la vie.

Et il y a ceux qui font n'importe quoi. Qui se mettent à courir, par exemple. A courir comme s'ils ne devaient jamais plus s'arrêter. C'est mon cas. Je dévale l'escalier en courant. Ce n'est pas une fuite, non, je ne fuis rien, peut-être même que je cherche à rattraper quelque chose, quelque chose qui ressemblerait à la mort de Julia... mais la seule chose que je rencontre sur mon passage, c'est une minuscule Vietnamienne qui encombre le palier du troisième étage. Je lui rentre dedans et elle s'envole littéralement en larguant dans l'espace une gerbe multicolore de pilules, de flacons, d'ampoules et de cachets. On dirait l'explosion d'une pharmacie. Et celle d'un album, car j'ai lâché les photos de la dope-infirmière sous le choc. Heureusement, quatre marches plus bas, la Vietnamienne tombe dans les bras d'un jeune frisé enfoui dans un pull informe. Je suis déjà bien en dessous d'eux et ne m'excuse pas. Je continue à courir et jaillis hors de l'immeuble sous une douche glacée parce que le ciel en a profité pour tout larguer d'un coup sur la ville, et c'est là-dessous que je cours, le long de la rue du Temple, comme un galet qui rebondit, je traverse en diagonale les 33 677 mètres carrés de la République, sautant par-dessus les capots des bagnoles, les haies des squares, les chiens qui pissent, et je remonte, toujours en courant, les 2 850 mètres en crue de l'Avenue du même nom. Le torrent est contre moi, mais rien ne peut arrêter l'homme qui court quand il n'a plus de but, car je cours en direction du Père

Lachaise et on ne peut pas appeler ça un but, mon but à moi c'était Julia, mon joli but secret, planqué bien profond sous la montagne des obligations, c'était Julia, mais je cours et ne pense pas, je cours et ne souffre pas, la pluie noire me donne les ailes chatoyantes du poisson qui vole, je cours des milles et des milles quand la seule perspective de me taper un cent mètres m'a toujours épuisé, je cours et ne m'arrêterai plus jamais de courir, je cours dans la double piscine de mes pompes où mes idées se noient, je cours, et dans cette nouvelle vie de coureur sous-marin qui est la mienne — c'est fou comme on s'habitue ! —, apparaissent les images, parce qu'on peut toujours courir plus vite que les idées, mais les images, elles, naissent du rythme même de la course, appartement saccagé, large visage de Julia, petit coussin poignardé, brusque grimace de Julia, téléphone décapité, cri soudain de Julia (C'est donc « ça » que tu as vu, Julius ?), hurlement de Julius aussi, long hurlement supplicié, plinthes arrachées au mur, Julia jetée au sol, je cours maintenant de flaques en baffes, d'éclaboussures en hurlements, mais pas seulement, large saut de caniveau et première apparition de Julia dans ma vie, le balancement de sa crinière et celui de ses hanches, livres écartelés mais seins lourds de Julie, coups, baffes et coups, mais sourire puissant de Julie au-dessus de moi : « En argot espagnol, aimer se dit *comer* », courir pour être mangé par Julie, frigidaire désossé, que voulaient-ils savoir ? et la pensée qui rattrape les images, la pensée si rapide malgré son fardeau de terreur, savoir ce que Julie savait, voilà ce qu'ils voulaient, « moins tu en sauras, Ben, mieux ça vaudra pour la sécurité de tout le monde ». C'est vrai, Julie, qu'ils n'aillent pas remettre la main sur ces pauvres vieux, « ne me téléphone pas, Ben, ne viens pas me voir, d'ailleurs je vais disparaître pendant quelque temps », mais *s'ils viennent, eux, chez moi*, pendant que je cours comme un con et si c'était ça, justement, qu'ils voulaient savoir, la planque des grands-pères, et s'ils le savent, maintenant, et s'ils avaient fait le chemin inverse, *eux*, entrant en force dans la maison pendant que maman est seule avec les enfants et les grands-pères ? flaques, baffes, caniveaux, terreur, je traverse l'avenue au niveau du lycée Voltaire, ça klaxonne, gueule, patine, et froisse de la taule, mais j'ai déjà plongé comme la mouette ivre dans la rue Plichon, traversé celle du Chemin-Vert et je viens de m'écraser contre la porte de la quincaillerie. Les champions sont terrorisés, il n'y a pas d'autre explication. Les champions cavalent sous l'effet de la terreur qui pulvérise les records.

Une des vitres dépolies a explosé sous le choc, et, quand j'ouvre grand la porte de chez nous, un chaud ruisselet de sang coule sur mon visage, mêlé à la soupe froide du ciel. La quincaillerie est vide. Mais pas de n'importe quel vide. Le vide précipité. Le vide de l'arrachement. Le vide de la dernière seconde. Le vide imprévu qui laisse tout en plan. Le vide qui devrait être plein. Personne. Personne, sauf maman, immobile dans son fauteuil. Maman qui tourne vers moi un visage baigné de larmes et qui me regarde, comme si elle ne me reconnaissait pas.

20

— Ça va, Thian ?

Pastor avait renoncé à récupérer la totalité des médicaments. Certaines pilules avaient rebondi jusqu'au rez-de-chaussée, marche par marche, négociant avec soin les virages. Assise sur le palier du troisième, cassée en deux dans sa stricte robe thaï, la veuve Hô miaulait après son souffle.

— Ça va ? répéta Pastor.

— Comme quelqu'un qui vient de se faire tuer.

— Tu pourras grimper jusqu'en haut ?

— Les morts montent tout seuls, à ce qu'il paraît.

Pastor glissa un bras sous les ailes de la veuve Hô et la soutint jusqu'à la porte de Julie Corrençon.

— Et voilà.

Thian n'aurait su dire si ce « voilà » concernait l'effort qu'il venait de fournir ou le spectacle que leur offrait la porte ouverte de l'appartement. Comme Pastor ne lui faisait pas écho, Thian se retourna vers lui. Et il fut effrayé par le visage du gamin. Pastor contemplait ce champ de ruines, comme s'il se fût agi de sa propre maison. Il était à ce point bouleversé, qu'il s'était laissé tomber de biais contre le chambranle de la porte. Visage de craie. Œil immobile. Bouche entrouverte.

— Qu'est-ce qui se passe, gamin, tu n'as jamais vu de cambriolage ?

Pastor leva une main de pierre.

— Si. Justement. Ne t'occupe pas de moi, Thian, ça va passer.

Ils restèrent longtemps sur le seuil, comme s'ils avaient peur d'ajouter au désordre.

— On a fouillé tout ce qui était creux, dit Thian.

Pastor se redressa enfin. Mais l'expression de ses yeux n'avait pas changé.

— Malaussène n'a pas pu faire ça tout seul, dit-il.

— Malaussène ?

— C'est le nom du type qui t'a bousculé, dans l'escalier.

— Il t'a laissé sa carte en passant ?

— Julie Corrençon a écrit un papier sur lui, un reportage, avec des photos.

Pastor parlait d'une voix lointaine, comme en lui-même.

— Malaussène, hein ? Je m'en souviendrai, fit Thian.

Ils avançaient maintenant dans la pièce, en levant les pieds très haut, comme on marche dans les décombres, avec une prudence un peu tardive.

— Ils étaient au moins deux ou trois, non ?

— Oui, dit Pastor. Des spécialistes. Des gens du bâtiment. C'est signé.

Il y avait une sorte de rage, dans cette voix rêveuse.

— Regarde, ajouta-t-il, ils ont mis à jour les tranchées, ils ont même fouillé les baguettes électriques.

— Tu crois qu'ils ont trouvé quelque chose ?

— Non. Ils n'ont rien trouvé.

— Comment le sais-tu ?

— Ils n'ont pas pu s'empêcher de casser.

Thian soulevait les débris avec circonspection.

— D'après toi, qu'est-ce qu'ils cherchaient ?

— Qu'est-ce qu'on peut chercher chez une journaliste ?

136

Accroupi, Pastor dégagea une photo, prise dans les éclats d'un cadre pulvérisé.

— Regarde.

La photo représentait un homme flottant dans un uniforme blanc et serrant convulsivement sous son bras une casquette à feuilles de chêne. L'homme semblait poser sur Thian et sur Pastor un regard chargé d'ironie. Il était planté parmi des roses trémières plus hautes que lui. Son uniforme était si vaste qu'on aurait dit celui d'un autre.

— C'est Corrençon père, expliqua Thian. Il porte l'uniforme des gouverneurs coloniaux.

— Malade, non ? demanda Pastor.

— Opium, répondit Thian.

Pastor comprit pour la première fois le sens de cette expression qu'utilisaient Gabrielle et le Conseiller quand ils parlaient d'un de leurs vieux amis malade : « Il a bien *décollé*. » Sur cette photo, Corrençon père avait bien « décollé ». Quelque chose, en lui, avait largué les amarres. Peau et squelette n'étaient plus d'accord. Et cette flamme, dans les yeux, indiquait l'ivresse des dernières altitudes. Pastor se rappela une phrase du Conseiller à propos de la maladie de Gabrielle : « Je ne veux pas la voir décoller. » Pastor fit un effort surhumain pour chasser la double image de Gabrielle et du Conseiller.

— Je me pose une question.

Thian, se grattant la tête, évoquait assez la silhouette de la paysanne thaï debout dans les décombres après le passage du typhon.

— Ce Malaussène...

Pastor s'efforça à la gaieté :

— Mauvais souvenir, hein ?

— Pour mes côtes, c'est pas encore un souvenir. Il descendait bien d'ici, tout à l'heure, non ?

— Probable.

— Il me semble qu'il tenait des photos à la main quand il m'est rentré dedans. Des photos ou une liasse de papelards.

— Des photos, dit Pastor. Il les a laissé tomber sous le choc, je les ai sur moi.

— D'après toi, il les a trouvées ici ?

— On le lui demandera.

*

Julie Corrençon habitait au-dessus d'un atelier de confection à peu près honnête. Le seul du quartier à ne pas lâcher ses ouvriers turcs plus de deux heures après l'horaire syndical. Personne, dans l'atelier, ne se rappelait avoir entendu le moindre bruit dans l'appartement du dessus.

— La seule chose qu'on entend quelquefois, déclara le patron (un brave type en or massif), c'est la frappe d'une machine à écrire.

— Depuis combien de temps ne l'avez-vous pas entendue ?

— Peux pas dire, une quinzaine peut-être...

— Et la locataire, ça fait longtemps que vous ne l'avez pas vue ?

— On la voit rarement. Dommage, d'ailleurs, une sacrée belle pièce !

*

Il s'était mis à pleuvoir. Un vrai déluge de printemps, en plein hiver. Une pluie brutale et glacée. Pastor conduisait en silence.

Thian demanda :

— Tu as remarqué la carcasse d'une machine à écrire, dans ces ruines ?

— Non.

— Elle l'emporte peut-être avec elle pour bosser ?

— Peut-être.

Cette pluie... c'était cette même pluie que Pastor avait traversée pour son ultime rendez-vous avec Gabrielle et le Conseiller. « Laisse-moi trois jours », lui avait demandé le Conseiller, « dans trois jours, viens, tout sera en règle. »

— Si on passait au Magasin ? proposa Pastor tout à coup.

— Au Magasin ?

— Le lieu du dernier article de la Corrençon. C'est là que Malaussène travaillait comme Bouc Emissaire.

— Bouc Emissaire ? Qu'est-ce que c'est que ces salades ?

— Je t'expliquerai en route.

*

Au Magasin, le jeune directeur du personnel, tiré à quatre épingles, et qui répondait au nom médiéval de Sinclair, ne leur apprit pas grand-chose.

— Ce n'est pas sérieux, j'ai déjà eu à m'expliquer là-dessus avec certains de vos collègues, nous n'avons *jamais* utilisé ce Malaussène comme Bouc Emissaire. Il remplissait chez nous la fonction de Contrôle Technique, et on ne devait qu'à son caractère cette manie abjecte de pleurer devant la clientèle.

— C'est tout de même à cause de cet article écrit par Julie Corrençon que vous avez lourdé Malaussène, non ? demanda Thian.

Le jeune directeur avait sursauté. Il ne s'attendait pas à ce que cette Vietnamienne lui posât une question. Et moins encore avec la voix de Gabin.

La pluie tambourinait au-dessus de leur tête, sur la grande verrière du Magasin. Une pluie d'hiver avec une obstination tropicale. « Je n'aurais jamais pu être commerçant, songeait Pastor, il faut avoir réponse à tout. » Il se rappela une phrase de Gabrielle : « Cet enfant ne donne jamais de réponses. Il ne sait que poser des questions. » « Il y répondra en bloc un jour », avait prophétisé le Conseiller.

— Pensez-vous que Malaussène ait pu se venger de la journaliste, après s'être fait renvoyer ? demanda Pastor.

— C'est assez dans son caractère, oui, répondit le jeune directeur.

*

Pastor semblait épuisé. Thian avait tenu à prendre le volant.

— Mais qu'est-ce que c'est que cette pluie, bordel, c'est le Vietnam ?

Pastor se taisait.

— Une histoire drôle, gamin ?

— Non merci, ça ira.

— Je te largue au bureau et je retourne dans ma montagne. Quelques petits trucs à vérifier de mon côté. On se retrouve ce soir à l'heure des rapports, d'accord ?

*

Ce fut la sonnerie du téléphone qui accueillit Pastor dans son bureau.

— Allô, Pastor ?

— Pastor.

— Cercaire, ici, tu connais la meilleure, petit ?

— Je vais la connaître.

— Tout de suite après ton départ, j'ai reçu un coup de téléphone de la Mairie du Onzième.

— Ah oui ?

— Oui, le service de Santé. Les infirmières municipales. Figure-toi que Malaussène utilise les vieux pour se procurer des amphétamines aux frais de la municipalité.

— Malaussène ? fit Pastor, comme s'il entendait ce nom pour la première fois.

— Oui, le type auquel Ben Tayeb allait fourguer sa pharmacie quand je l'ai sauté. Il s'appelle Malaussène.

— Et qu'est-ce que vous allez faire ?

— Laisser filer la ligne, petit, ce n'est pas encore le moment de ferrer.

— ...

— Pastor ?

— Oui ?

— Crois-moi, t'es pas encore bien grand, mais t'es déjà un sacré flic !

Pastor raccrocha l'appareil lentement, comme s'il eût été d'une grande fragilité.

21

De l'eau bouillant sur la cuisinière, le four occupé pour le dîner, mais pas de Clara, pas de Rognon. Le livre d'histoire de Jérémy ouvert sur la table, sans Jérémy. A côté de lui le cahier d'écriture du Petit, un beau pâté au milieu de la page, où est le Petit ? Les cartes de Tarot sur le guéridon de Thérèse, éventail déployé de l'avenir, et Thérèse ? Et Merlan ? Et Semelle ? Et Risson ?

Maman, qui finit tout de même par me reconnaître, dit :

— Ah ! c'est toi, mon grand, tu sais déjà ? Qui t'a prévenu ?

Elle essuie ses larmes d'un revers si lent que le soleil pourrait se coucher.

— Prévenu de quoi, maman ? Nom de Dieu, qu'est-ce qui s'est passé ?

D'un geste du menton, elle désigne la grande table et murmure :

— C'est Verdun.

Comme un con, dans l'état où je suis, pluie et sang mêlés, je pense d'abord à la bataille. Pour moi, c'est Verdun depuis un certain temps.

— Il était en train de faire faire sa page d'écriture au Petit, et il est tombé, là, le front sur le cahier.

Derrière moi, la porte est encore ouverte. Un courant

142

d'air mouillé soulève justement une page du cahier, qui retombe, comme si elle n'avait plus la force. Je pense « Verdun », « Verre d'un », « Vert daim », et ce putain de mot ne veut pas me donner son sens. « Ça doit être un sacré problème pour les étrangers... »

— Regarde, mon grand, tu t'es coupé, je vais te faire un pansement. Ferme donc la porte, tu veux ?

Obéissant, le fils ferme la porte, qui reste néanmoins ouverte vu que j'ai pété un carreau. Au milieu du cahier, il y a un pâté. Comme une explosion bleue au-dessus de Verdun.

— Verdun a eu un malaise ?

Ça y est, j'ai compris.

— Verdun est en train de mourir.

J'apprends ça. Oui, j'apprends ça, et, encore aujour-d'hui, j'entends le soulagement de ma voix quand je demande :

— C'est tout ? Il ne s'est rien passé d'autre ?

Et je revois le regard de maman. Pas un regard scandalisé, non, pas le genre : « Dieu, mon aîné est un monstre ! », mais un de ces regards comme si c'était moi, le mourant. Elle s'est levée avec cette apesanteur étrange, surtout quand elle est enceinte, ce côté *apparition* (un mouvement d'elle et tout se met silencieuse-ment en ordre dans la maison). Elle a dégoté une immense serviette et me sèche entièrement pendant que mes vêtements trempés tombent à mes pieds. Nu, le fils devant la mère.

— Ils t'ont laissée toute seule ?

Comme c'est vivant, un sparadrap qui vous barre le front !

— Ils l'ont emmené à l'Hôpital Saint-Louis.

Elle a fait de mes vêtements une boule de papier mâché, et revient avec tout ce qu'il faut de sec et de chaud.

— Ils ont tenu à l'accompagner, et tu devrais les

rejoindre, ils doivent avoir besoin de toi, là-bas. Bois
ça. Tu as couru ?

Viandox. Décoction de squelettes broyés. C'est la
vie. Et c'est bouillant.

*

Verdun, mon vieux Verdun, c'est pourtant vrai,
aucune nouvelle au monde ne m'aura soulagé davantage que celle de ta mort prochaine. Je te le dis tout
net, dans le taxi qui me trimballe vers l'hosto, pour
qu'arrivé là-haut tu commences dès maintenant à
plaider ma cause. Tu ne m'en voudras pas, toi, d'avoir
préféré ta mort à une autre, tu as trop su ce que
c'était, toi, l'explosion des uniformes qui n'étaient pas
le tien. Mais l'Autre, là-haut, la Gigantesque Enflure,
il ne sait pas, Lui, pas fait la guerre, juste assisté, de
très haut, et par ici les âmes vaillantes, pas fait
l'amour non plus, Tout Amour paraît-il, par consé-
quent ne sachant rien de l'*abjecte hiérarchie de l'amour*
qui fait qu'on préfère la mort d'un Verdun à celle
d'une Julia...

Or, Julia, je le sais maintenant grâce à toi, Julia est
immortelle ! S'ils se sont acharnés sur son appartement, c'est qu'ils n'ont pas pu mettre la main sur elle,
s'ils ont torturé ses meubles, c'est qu'elle leur a filé
entre les doigts, ce qui d'ailleurs n'a rien d'étonnant
avec son pedigree d'aventurière insaisissable. Même
moi, je n'arrive pas à la bloquer dans un plumard.
Dis-Lui bien ça, Verdun, de ma part, qu'Il me paiera
cher ce soulagement, à l'heure des comptes ! Et tant
que tu y es, dis-Lui aussi que je Lui ferai payer la
grippe espagnole de ta petite Camille, de t'avoir aidé
à traverser tout vif cinq années de tornade en acier,
pour lâcher cette dernière rafale (O le Raffiné
Sublime) : la grippe espagnole, et tuer ta petite, ta

144

petite à toi, la fillette pour qui tu t'étais si bien appliqué à rester vivant !

Ainsi gambergé-je véhémentement, dans le taxi qui me mène à Verdun, m'adressant à Celui qui, s'Il existe, prouve que le fumier est bien, comme on s'en doutait, à l'origine du monde, et qui, s'Il n'existe pas, Innocence donc, est plus utile encore, Bouc comme moi, Bouc Emissaire, à l'origine de rien mais responsable de tout. Sur le pare-brise, les essuie-glaces tranchent dans la tempête. On dirait qu'ils sont notre seul moyen de propulsion. Le chauffeur en veut comme moi au Très-Haut. Cette flotte, paraît-il, n'est pas de saison, et, d'après lui, Il doit carburer à autre chose, là-haut, l'Autre, avec ses anges !

— Arrêtez !

J'ai gueulé ça si fort que, tous freins écrasés, le taxi fait une jolie courbe sous la tornade.

— Qu'est-ce qui vous prend, nom de Dieu ?

— Attendez-moi une seconde !

Je saute dans la pluie et me rue vers la petite forme, tassée là, comme en prière, au pied d'une gouttière qui dégueule à flots.

— Jérémy ! Qu'est-ce que tu fous là ?

A genoux dans le torrent, éclaboussé jusqu'aux yeux par la flotte qui jaillit comme d'un pipe-line dynamité, le môme se retourne vers moi et dit :

— Tu vois bien, je remplis une bouteille.

Aussi peinard que si on avait eu rendez-vous sous ce tuyau.

— C'est la dernière bouteille de Verdun, Ben, le cru de cette année, faut qu'il parte avec.

Coups de klaxon furibards du taxi.

— Magne-toi, Jérémy, tu vas attraper la crève !

Ses mains sont bleues et la bouteille à moitié pleine seulement.

— C'est la faute à ce gros con, en face. Il a fallu que

je lui achète une vraie bouteille et que je la vide. L'a même pas voulu me prêter un entonnoir, l'enfoiré !

Le « gros con », c'est le crémier du trottoir d'en face. Il a rameuté sa caissière d'épouse et ses quelques clients pour fendre leur sale gueule collective sur le pas de sa porte. Comme mon taxi se sent un peu seul, il entrouvre son carreau et s'associe :

— S'cusez, m'sieurs-dames, mais l'hosto, là, devant, c'est Saint-Louis ou Sainte-Anne ?

Toujours la même histoire : quand c'est à soi qu'on en veut, ce sont les autres qui morflent. Je fais donc le tour du taxi en trois gerbes de flotte, et j'enfourne un billet de cent balles dans la grande gueule ouverte qui se marre.

*

Les infirmières de la réception croient à l'invasion des hommes-grenouilles.

— Eh ! vous ne pouvez pas entrer comme ça !

Mais elles ont beau nous poursuivre, nous, on poursuit. Je ne vois pas très bien ce qui pourrait nous arrêter.

— Vous dégueulassez tout !

— Et encore, répond Jérémy, on a enlevé nos palmes !

Puis :

— C'est par là, Ben, magne ton gros cul.

Distancées, les filles laissent tomber. Elles ont dans les yeux un cauchemar de serpillière.

— On tourne et c'est au bout du couloir, annonce Jérémy.

On tourne, mais, au milieu du couloir, on bute contre un vrai meeting. Celui qui gueule le plus fort est un petit mec en blouse blanche dont la voix m'est familière : une voix professionnelle qui gueule *calmement*.

— A droguer cette fille comme ça depuis dix jours, Berthold, vous allez transformer son cerveau en sauce blanche, c'est moi qui vous le dis !

Un de ses doigts est tendu vers une gigantesque asperge à tête cramoisie, et il désigne l'intérieur d'une chambre où une forme gît dans un lit blanc, hérissée de tentacules diaphanes.

— Et moi je vous répète que si on la réveille d'un coup, elle claque. Je ne prendrai pas ce risque, Marty.

(Marty ! C'est le petit toubib qui, l'année dernière, a recollé le doigt que Jérémy s'était fait sauter en foutant le feu à son bahut.)

— C'est pour vos fesses que vous prenez des précautions, Berthold, et pour le coussin doré que vous avez placé dessous ! Mais si cette fille se réveille un jour, avec les saloperies que vous lui balancez dans les veines, votre tête ou votre cul, pour elle, ce sera du pareil au même.

Querelle de carabins sur dosage d'un traitement. Les autres blouses blanches doivent être des étudiants ou des sous-fifres. La tension est telle qu'ils n'osent même pas se marrer intérieurement.

— Allez vous faire mettre, Marty, après tout ce n'est pas votre service, que je sache.

— Que je sache, mon cher Berthold, si c'était mon service, je ne vous en confierais même pas les chiottes.

On en est là de cet échange thérapeutique quand brusquement, Jérémy, debout dans sa flaque, et sa bouteille toujours à la main, se met à gueuler :

— Chaud devant, bordel, on n'a pas que ça à faire !

Silence général. Marty se retourne.

— Ah, c'est toi !

Il prend la main du môme comme s'il l'avait quitté la veille, examine le doigt vite fait et dit :

— On dirait que tu es recollé, dis donc. Qu'est-ce que tu nous prépares comme nouvelle connerie ? Une double pneumonie ?

Bizarrement, Jérémy lui montre son litron.

— Il me faudrait une étiquette pour cette bouteille, docteur.

Puis :

— On a un vieil ami qui meurt, au bout du couloir, vous ne voudriez pas venir avec nous ?

*

Louna, Laurent, le Petit, Clara, les grands-pères, ils sont tous là, et Thérèse, au pied du lit, la main de Verdun dans la sienne. Verdun. On lui a passé la blanche chemise. La première tentacule d'hôpital a déjà poussé à son bras gauche, reliée à un goutte-à-goutte qui pend au-dessus de sa tête. Il n'est pas tout à fait couché, il n'est pas tout à fait assis. Sardanapale mollement étendu dans les trois nuages de plumes que Louna a glissé sous son dos. Louna, à qui je chuchote de rentrer dare-dare à la maison pour ne pas laisser maman seule, s'esbigne discrètement en emmenant le Petit. Jérémy, qui a rempli et collé son étiquette sur la bouteille, grimpe sur le lit et la glisse sous le bras de Verdun. « *Eau de pluie. Dernier hiver.* » Sans un mot.

— Va enlever tes vêtements dans la salle de bains, sèche-toi et passe un peignoir, tu en trouveras un dans l'armoire.

Jérémy obéit sans moufter à l'ordre de Marty. Il n'y a plus que la présence immobile de tous et la voix de Thérèse au chevet de Verdun. Le geste familier de Thérèse, lissant la vieille main du tranchant de la sienne, les sourcils froncés de Thérèse en promenade dans les ravins creusés là par la vie. Verdun, lui, serre sa bouteille d'un côté et laisse aller sa main de l'autre.

Verdun *regarde* Thérèse. Oui, aux portes de la mort, comme on dit, Verdun regarde Thérèse avec, aux yeux, cette passion d'avenir que, depuis toute petite, ma sorcière de sœur sait allumer dans n'importe quel regard. Et je comprends tout à coup le raisonnement qu'elle m'a tenu, la seule fois où, du haut de mon rationalisme fraternellement pédagogique, j'ai eu l'indiscrétion de lui demander : « Mais enfin, Thérèse, merde, quoi, tu y crois à toutes ces conneries ? » Elle a alors levé sur moi des yeux que ne troublait pas le moindre doute, mais que n'enflammait pas non plus l'obscène incendie de la conviction. « Il ne s'agit pas de croire ou de ne pas croire, Ben, il s'agit de savoir ce qu'on veut. Or, on ne veut rien d'autre que l'Eternité. » Et moi je m'étais dit : « Ça y est, on est reparti pour un tour, j'aurais mieux fait de fermer ma gueule. » Mais elle avait continué, de sa pauvre voix osseuse. « Mais, ce qu'on ne sait pas, c'est que l'éternité, nous l'avons, et que, dans ce domaine, précisément, *nous avons ce que nous voulons*. » Et moi, dans le secret de ma tête : « V'là aut'chose ! » Mais elle — qui ne remarque jamais quand l'œil rigole, elle, si prodigieusement inapte à l'ironie — « Quand nous parlons de *chances de vie*, vois-tu, les années, les mois, les secondes qui nous restent à vivre, nous ne faisons rien d'autre qu'exprimer notre foi en l'Eternité. » « Ah, bon ? » « Oui, parce que si je suis là, présente, sans me lasser, à calculer les chances de vie qui te restent à toi, Benjamin, si chaque seconde de ta vie je fais le compte des secondes qui te restent, et si je suis encore là, au cœur de la *dernière* seconde, à calculer les dixièmes qui te restent, puis les centièmes, puis les millièmes, et si je suis là, auprès de toi, au cœur de l'infinitésimal, à calculer pour toi ce qui reste malgré tout, c'est qu'il y aura toujours des " *chances de vie* " à calculer, Ben, et l'éternité, ça n'est pas autre chose que cette conscience vigilante. » Le lendemain, au Magasin, j'avais raconté ça à mon copain Théo, qui régnait sur l'étage de la bricole. Théo avait hoché la tête et répondu que ma frangine était un danger public : « Parce que c'est avec des raisonnements de ce genre que les petits cons sur leurs gros cubes traversent les croisements à 140, vu qu'ils ont beaucoup moins de chance de rencontrer quelqu'un à cette vitesse qu'en roulant peinards à 20 à l'heure. » On s'était bien marré à la santé de ma Thérèse et depuis je n'ai plus jamais remis le sujet sur le tapis.

Pourtant, depuis deux heures maintenant que nous nous tenons debout, là, tous, à écouter Thérèse prédire son avenir à Verdun, depuis tout ce temps que nous ne pouvons pas lâcher des yeux le regard ravi de Verdun, que la tranquille certitude de son sourire a aboli toute durée, au point que nous ne sentons pas la fatigue de rester là, immobiles, en dépit de nos jeunesses impatientes ou de nos squelettes vermoulus, je suis près, moi, Benjamin, le frère aîné, à croire en la théorie de Thérèse.

— Ce que je vois, maintenant, Papy-Verdun, dans ta main, c'est une petite fille qui te ressemble comme si c'était toi, et que tu vas retrouver tout de suite, parce qu'il y a une bonne nouvelle, Papy-Verdun, tout de même, une nouvelle que je dois t'annoncer maintenant, ça fait trop longtemps que tu attends, et c'est pour ça que cette petite fille t'attend elle aussi, pour partager cette nouvelle avec toi, Papy-Verdun, écoute bien : *La grippe espagnole ne tue plus !*

C'est à ce moment précis que Marty m'a discrètement tapoté l'épaule. Le visage de Verdun est encore illuminé par son sourire, mais, déjà, Verdun n'y est plus. Clara s'approche, relève doucement Thérèse, et j'entends Marty me souffler à l'oreille :

— C'est bien la première fois que je vois un patient mourir avec son avenir devant lui.

Quelqu'un dit :

— Il faut téléphoner à maman.

Mais le téléphone sonne avant qu'on y touche. Jérémy décroche.

— Quoi ?

Et puis :

— Sans blague ?

Il se tourne vers nous :

— Maman vient de nous fabriquer une petite frangine.

Et, sans consulter personne :

— On l'appellera Verdun.

(Ça va être commode à porter, comme blase, pour une fille : Verdun Malaussène !)

— Et il y a autre chose, Ben.

— Quoi donc ?

— Julius est guéri.

22

La pluie tombait toujours à seaux. Les mains derrière la tête, allongé sur son lit de camp, Pastor l'écoutait glisser sur les vitres. Il essayait de chasser l'image de l'appartement saccagé. Depuis combien de temps n'était-il pas retourné chez lui, boulevard Maillot ? Et s'il avait laissé une fenêtre ouverte ? La fenêtre de la bibliothèque par exemple... J'irai demain. Mais il n'irait pas le lendemain, il le savait. Pas plus qu'il n'avait eu le courage d'y retourner depuis la dernière fois. Encore n'avait-il tenu que cinq minutes, le temps juste d'empiler dans un sac les quelques vêtements de rechange qui dormaient maintenant dans un placard métallique désaffecté. Dormir au bureau, tout comme le divisionnaire Coudrier. Un jeunot qui sait se placer, Pastor, toujours disponible, au service de la République ! Mais les collègues n'insistaient pas, trop heureux de se faire remplacer les nuits de permanence par l'omniprésent du peloton. Que l'ambition des uns permette au moins aux autres d'aller tirer leur coup... Pastor pensait à la bibliothèque. Les livres avaient été la seconde passion du Conseiller, après Gabrielle. Leur seconde passion commune. Editions originales, reliées au fer et signées par leurs auteurs, dès parution. Parfum de cuir, vieille cire aux senteurs de miel, chatoiement des feuilles d'or dans la pénombre. Et pas de musique, surtout ! Pas de gramophone, pas d'électrophone, pas de chaîne hi-fi. « La musique, il y a des squares pour ça », proclamait le Conseiller. Rien que le silence des livres qui, maintenant, dans le souvenir de Pastor, s'accordait aux martèlements de la pluie. On n'ouvrait que rarement ces reliures silencieuses. Au-dessous, la cave de la maison était la réplique exacte de la bibliothèque. Mêmes rayonnages, mêmes auteurs, mêmes titres, à l'exacte verticale de l'exemplaire original qui se trouvait au-dessus, mais en éditions courantes. C'était ceux-là qu'on lisait, les livres de la cave. « Jean-Baptiste, descends donc à la cave nous chercher un bon bouquin. » Pastor s'exécutait, libre dans son choix, plutôt fier de sa mission.

*

— Une surprise pour toi, gamin !

Eclatement de lumière. Thian venait de faire son apparition. Non pas la veuve Hô, mais bien l'inspecteur Van Thian dans son costume de fonction, un machin de vieux jersey qui avait depuis longtemps perdu la forme. Le résultat fut le même. Deux secondes plus tard il était redevenu une allumette thermolactyle, costume trempé jeté en boule dans un coin.

— Tiens, c'est pour toi.

Il lança négligemment à Pastor un gros paquet mou ficelé dans du papier journal.

— Cadeau ? demanda Pastor.

— Depuis le temps que j'ai envie de m'offrir une danseuse...

Pastor dénouait déjà la ficelle. Thian leva la main.

— Attends une seconde, je dois d'abord t'avouer un truc.

Il avait la mine contrite. Debout dans ses caleçons

blancs ; on aurait dit un vieil enfant au piquet depuis cinquante ans à la porte de son dortoir.

— J'ai honte, gamin, je t'ai fait une petite cachotterie.

— Pas grave, Thian, c'est ta nature perfide d'Asiate. J'ai lu dans un livre que c'était plus fort que vous.

— On a un autre défaut, gamin : une mémoire de jaune. Ça va avec notre patience.

Sur quoi, une grimace de douleur le déchira en diagonale.

— Putain de pluie. Elle a réveillé mes lombaires.

Il ouvrit d'un geste sec le tiroir de son bureau et se mit d'autorité sous Palfium. Pastor lui tendit le verre de bourbon.

— Merci. C'est à propos de ton Malaussène. Je t'ai un peu menti. Par omission. En fait, j'avais jamais vu sa gueule, mais je connaissais déjà son nom.

Pastor se demanda en passant s'il y avait un seul flic à Paris qui ne connût pas le nom de Malaussène.

— C'était un ami de ma veuve Dolgorouki.

— La dernière victime ?

— Oui, ma voisine. Elle fréquentait chez lui, tous les dimanches.

— Et alors ? Belleville est un village, non ?

— Oui, mais il se trouve que Malaussène crèche rue de la Folie-Régnault.

— C'est un détail capital ?

Thian reposa le verre et jeta un long regard écœuré à son jeune collègue.

— Rue de la Folie-Régnault, ça ne te dit rien ?

— Si ; c'était un rendez-vous de chasse jusqu'au XVIIIe siècle, ça a une grosse importance pour nos enquêtes respectives ?

Thian hocha une tête désespérée, puis :

— Note que ça me fait plutôt plaisir que tu aies encore quelque chose à apprendre de moi. Dans le genre surdoué tu commençais à me les briser. Prépare-moi un grog et écoute bien la suite.

Un vieux couple en autarcie. Pastor posa la bouilloire sur le réchaud électrique.

— Est-ce que tu te souviens au moins d'avoir fait le recensement des commissariats auxquels on avait signalé des cris de femme la nuit où tu es tombé sur l'autre désossée, dans la péniche ?

— En faisant un effort, je devrais m'en souvenir, oui.

— Eh bien, le commissariat du Onzième faisait partie du lot, gamin.

— Oui ?

— Oui. Un long hurlement entendu au niveau 4 de la Roquette. Juste au croisement de la Folie-Régnault.

— Et ils ont vérifié ?

— Par téléphone. Ils ont rappelé la rombière qui les avait alertés, et elle leur a dit que non, finalement rien, ça s'était tassé. Ils font souvent ça : rappeler avant de se pointer. Neuf fois sur dix ça leur évite de se les bouger pour rien.

— Et ce coup-ci, c'était la dixième ?

— Tout juste, môme, on dirait que tu te réveilles. Je suis allé trouver l'honorable ménagère et je lui ai demandé de décrire exactement ce qu'elle et son daron avaient entendu. « Un cri de femme, des hurlements de pneus et un claquement de portière, rien d'autre, qu'elle fait. » « Vous êtes descendus voir ? j'ai demandé. » « Ben c't-à-dire, na rgardé par la fnêt, plutôt ! » « Et vous avez vu quoi ? » « Rien de rien ! » qu'ils font, tu vois, tous les deux, avec le même point d'exclamation ; unanimité hautement suspecte. Alors, tu me connais, gamin, j'ai pris mon plus bel air d'Annamite phalloïde et je leur ai demandé s'ils auraient l'estomac de répéter ça devant un tribunal. (Dis donc, gamin, tu veux faire cuire la bouilloire, ou quoi ?)

Trois mesures de rhum pour une d'eau bouillante, un zeste de citron et un petit Tranxène rose, le grog de Thian était servi.

— Et alors ?

— Alors, ils ont commencé à tortiller le cul de leur tête, si tu vois ce que je veux dire, et c'est le mari qui a craqué le premier. C'est toujours les mecs qui s'allongent les premiers dans ces cas-là, jamais les gerces, t'as remarqué ? « Dis voir, môman, faudrait ptêt' rencarder l'inspecteur, si ça pourrait aider la justice, non ? » « Rencarder su' quoi ? » qu'elle demande, défensive. « Ben, le gars qui s' cavalait... » « Ah ! oui, le gars qui courait dans la Folie-Régnault, oui, j' l'avais plètement blié, çui-là. » « Quelqu'un s'enfuyait ? » je demande, très poli. « Ouais, un gars plié en deux, comme s'y portait quèqchose. » « Et vous ne l'avez pas signalé au commissariat ? » Très gênés, là. « Ben, c't'à dire, ça nous est comme sorti d' la têt. » « Ah ! oui ? et par quelle porte ? Vous le connaissiez, le coureur à pied, ou quoi ? » Non, non, pas du tout, ils le connaissaient pas, leurs grands dieux ! « Alors, pourquoi vous avez cherché à le couvrir ? » « Et pourquoi qu'on aurait cherché à couvrir un mec qu'on connaissait pas ? » « C'est tout juste ce que je vous demande. » Là, le silence qui s'installe toujours à cet endroit précis de tout interrogatoire bien mené, fiston. Et moi, enfin, de plus en plus Minh dans le genre Viet, qui susurre : « Vous auriez pas vu *autre chose*, des fois ? » Et, juste avant qu'ils me servent une nouvelle salade : « QU'EST-CE QUE VOUS AVEZ VU DE PLUS, BORDEL DE DIEU ? »

Longue durée satisfaite.

— Parfait, le grog. Tu as eu raison de t'installer ici, gamin.

— Et alors, qu'est-ce qu'ils avaient vu ?

Du pouce, Thian désigna le paquet emmitouflé de journal.

— Tu peux ouvrir, maintenant.

Le paquet contenait un somptueux manteau d'une fourrure que Pastor fut incapable d'identifier.

— Un sconse, mon petit pote. Il y en a pour trois ou quatre briques de petites bêtes là-dedans. Un cauchemar d'écolo. Voilà ce qu'elle avait retapissé du haut de son donjon, mémère. Même qu'elle a dû évaluer tout de suite le prix de la chose. Alors, tu penses bien qu'elle allait pas filer le tuyau aux roulants du Onzième, ni parler du cavaleur, des fois que les flics rappliquent vite fait et qu'ils se disputent le pardingue pour sconser leur propre rombière. Elle a fait une petite prière au Bon Dieu pour qu'aucune bagnole ne passe, elle a attendu que le sprinter s'évanouisse dans la nuit, elle a enfilé ses petites mules, est descendue vite, vite, remontée dare-dare, ni vue ni connue enfin vêtue pour les hivers à venir, qui s'annoncent d'ailleurs de plus en plus rudes.

— Et elle te l'a donné comme ça? Sans râler?

— La loi, gamin. Mais elle était tellement triste que je l'ai consolée en lui disant que ce pardingue était recherché par toutes les mafias du monde et que, si elle l'avait gardé, c'était une vraie cible qu'elle se collait sur les endosses.

— Tu es bon, Thian.

— Non, mais pour te dire les choses comme je les pense, je préfère cent fois mémère avec son humaine envie de manteau à ce sale petit cul propre qu'on a interviouvé cet aprèm au Magasin, ton Directeur du personnel, là.

— Tu as été très bien avec lui aussi.

*

Plus tard dans la soirée, Pastor eut droit à quelques hypothèses sur les origines du manteau. Thian parlait tout en tapant son propre rapport quotidien qui n'avait rien à voir avec la question. Sa frappe était d'une régularité anesthésiante.

— Je te parle en tapant, ça m'évite de m'endormir. Si ce manteau est bien celui de la Corrençon, ton Malaussène est plutôt mal barré, non ?

— Plutôt, convint Pastor.

*

Plus tard, quand ils eurent tous les deux bouclé leurs rapports respectifs :

— Et toi, gamin, à quoi as-tu occupé ta petite soirée pendant que je mouillais mes os à ton service ?

— Moi aussi, je t'ai fait une petite cachotterie.

— On ne pourrait pas continuer à vivre ensemble si on ne se réservait pas des surprises. C'est ça, les couples prévoyants, non ?

— La fille, sur les photos que Malaussène a laissé tomber, son visage me disait quelque chose.

— Copine d'école ? Petite frangine de communion ? Premier amour ? Passion d'un soir ?

— Non, fichée aux stups, tout simplement. Sa photo m'était déjà passée sous les yeux... J'ai demandé à Caregga de vérifier discrètement pour moi.

— Discrètement ?

— Je ne travaille pas pour Cercaire.

— Résultat ?

— Confirmation. Une revendeuse tombée il y a cinq ans à la porte du lycée Henri IV. Elle s'appelle Edith Ponthard-Delmaire, c'est la fille de l'architecte. Tu peux me donner un coup de main, là-dessus, Thian ? Il faudrait la repérer et la filer dans les jours qui viennent. Tu pourrais ? A tes moments perdus ?

— Bien sûr. Une seringueuse, hein ? Une troueuse de gosses. Décidément, il fréquente du beau monde, Malaussène...

— Oui. Il faudra lui rendre visite. Là aussi, j'ai besoin de ton aide, Thian. Tu contiendras la famille en bas pendant que je visiterai sa chambre en haut. Il y planque certaines photos dont je pourrais avoir besoin.

— D'où tu tiens ça, gamin ?

— Hadouch Ben Tayeb, le gars que j'ai interrogé cet après-midi.

*

Puis, vint l'heure où l'inspecteur Van Thian collait ses vignettes sur ses feuilles de Sécurité sociale. C'était un rituel bihebdomadaire qu'il pratiquait depuis la mort de sa femme Janine. Douze ans de ça. « Heureusement que ton Conseiller de père a inventé la Sécu ! »

*

« Rien *inventé* du tout », grommelait le Conseiller quand il lisait cette phrase dans les journaux, « juste fédéré après guerre les caisses qui existaient déjà ». Mais, la Sécu, c'était l'œuvre de sa vie, et cela, le Conseiller ne pouvait le nier. Un jour, Pastor lui avait demandé d'où lui venait ce dévouement pour le Service Public. Pourquoi ne s'était-il pas contenté de vivre paisiblement à l'abri de sa fortune et dans la passion de Gabrielle ? « Parce qu'il faut payer un impôt sur l'Amour, mon garçon. Le bonheur individuel se doit de produire des retombées collectives, faute de quoi, la société n'est qu'un rêve de prédateur. » Et, une autre fois : « J'aime à croire qu'un malade est intégralement remboursé chaque fois que je baise Gabrielle. » « Un seul ? » avait demandé Pastor. Pastor s'était souvent demandé si son adoption par ce vieux couple sans faille n'était pas elle-même un « impôt sur l'amour ». Et puis non, l'âge venant, il avait compris que c'était autre chose : il était leur *témoin*, le Vendredi de leur île privée. Qui saurait jamais, autrement, qu'un homme et une femme s'étaient aimés en ce bas monde ? « Et toi, demandait Gabrielle, quand tomberas-tu amoureux ? » « Quand je rencontrerai une apparition », répondait Pastor.

*

Longtemps après le départ de Thian, aux abords de l'aube — la pluie avait enfin cessé de tomber : téléphone. Coudrier.

— Pastor ?

— Monsieur ?

— Vous ne dormiez pas ?

— Non, monsieur.

— Que diriez-vous d'un petit déjeuner dimanche matin avec moi, histoire de faire le point ?

— Volontiers, monsieur.

— En ce cas retrouvez-moi à neuf heures au café du drugstore Saint-Germain.

— En face des Deux Magots ?

— Oui, c'est là que je petit déjeune tous les dimanches.

— Entendu, monsieur.

— A dimanche, donc ; ça vous laisse quelques jours pour peaufiner votre rapport.

23

Mlle Verdun Malaussène : portrait d'un nourrisson.
3 jours déjà !

C'est gros comme un rôti de famille nombreuse,
rouge viande tout comme, soigneusement saucissonné
dans l'épaisse couenne de ses langes, c'est luisant, c'est
replet de partout, c'est un bébé, c'est l'innocence. Mais
gaffe : quand ça roupille, paupières et poings serrés, on
sent que c'est dans le seul but de se réveiller, et de le
faire savoir. Et, quand ça se réveille : c'est Verdun !
Toutes les batteries soudain en action, le hurlement
des shrapnels, l'air n'est plus qu'un son, le monde
tremble sur ses fondations, l'homme vacille dans
l'homme, prêt à tous les héroïsmes comme à toutes les
lâchetés pour que ça cesse, pour que ça retrouve le
sommeil, même un quart d'heure, pour que ça rede-
vienne cette énorme paupiette, menaçante comme une
grenade, certes, mais silencieuse au moins. Ce n'est pas
qu'on dorme soi-même si elle se rendort, on est bien
trop occupé à la surveiller, à prévoir ses réveils, mais
au moins les nerfs se détendent un peu. L'accalmie, le
cessez-le-feu... la respiration de la guerre. On ne dort
que d'un œil et sur une oreille. Dans notre tranchée
intime, le guetteur veille. Et, dès le premier sifflement
de la première fusée éclairante, à l'assaut, bordel ! tous
à vos biberons ! repoussez-moi cette offensive ! des

couches, les infirmières, des couches, nom de Dieu ! Ce qui est englouti d'un côté déborde presque aussitôt de l'autre, et les hurlements de la propreté bafouée sont encore plus terrifiants que ceux de la famine. Des biberons ! Des couches !

Ça y est, Verdun s'est rendormie. Elle nous laisse debout, hébétés, chancelants, l'œil vide fixé sur l'ample sourire de sa digestion. C'est le sablier de son visage, ce sourire. Il va se rétrécir peu à peu, imperceptiblement, les commissures vont se rapprocher, et, quand la bouche toute rose ne sera plus qu'un poing noué, le clairon sonnera le réveil des troupes fraîches. De nouveau, le long hurlement vorace jaillira des tranchées pour investir les cieux. Et les cieux répondront par le pilonnage de toutes les artilleries : voisins cognant au plafond, martelant à la porte, jurons explosant dans la cour de l'immeuble... Les guerres sont comme les feux de broussailles, si on n'y prend garde, elles se mondialisent. Trois fois rien d'abord, une petite explosion dans le crâne d'un Duc, à Sarajevo, et cinq minutes après tout le monde se fout sur la gueule.

Et ça dure...

Verdun n'en finit pas.

Trois jours déjà.

Ce que Jérémy, les yeux au milieu de la figure, résume par cette question exténuée en se penchant sur le berceau de Verdun :

— Mais ça ne grandit donc jamais ?

*

La seule à passer indemne au travers de la tourmente, c'est maman. Elle dort, maman. Les légions innombrables lâchées par Verdun sur notre territoire familial l'épargnent ! Convention de Genève. Maman dort. Aussi loin que je me souvienne, après chaque naissance, maman a toujours dormi. Elle a dormi six jours après la naissance de Jérémy. Son record. Tout le contraire du bon Dieu, elle s'est réveillée le septième. Et elle m'a demandé :

— Alors mon grand, à quoi ressemble-t-il, ce petit ?

Aussi bien, comme on dit dans les beaux livres, aucun des enfants Malaussène ne peut-il se vanter d'avoir connu les seins de sa mère. Julia y voit l'origine de ma vénération pour ses propres mamelles. « Julie, prête-moi tes mamelles ! » Rire de Julia, jaillissement de ses blanches collines par l'ouverture de sa robe croisée : « Viens là, mon doux chéri, tu es chez toi. » (« Mon doux chéri »... oui, c'est moi. Où te caches-tu, Julie ?)

Or donc, la petite Verdun envoie ses divisions affamées à l'assaut, et maman dort. On serait légitimement en droit de lui en vouloir. Des équipages se sont mutinés pour moins que ça. Pourtant, notre seul souci, lorsque nous calmons Verdun, c'est de ne pas réveiller maman. Et, quand nous craquons vraiment, c'est à contempler son sommeil que nous reprenons nos forces. Maman ne se contente pas de dormir. Maman *redevient*. Appuyé au chambranle de sa porte, chaque combattant exténué peut assister là au retour en force de la beauté paisible.

— Elle est belle comme une bouteille de Coca remplie de lait.

Jérémy a murmuré ça les larmes aux yeux. Risson a froncé ses vieux sourcils dans un effort louable pour donner corps à cette image. Clara a pris une photo. Oui, Jérémy, elle est belle comme une bouteille de Coca-Cola remplie de lait. Je la connais bien, cette beauté-là ! Irrésistible. Le genre Bois Dormant, Vénus sortant de Shell, indicible candeur, naissance à l'amour. Vous connaissez la suite, les enfants ? Le

Prince Charmant nous pend au nez. Dès son réveil, maman ne sera plus que disponibilité candide à la passion. Et si par malheur un beau tsigane (ou un gentil comptable, peu importe) passe à ce moment-là...

Jérémy, qui est branché sur la même longueur d'onde, murmure tout à coup :

— Oh! non, merde, Ben, on va pas encore nous l'enlever ?

Puis, après un coup d'œil angoissé au berceau de la petite, très provisoirement assoupie :

— Verdun, c'est la Der des Ders, non ?

Va savoir... Les amours ont justement ça de commun avec les guerres...

*

Bref, trois jours et trois nuits d'enfer mondial. On a beau établir des tours, les mômes, les filles et les grands-pères sont sur les genoux. Clara, surtout, qui s'appuie l'essentiel du boulot. Déprime générale. Baby-blouse, quoi. C'est fréquent, à ce qu'il paraît. Merlan a même menacé de se remettre sous perfusion :

— Je te le jure, Benjamin, si ça continue, je replonge à la piquouse !

Penché sur le berceau, Risson, qu'on ne peut pourtant pas soupçonner de détester l'enfance, hoche interminablement la tête :

— Je me demande si je ne préférais pas la version 14/18.

Quant à Rognon, j'ai l'impression qu'il louche d'un air féroce sur ses couteaux de boucher. Il comprend pas l'évolution des mœurs, Rognon : pour lui, un rôti n'a jamais eu droit à la parole.

Les moins atteints sont Thérèse, Julius et le Petit. Depuis la mort de Verdun (l'autre, le paisible), Thérèse a entrepris de mettre au point un véritable horoscope du troisième âge. Un truc pour les journaux, qui donnerait aux vieux des nouvelles de leurs lendemains immédiats. Thérèse bosse d'arrache-pied, la baraque pourrait bien s'effondrer, elle n'y est pour personne. Julius le chien, lui, les yeux braqués sur le berceau de Verdun du matin au soir, est plongé dans un profond étonnement. Mais ce n'est qu'une apparence. Cette tête penchée sur le côté (sa langue pendant de l'autre) est une séquelle de sa dernière crise. D'après Laurent, le toubib adoré de Louna, il conservera toute sa vie cet air de stupéfaction intense. En fait, comme tout clébard conscient de ses responsabilités, Julius est tout bonnement ravi d'avoir un mouflet de plus at home. Le Petit réagit comme Julius, en être responsable. Il a entrepris de bercer Verdun, de la calmer coûte que coûte. Il raconte à Verdun-la-Nouvelle les histoires héritées de Verdun-l'Ancien. Dès que sa petite sœur ouvre l'œil, il reprend où il l'avait laissée l'interminable litanie des métrages de tissu engloutis par la Der des Ders. Et plus elle gueule, plus il monte le son, refusant avec un bel héroïsme de laisser recouvrir sa voix par le vacarme du champ de bataille...

Mais rien au monde ne peut apaiser Verdun. Jusqu'au jour où se produit ce qu'il est convenu d'appeler un miracle.

*

Ça s'est passé tout à l'heure. Verdun venait justement de se réveiller. Il était sept heures. (19 heures.) L'heure de son énième biberon. Comme ça n'allait pas assez vite à son goût, elle l'a fait savoir avec un peu plus de véhémence que d'habitude. Jérémy, qui était de quart, a foutu une casserole sur le feu et a pris la sirène dans ses bras. Le Petit a aussitôt remis son disque sur le plateau :

— 250 000 cache-nez à 1,65 franc et 100 000 passe-montagnes, plus de 2 400 000 mètres de drap en 140 pour les uniformes...

C'est alors qu'on a frappé à la porte. On a d'abord pensé que c'étaient les voisins et on a continué à mener notre paisible petite vie familiale, mais ça frappait toujours. Jérémy a dit merde et il est allé ouvrir, Verdun manifestant toujours dans ses bras. Verdun et Jérémy se sont alors retrouvés devant une minuscule Vietnamienne qui souriait d'un air sceptique, debout dans des socques de bois. La Vietnamienne a demandé :

— Malôtzène ?

Pour cause de Verdun, Jérémy a dit :

— Quoi ?

La Vietnamienne a répété plus fort :

— Malôtzène ?

Jérémy a gueulé :

— Quoi, Malaussène ?

La Vietnamienne a demandé :

— Itzi, maïdson Malôtzène ?

— Oui, vous êtes bien chez la tribu Malaussène, oui, a fait Jérémy en secouant Verdun comme un shaker.

— Dje peuh pargler Bendjamin Malôtzène ?

— Quoi ?

Verdun hurlait de plus en plus fort. D'une patience réellement mythique, la Vietnamienne a entrepris de reposer sa question :

— Dje peuh pargler...

Et le lait, là-bas, sur la cuisinière, s'est mis à déborder de la casserole.

— Merde ! a dit Jérémy. Tenez-moi ça une seconde, s'il vous plaît.

Il a collé Verdun toute vivante dans les bras de la Vietnamienne. Et c'est là que le miracle a eu lieu. Verdun s'est brusquement tue. La maison s'est réveillée en sursaut. Jérémy en a lâché la casserole de lait sur le carrelage. Notre première pensée à tous fut que la Vietnamienne avait discrètement cassé la tête de Verdun contre le mur d'entrée. Mais non. Verdun souriait aux anges dans les bras de la vieille femme qui, d'un doigt câlin, lui gratouillait la base du cou. Verdun produisait les gargouillis de la rigolade nourrissonne. En échange la Vietnamienne lui offrait son tout petit rire de là-bas : « Hi-hi-hi... » Puis, de nouveau :

— Dje peuh pargler Bendjamin Malôtzène ?

— C'est moi, j'ai dit, entrez, madame.

Elle a fermé la porte derrière elle et elle s'est avancée dans la pièce, Verdun toujours gazouillant dans ses bras. Elle était vêtue d'une longue robe de soie noire à col Mao et portait de grosses chaussettes de laine. Tirés de leur torpeur par ce silence d'armistice, Clara et Risson se sont levés ensemble pour venir voir de plus près à quoi ressemblait notre sauveur. Il y avait quelque chose de fantomatique dans leur démarche, genre réveil des morts vivants. Ça a dû quelque peu inquiéter la vieille dame, car elle a froncé les sourcils et s'est arrêtée au milieu de la pièce, indécise. Je crois que nous avons tous eu la même trouille en même temps : qu'elle se tire et nous laisse seuls avec Verdun. Clara, Risson et moi lui avons tendu une chaise. Ça faisait trois chaises. Dans le doute, elle est restée debout. On la sentait prête à se tailler d'une seconde sur l'autre. J'ai passé ma main sur mon menton : pas rasé depuis trois jours. J'ai regardé Risson : un vieux poilu statufié par l'épuisement. J'ai regardé Clara : défaite. Jérémy foutait la moitié du lait à côté de la casserole tellement ses mains tremblaient. Joli spectacle. Il n'y avait que Verdun, rose et fraîche, pour péter de saine santé dans les bras de notre visiteuse.

— Clara, j'ai dit, retourne te reposer, tu en as besoin, et vous aussi monsieur Risson.

Mais, Risson me répond que non, ça va très bien, il me remercie. De fait, son visage a quelque chose de tout lumineux, soudain. Il couve des yeux cette petite vieille avec une admiration non dissimulée.

— Oui ? dis-je enfin, vous vouliez me parler, madame ?

Ce qu'elle voulait, c'était faire la connaissance de Stojilkovicz. Elle s'appelait madame Hô. Elle était la voisine de la veuve Dolgorouki — porte d'en face, précisa-t-elle, sur le même palier. Depuis la mort de son amie elle se sentait trop seule et souhaitait participer aux virées des vieilles dames organisées par Stojil dans son autobus. Elle-même était veuve.

— Rien de plus facile, je dis. Je lui en parlerai, et il passera vous prendre dimanche matin. Soyez à neuf heures au croisement du boulevard de Belleville et de la rue de Pali-Kao.

Elle a fait oui de la tête, toute ravie. Elle a sorti une liasse de billets qu'elle m'a secouée sous le nez avec son petit rire made in là-bas.

— Moah peug payer ! hi hi hi ! dj'eï beaucoupe argdjient !

Risson et moi en sommes restés comme deux ronds de flanc. Il y en avait au moins pour trois ou quatre mille balles, là-dedans.

— C'est inutile, madame Hô, Stojilkovicz ne se fait pas payer ; c'est gratuit.

*

Il se passe alors trois événements simultanés. Jérémy se pointe avec le biberon enfin prêt et le plante dans le museau de Verdun avant qu'elle ait le temps de regretter les bras de la Vietnamienne ; Thérèse, qu'on avait complètement oubliée, sort de son coin pour venir doucement prendre la vieille par la main et l'attire jusqu'à son guéridon où elle commence aussi sec à lui parler avenir; pendant que le téléphone sonne au présent.

— Malaussène?

Je reconnais cette crécelle. Manquait plus que la Reine Zabo des Editions du Talion, ma sainte patronne devant les Belles Lettres, pour compléter le tableau.

— Oui, Majesté, c'est bien moi.

— Fini de vous les rouler, Malaussène, il va vous falloir reprendre du service, et du meilleur, je vous préviens tout de suite!

— C'est si grave que ça? je demande, à tout hasard.

— Catastrophique, la tuile du siècle, on est dans la merde jusqu'au cou, c'est le moment où jamais d'utiliser vos talents de bouc émissaire.

— Qu'est-ce qui se passe?

— Ponthard-Delmaire, vous vous rappelez?

— Ponthard-Delmaire, l'architecte? Le roi des jolis mots coulés dans le béton? Comme si c'était hier.

— Eh bien, le bouquin de lui que nous devons éditer est foutu.

(Ça y est, je commence à piger. Il va falloir que j'aille trouver ce poussah et me prendre une avoine pour une connerie que je n'ai pas faite moi-même.)

— Le chauffeur qui devait porter la maquette à l'imprimerie a eu un accident. Sa voiture a brûlé et le bouquin avec.

— Et le chauffeur?

— Vous êtes amateur de faits divers, Malaussène? Il est mort, bien sûr. L'autopsie a montré qu'il était bourré de je ne sais quelle drogue jusqu'aux yeux. Un jeune crétin.

— Et qu'est-ce que vous attendez de moi, au juste, Majesté? Que j'aille trouver Ponthard-Delmaire, que je lui avoue que nos convoyeurs crèvent d'overdose à leur volant, et qu'en conséquence, si sa précieuse camelote est détruite, c'est ma faute, c'est ma très grande faute ?

— J'espère pour vous que vous trouverez quelque chose de plus intelligent à dire.

(Ça ne rigole pas du tout au bout du fil. Et, pour que j'en prenne bien conscience, ça entame le chapitre des comptes.)

— Avez-vous la moindre idée de la quantité de fric investie dans ce livre, Malaussène ?

— Probablement dix fois plus qu'il ne vous en rapportera.

— Erreur, mon garçon. Tout ce que nous pouvons gagner sur ce livre est *déjà* dans notre caisse. Colossales subventions de la ville de Paris pour promouvoir LE bouquin d'archi qui annonce sans ambiguïté ce que sera le Paris de demain. Substantielle rallonge du ministère des Travaux Publics qui prône une politique de la transparence dans ce domaine.

— Tu parles...

— Taisez-vous, imbécile, et faites comme moi : comptez ! Je continue. Gigantesque budget publicitaire investi par le Cabinet d'Architecture Ponthard soi-même ! Droits internationaux d'ores et déjà vendus à quinze pays soucieux de ne pas déplaire à un philanthrope qui les inonde de chantiers.

— Etc., etc.

— Comme vous dites, Malaussène. (Puis, brusquement sur le ton de la plus profonde commisération :) Je me suis laissé dire que vous aviez un chien épileptique, mon garçon ?

Là, assez scié, je suis. Aussi me tais-je. Ce qui permet à la Reine Zabo de reprendre, toujours dans la douceur :

— Et une famille passablement nombreuse, non ?

— Si, dis-je. Elle vient même de s'agrandir considérablement.

— Ah! un heureux événement? Je m'en réjouis très sincèrement pour vous.

Encore un peu et elle va sauter à pieds joints en battant ses paluches d'éternelle petite fille à l'autre bout du fil.

— Vous voulez que je vous fasse la liste de mes autres maladies, Majesté?

Silence. Long silence téléphonique. (Les pires.) Puis :

— Ecoutez-moi bien, Malaussène. Il nous faut environ un mois pour recomposer ce foutu livre. Or, Ponthard-Delmaire attend ses épreuves mercredi prochain. Et la sortie du livre a été prévue pour le 10.

— Et alors?

— Alors?... Alors, vous allez prendre votre nouveau-né sous un bras, votre chien épileptique sous l'autre, vous allez habiller votre Sainte Famille de guenilles, et mercredi prochain, vous irez vous traîner à genoux chez Ponthard-Delmaire auprès de qui vous ferez si bien votre travail de bouc émissaire que, pris de pitié, il nous accordera le mois de sursis qui nous est indispensable. Pleurez, mon cher, pleurez de façon convaincante, soyez un bon bouc.

(Inutile de discuter.) Je demande juste :

— Et si j'échoue?

La réponse arrive, on ne peut plus claire :

— Si vous échouez, il nous faudra rembourser cette montagne de fric, que nous avons déjà investi ailleurs, et je crains fort que les Editions du Talion ne soient contraintes de faire sauter quelques gros salaires.

— Dont le mien? (Question idiote.)

— En priorité.

Clic, et fin de la communication. Je dois faire une drôle de bouille en raccrochant à mon tour, car

Thérèse, toujours occupée à lire la main de la Vietnamienne, lève les yeux sur moi :

— Des problèmes, Ben ?

— Oui, des problèmes que tu n'avais pas prévus.

24

C'est avec une insondable horreur que Thian avait senti la main glacée de cette longue fille se saisir de la sienne. Il avait failli la retirer comme s'il l'avait laissée tomber dans un nœud de vipères. Mais le flic, en lui, s'était retenu à temps. Il lui fallait rester le plus longtemps possible dans ce repaire de camés — Dieu de Dieu les gueules qu'ils se payaient ! Même le gosse de douze ou treize ans tremblait comme une feuille —, écouter la conversation téléphonique, bref, ratisser le maximum de renseignements, quitte à se faire peloter les paumes par la diseuse de bonne aventure. Et contenir le plus longtemps possible la famille en bas, pendant que, là-haut, Pastor fouillait la chambre de Malaussène.

— Vous n'êtes pas une femme, vous êtes un homme.

Ç'avait été les premières paroles de la fille. Chuchotées, heureusement, mais avec un arrière-ton très déplaisant de vieille instite rancie dans le célibat. Thian fronça les sourcils.

— Vous êtes un homme déguisé en femme par passion de la vérité, expliqua l'instite.

Malgré lui, Thian sentit ses yeux s'arrondir dans la mesure de leur possible.

— Vous avez toujours eu la passion de la vérité, continuait la jeune vieille sur le même ton pédago-virginal.

Pendant ce temps, Malaussène, au téléphone, demandait si c'était « si grave que ça ». Thian décida de ne plus écouter le squelette extra-lucide et de consacrer toute la surface de ses oreilles à la conversation téléphonique. « Qu'est-ce qui se passe ? » demandait Malaussène. Il y avait comme de l'angoisse, dans sa voix.

— Et pourtant, vous vous mentez à vous-même, dit la diseuse.

« Ponthard-Delmaire, l'architecte ? » disait Malaussène dans le téléphone. Le flic sursauta en Thian. C'était le nom de la fille qui figurait sur la photo de Malaussène et dont Pastor avait retrouvé le dossier aux stups : Edith Ponthard-Delmaire. Trois jours à présent que Thian la filait, cette petite salope. Et en trois jours, il avait bien dégoté de quoi l'envoyer dix ans à l'ombre.

— Oui, vous vous mentez à vous-même en vous inventant des maladies que vous n'avez pas, déclare Thérèse.

Les oreilles de Thian lâchèrent un instant la conversation téléphonique. (« Que je n'ai pas, que je n'ai pas... qu'est-ce que t'en sais ? »)

— Mis à part les dégâts causés par l'incroyable quantité de médicaments que vous ingurgitez, vous êtes en parfaite santé, continuait l'imperturbable miss futur.

(« Je vais quand même pas me laisser faire la leçon par cette engeance de camée ? ») L'hypocondriaque débusqué fulminait dans le cœur du flic. Mais, une phrase de la conversation téléphonique explosa soudain dans sa cervelle : « *lui avouer que nos convoyeurs crèvent d'overdose à leur volant* »... disait Malaussène.

— C'est depuis la mort de votre femme que vous vous croyez malade.

Ici, le regard de la voyante rencontra enfin celui du

sceptique. Elle lut sur son visage un mélange de surprise et de douleur. Thérèse connaissait bien ce qu'elle appelait « cet instant de vérité » où *ce qui n'est plus* vient s'imprimer soudain sur *ce qui est là*, et qu'on appelle « visage ». Le reste de la conversation téléphonique échappa complètement à Thian. La main de la jeune fille n'était plus froide. Elle massait doucement la paume du vieil homme, et, pour la première fois depuis douze ans, Thian sentit sa main s'ouvrir complètement.

— Cela arrive souvent, disait Thérèse, de s'inventer des maladies après un deuil. C'est une façon de se sentir moins seul. On se dédouble, si vous voulez. On se soigne comme si on était un autre. On est de nouveau deux : celui que je suis et celui que je soigne.

Toujours cette même voix revêche et sans sourire. Mais les mots se posaient en Thian avec une douceur de flocons, pour s'y dissoudre et « l'imprégner de vérité ». (Je suis complètement con, se disait Thian, je deviens gâteux, je ferais beaucoup mieux d'écouter l'autre parler dans son téléphone...)

— Mais votre solitude va bientôt prendre fin, dit Thérèse, et je vois devant vous un avenir de bonheur, de vrai bonheur familial.

Rien à faire, la conversation téléphonique se déroulait désormais très loin de Thian. Thian sentait son corps tout entier s'abandonner dans la main de la fille. Le même genre d'apaisement qu'il éprouvait, jadis, quand, rentrant du bureau tout noué par une enquête foireuse, il abandonnait son corps minuscule à la grande paluche amoureuse de Janine. Comme il l'avait aimée, sa géante !

— Mais avant cela, il vous faudra subir une vraie maladie. Très grave, et très vraie.

Thian émergea de son rêve, une sueur glacée entre les omoplates.

— Quel genre de maladie ? prononça-t-il avec juste ce qu'il fallait de distance ironique.

— Une maladie provoquée par votre quête de vérité.

— Mais encore ?

— Vous serez atteint de saturnisme.

— Qu'est-ce que c'est que ça ?

— C'est la maladie qui entraîna la chute de l'Empire romain.

*

Maintenant, Thian se tapait la tête contre les murs de son appartement de veuve, rue de Tourtille. Le charme était retombé et Thian émergeait, mesurant toute l'étendue de sa faute. Ecouter les salades prévisionnelles de cet épouvantail pendant que l'autre, le Malaussène, se dépoilait sans méfiance au téléphone ! Fallait-il être con, bordel de Dieu, et d'une connerie criminelle encore ! Parce que c'était bien de dope qu'il parlait, Malaussène, avec sa gueule ravagée et tous ces mômes détruits autour de lui ! L'adolescente qu'il appelait Clara, par exemple... Bon Dieu la tête de cette enfant ! Et qu'elle avait dû être jolie, *avant* ! Et le gamin exténué, avec le bébé dans les bras ! Et le bébé ! Le bébé ! Les hurlements que ce nourrisson poussait, pendant que Thian frappait à la porte. Et comme il s'était apaisé dans ses bras ! Le cœur de Thian s'en était brisé net. Retirer ce bébé de là illico, mettre la DDASS sur le coup. Confier le grand-père à une institution qui puisse réparer ce qui en restait. Ce doux grand-père aux yeux si creux et aux cheveux si blancs qui s'était timidement approché de Thian au moment où il partait et qui lui avait tendu un petit bouquin rose : « Pour lire, pour être moins seule... »

Thian sortit le petit livre de sa poche. « Stefan Zweig, *Le joueur d'échecs*. » Il contempla un long moment la couverture rose et souple. « C'est un livre sur la solitude, avait dit le grand-père, vous verrez... »

Thian jeta le bouquin sur le lit. « Je demanderai au gamin de me le résumer... » Et Thian pensa à Pastor. Pastor ne l'avait pas attendu. Avait-il trouvé des photos dans la chambre de Malaussène ? Thian avait tout de même pas mal de choses à apprendre au gamin pour son rapport de ce soir. Malaussène était en cheville avec Ponthard-Delmaire le père, et leur cuisine tournait autour de la drogue, comme celle de Ponthard-Delmaire fille, ça ce n'était pas douteux. Pastor pourrait toujours ajouter cela dans son rapport à Coudrier.

Mais Thian ? Lui, le vieillissant inspecteur Van Thian qui se laissait détourner par les boules de cristal (comme s'il avait jamais eu un avenir !), qu'est-ce qu'il avait à y mettre, dans son rapport à lui, hein ? Que dalle. Des semaines, maintenant, qu'il traquait l'égorgeur de vieilles, et rien. Pas plus de résultat que les îlotiers de Cercaire. Un raté, un sacré vieux connard de raté, l'inspecteur Van Thian !

Soudain, deux images se superposèrent. Il vit nettement le visage de la veuve Dolgorouki. Cette femme était belle. Une beauté particulière : une douceur forte, qui ne se fanait pas, que la vie n'entamait pas. Thian voyait le visage de la veuve Dolgorouki, gibier rabattu chez Malaussène par Stojilkovicz, le Yougoslave à l'autobus... Puis, il se vit lui-même, en train de secouer la liasse de billets sous le nez de Malaussène. Il fut pris d'une rage glaciale et se surprit à murmurer entre ses dents :

— Si c'est toi, mon salaud, viens, viens le chercher tout de suite le pognon de la Vietnamienne, viens, j'ai trop attendu, viens payer la mort de cette femme et celle des autres, viens, ne me fais pas attendre davantage, viens, faut passer à la caisse, maintenant...

Ce fut évidemment à cette seconde précise qu'il entendit frapper à sa porte. « Déjà ? » Il éprouva le même soulagement que, tout à l'heure, dans la main de la fille. « Déjà ? » Pour un peu, il aurait remercié celui qui frappait ces petits coups polis. Il alla s'accroupir sans bruit derrière une table basse marquetée de dragons exorbités, et sous le plateau de laquelle il avait planqué un bon gros Manhurin. Il était merveilleusement détendu. Il savait qu'il ne tirerait pas avant d'avoir vu jaillir le rasoir. Il ne détestait pas cette atmosphère de penalty. D'autant moins que, jusqu'à présent, il n'avait jamais encaissé un seul but à ce jeu-là.

— Entlez ! lança-t-il d'une voix qui souriait.

La porte s'ouvrit avec précaution. Quelqu'un en avait tourné la poignée et la poussait maintenant avec le pied. Quelqu'un qui semblait rester indécis sur le palier. « Entre » murmurait Thian, « entre, puisque tu es venu jusqu'ici, entre... » La porte s'ouvrit davantage et la petite Leila entra, poussant le battant avec son dos, les mains chargées du plateau sur lequel, tous les soirs à la même heure, elle apportait son couscous à la veuve Hô.

Thian ne bougea pas plus qu'une statue chinoise pendant que la gamine posait le plateau sur la table basse.

— Aujourd'hui, papa t'a mis des brochettes.

Tous les soirs, le vieil Amar lui « mettait des brochettes ». Et tous les soirs la gamine le lui annonçait. Quand elle eut posé son plateau, elle resta là, à se tortiller, indécise. Thian ne semblait pas la voir, Leila dit enfin.

— Y a Nourdine, il est planqué dans la cage d'escalier.

« Nourdine est planqué dans la cage d'escalier »,

répéta mentalement Thian sans comprendre un mot de ce qu'elle disait là.

— C'est pour me peloter quand je redescendrai, précisa Leila sur un ton de réveille-matin.

Thian sursauta.

— Pelôthé ?

Puis :

— Ah ! ouille, pelôther ! hi, hi, hi, pelôther !

Et il fit ce que la gamine attendait de lui. Il se leva, ouvrit le gros bocal d'épicier qui trônait sur le buffet de la petite pièce, en sortit deux loukoums roses et cubiques qu'il donna à l'enfant avec la recommandation habituelle :

— Pargtadjer, hein ? Pargtadjer !

Le petit Nourdine était encore à un âge où, se jetant sur une fille, ce sont ses loukoums qu'on dévore en priorité.

25

Ni les croissants, ni le chocolat, ni la lumière du drugstore ne valaient ceux d'en face. A la troisième gorgée seulement, Pastor osa demander au divisionnaire Coudrier la raison pour laquelle il semblait préférer le drugstore Saint-Germain au café de Flore ou aux Deux-Magots.

— Parce que c'est d'ici, précisément, qu'on a la meilleure vue sur eux, répondit le divisionnaire.

Ils continuèrent à petit déjeuner dans un silence poli, mouillant leurs croissants, à la française, mais sans le moindre bruit de succion, à l'anglaise. Droits et attentifs, leurs dos n'effleuraient pas leurs chaises. En contrebas, le drugstore se remplissait peu à peu de sa clientèle plaquée or. Il n'y avait pas si longtemps, se rappelait Pastor, tout ce clinquant avait attiré les bombes. Naïveté des convictions : elles bombardaient un reflet de richesse pendant que, sur les terrasses d'en face, on débitait l'express à quinze francs la tasse pour un public de spectateurs analytiques. Pastor se souvenait : tout son jeu de miroirs volé en éclats sanglants, le drugstore avait enfin ressemblé à ce qu'il n'avait jamais cessé d'être : un entrepôt souterrain pour marchandise et humanité précaires.

— A quoi pensez-vous, Pastor ?

Deux gosses venus d'ailleurs (duffel-coat vert bouteille, bermuda gris souris, burlingtons impeccables et blonde petite brosse vaninienne) firent une entrée timide, leur argent de poche hebdomadaire bien serré dans leurs petits poings aux ongles nets.

— J'ai participé aux sauvetages, ici, l'année de la bombe, monsieur, j'étais encore stagiaire à l'époque.

— Ah! oui?

Coudrier but une ultime gorgée.

— Ce matin-là, moi, j'étais assis en face.

Ils commandèrent deux express pour éteindre le dégoût du chocolat, une carafe d'eau pour réparer les dégâts du café et, quand les dernières miettes de croissant se furent décollées de leurs gencives, Coudrier demanda :

— Alors, où en êtes-vous?

— Bien avancé, monsieur.

— Un suspect?

— De fortes présomptions. Un certain Malaussène...

— Malaussène?

Pastor raconta. La fille jetée dans la péniche avait provoqué le renvoi de Malaussène quelques mois plus tôt. « Il était employé au Magasin, monsieur. » Selon le directeur dudit Magasin, Malaussène était homme à se venger — une sorte de maniaque de la persécution qui aimait jouer le rôle de bouc émissaire. Or, le soir où Julie Corrençon avait été jetée par-dessus bord, les voisins de Malaussène avaient entendu un cri de femme, un claquement de portière et des hurlements de pneus. Et on avait retrouvé sur place le manteau de la victime. Cela n'aurait pas signifié grand-chose si le même Malaussène n'était soupçonné de trafiquer dans la drogue et peut-être même d'estourbir les vieilles dames de Belleville.

— Fichtre!

— Le commissaire divisionnaire Cercaire dispose d'un témoignage accablant au sujet de la drogue, et presque d'un flagrant délit. Or, Julie Corrençon a été droguée avant d'être dépontée.

— « Dépontée » ?

— Un néologisme que je m'autorise, monsieur, par glissement du verbe « défenestrer ».

— Je ne sais pas si je dois permettre de pareilles audaces dans mon service, Pastor.

— Peut-être préféreriez-vous « empénichée », monsieur ?

— Et pour ce qui est des vieilles dames ?

— Deux des dernières victimes fréquentaient l'autobus d'un certain Stojilkovicz, intime de Malaussène, et étaient elles-mêmes des habituées de la maison.

— D'où tenez-vous cela ?

— Van Thian était lié à la dernière victime, la veuve Dolgorouki ; c'était sa voisine de palier. C'est elle qui lui a parlé de ses visites chez Malaussène.

— Ce qui prouve ?

— Rien, monsieur. Toutefois, la façon dont elle a été tuée...

— Oui ?

— Indique qu'elle a ouvert sans crainte à son assassin. Mais, à part Thian et Stojilkovicz, la veuve Dolgorouki ne fréquentait que ce Malaussène. Stojilkovicz conduisait son bus à l'heure du crime, et si l'on veut bien laisser Thian de côté...

— Reste Malaussène.

— ...

— ...

— Eh bien, dites-moi, Pastor : tentative de meurtre, trafic de drogue, assassinats réitérés, en fait de soupçons, ce n'est pas un suspect que vous tenez là, c'est une anthologie !

— Selon toute apparence, monsieur... D'autant que Thian s'est rendu chez ce Malaussène, et, pour lui, il ne fait aucun doute que toute la famille est camée jusqu'aux yeux.

— Les apparences, Pastor...

Demi-torsion de son buste, le coude appuyé sur le dossier de sa chaise, le commissaire divisionnaire Coudrier laissait son regard se multiplier dans les miroirs.

— A propos d'apparences, vous ne remarquez rien de particulier, dans ce palais des glaces ?

Sur le ton du psychologue qui vous colle un Rorschach. Pastor ne suivit pas le regard de son chef. Il ne balaya pas le drugstore. Il posa les yeux ici, puis là, de longues secondes à la fois. Plan fixe. Charge au drugstore de bouger dans le cadre. Deux petits culs trop serrés dans leurs jeans impeccables venaient de prendre leur faction à la porte d'angle. « Si tôt le matin ? » s'étonna Pastor. Des affamés de lecture descendaient quatre à quatre les marches de la librairie. D'autres en remontaient, plus calmes, chargés pour la semaine. Littérature démagnétisée qu'ils liraient, confortablement installés en face. L'un d'eux, gravissant sous le nez de Pastor les trois marches de la sortie, serrait Saint-Simon contre son cœur. Malgré tous ses efforts, Pastor ne put empêcher l'image du Conseiller de faire irruption dans le cadre, ni la voix de Gabrielle de combler tout le volume : « *Le duc de la Force, qui mourut dans ce même temps, ne fit pas de regrets... nonobstant sa naissance et sa dignité.* » Les inflexions de Gabrielle, qui lisait à voix haute, prêtaient aux lèvres du Conseiller le sourire du vieux duc de Saint-Simon. Ces soirées de lecture... et les oreilles du petit Jean-Baptiste Pastor dressées dans la pénombre...

Pastor s'ébroua, ferma une seconde les yeux, les rouvrit ailleurs, et vit enfin ce qu'il y avait à voir. Les deux gosses de tout à l'heure (bermuda, duffel-coat et burlingtons) dévalisaient purement et simplement la blonde vendeuse de K7. L'un des deux maintenait la fille penchée sur le cadavre éventré d'un petit Sony, pendant que l'autre vidait une vitrine dont il avait dû piquer la clef. Pastor en était comme deux ronds de flan. A croire que le corps de ce gosse était aimanté ! La marchandise lui sautait littéralement dessus. Dans le même mouvement qu'il fauchait, il remettait les boîtes vides à leur place. Ni vu ni connu. Pastor ne put retenir un sourire d'admiration. La porte vitrée se referma d'elle-même, et, d'elle-même, la petite clef retrouva sa place dans la poche nylon de la vendeuse. Pas un bruit. Et toujours la stricte petite brosse blonde par-dessus le spectacle.

— Vu, monsieur : deux gosses viennent de refaire la vendeuse, là-bas, de toute sa marchandise.

— Bien observé, mon garçon.

A présent, les gamins se dirigeaient tranquillement vers la sortie.

— Je les intercepte, monsieur ?

Coudrier leva une main désabusée.

— Laissez courir.

Comme Saint-Simon tout à l'heure, les blondinets gravirent les trois marches de la sortie, mais obliquant tout à coup à angle droit, ils se dirigèrent vers la table des deux flics. Pastor lança une sorte de coup d'œil apeuré à Coudrier qui ne voyait pas venir les enfants. Mais déjà, le plus proche tapotait l'épaule du division- naire.

— Voilà, grand-père, c'est fait.

Coudrier se retourna. Le gosse ouvrit son duffel-coat. Pastor se demanda comment un corps si frêle pouvait trimballer une telle quantité de marchandise. Coudrier hocha gravement la tête.

— Et toi ?

Par l'entrebâillement du second manteau, Pastor eut la vision éclair d'une collection de magnétophones, de

184

calculatrices et de montres pendus à une multitude de crochets, eux-mêmes rivés à une sorte de harnais.

— On fait des progrès, grand-père, tu ne trouves pas ?

— Pas tant que ça. L'inspecteur Pastor, assis en face de moi, vous a repérés.

Puis à Pastor, avec un geste las de présentation :

— Mes petits-fils, Pastor : Paul et Germain Coudrier.

Pastor serra la main des gosses en essayant de ne pas trop les secouer, puis, devant leur mine déconfite, il crut bon de s'excuser :

— Je ne vous ai remarqués que parce que votre grand-père m'a demandé d'ouvrir les yeux.

— On ne remarque rien les yeux fermés, observa Coudrier.

Et aux enfants :

— Allez me remettre tout ça en place, et tâchez d'être plus discrets, cette fois-ci.

Les gosses s'éloignèrent, le dos rond.

— Le vol, Pastor...

Coudrier suivait les enfants des yeux.

— Oui, monsieur ?

— Il n'y a pas meilleure école pour la maîtrise de soi.

Là-bas, la vendeuse accueillait le retour des enfants avec un sourire tout joyeux.

— Et dans cette société, conclut le commissaire, il faut être sacrément maître de soi pour avoir une chance de rester honnête.

Dans le cadre de Pastor maintenant, il n'y avait plus place que pour une seule image : le visage de Coudrier. Un Coudrier qui fixait son inspecteur avec l'attention concentrée de toutes les polices du monde.

— Inutile de vous préciser, dit-il lentement, que ces deux enfants se laisseraient crever sur place plutôt que de toucher à 20 centimes qui ne leur appartiendraient pas.

— Cela va sans dire, monsieur...

— Alors, pour ce qui est des « apparences », comme vous dites, soyez prudent avec votre Malaussène.

Tombé d'une voix lourde, le message était on ne peut plus clair.

— J'ai encore une chose importante à vérifier, monsieur, une certaine Edith Ponthard-Delmaire, que nous avons filée, Thian et moi...

Coudrier l'interrompit de la main :

— Vérifiez, Pastor, vérifiez...

III

PASTOR

> — *Dites-moi, Pastor, comment vous y prenez-vous, pour faire avouer de pareilles crapules ?*
> — *En y mettant un peu d'humanité, monsieur.*

26

— Vous vous appelez Edith Ponthard-Delmaire, vous avez 27 ans, vous avez été arrêtée il y a cinq ans pour usage et trafic de stupéfiants. Exact ?

Edith écoutait ce jeune inspecteur frisé lui parler d'une voix aussi chaude que le vieux pull dans lequel il semblait être né. Oui, elle s'appelait bien Edith Ponthard-Delmaire, fille en rupture de l'architecte Ponthard-Delmaire et de la grande Laurence Ponthard-Delmaire dont le corps avait été Chanel, en son temps, puis Courrèges, mais jamais un corps de maman — quoique mère. Oui, c'était vrai, Edith s'était fait arrêter fourguant de la drogue non pas à la porte d'un CET de banlieue, mais à celle du lycée Henri IV, parce qu'il n'y avait aucune raison, selon elle, pour que les fils de riches jouissent moins que les fils de pauvres.

Edith eut un sourire éclatant à l'adresse du jeune inspecteur, ce fameux sourire de gamine qui ferait d'elle, un jour, une vieille dame délicieusement indigne.

— C'est exact, mais c'est de l'histoire ancienne.

Pastor lui rendit son sourire, dans une version rêveuse.

— Vous avez fait quelques semaines de prison, puis six mois de désintoxication dans une clinique de Lausanne.

Oui, le gros Ponthard-Delmaire étant ce qu'il était, sa respectabilité ne supportant pas d'accrocs, il avait réussi à sortir sa fille de taule pour l'envoyer dans une clinique suisse d'une grande discrétion.

— En effet, une clinique blanche comme l'héroïne la plus pure.

La précision d'Edith fit rire l'inspecteur. Un vrai rire spontané, très enfant. L'inspecteur trouvait cette brune aux yeux si clairs d'une beauté vraiment vivante. L'inspecteur croisa des mains étonnamment délicates sur son vieux pantalon de velours. Il demanda :

— Puis-je vous parler de vous, mademoiselle ?

— Faites, dit la jeune fille, faites, c'est mon sujet favori.

Alors, l'inspecteur Pastor lui parla d'elle-même, puisque c'était ce qu'elle désirait. Il commença par lui apprendre qu'elle n'était pas une vicieuse de la seringue, mais plutôt une théoricienne, une femme à principes. Selon elle (« arrêtez-moi si je me trompe »), dès l'âge de raison (aux alentours de 7 ou 8 ans), l'Homme avait le droit de « prendre son pied » aux cimes les plus hautes. On ne pouvait donc pas dire qu'après son premier chagrin d'amour (un acteur célèbre qui l'avait traitée en acteur...) Edith fût *tombée* dans la drogue. Bien au contraire, grâce à la drogue, elle avait accédé à des sommets si élevés que les illusions, enfin, n'y trouvent plus d'oxygène. « Car être libre (déclarait-elle à l'époque où on l'avait arrêtée) c'est d'abord être libéré du besoin de comprendre... »

— Oui, c'est bien le genre de choses que je disais à l'époque.

L'inspecteur Pastor lui sourit, apparemment satisfait de constater qu'Edith et lui émettaient sur la même longueur d'ondes.

— Toujours est-il que le divisionnaire Cercaire vous

a envoyée vérifier en prison s'il n'y avait pas tout de même un petit quelque chose à *comprendre*.

C'était vrai, et à sa sortie de prison, la clinique l'avait à ce point ramonée qu'Edith en avait perdu à jamais le goût des ascensions intraveineuses.

— Car vous ne vous droguez plus, n'est-ce pas ?

Mais, l'inspecteur Pastor ne questionnait pas, il affirmait. Non, elle ne se droguait plus depuis des années, elle n'y touchait plus — une ligne par-ci par-là, histoire d'illuminer son sourire, rien de plus — non, maintenant c'étaient les autres qu'elle faisait grimper. Pas les mêmes autres qu'avant, toutefois. On ne la trouvait plus à la porte des collèges. En prison, elle avait compris que la jeunesse avait, si mince qu'elle fût, la chance de la jeunesse. Mais la porte des maisons de retraite, hein ? Des clubs du troisième âge ? Les corridors des garnis de vieillards ? Les porches des immeubles où vivaient, solitaires et déjà froids, ceux qui n'avaient même plus la chance hypothétique de la jeunesse ? Les vieux...

*

Cet inspecteur, qui venait de lui raconter sa vie à elle, Edith, comme si elle eût été sa propre sœur, ce jeune inspecteur Pastor, avec ses joues roses, ses cheveux frisés, sa voix douce, son grand pull, avait un air de santé qui s'était altéré au fur et à mesure du récit, jusqu'à ôter toute couleur à sa peau et creuser sous ses yeux d'insondables cavernes à la mine de plomb. Edith l'avait cru tout jeune, d'abord — elle avait repéré le point du pull, tricoté main, un pull de maman — mais, la conversation se prolongeant, elle n'était plus du tout sûre de son âge. Sa voix aussi s'était brouillée, comme s'efface une bande magnétique, avec des enlisements soudains, et ses yeux, au fond de ses orbites, s'étaient comme figés dans un épuisement glauque.

*

Les vieux, oui...

Edith s'entendait penser maintenant par la bouche de cet inspecteur blafard, sa bouche devenue molle, hésitante, elle l'entendait lui resservir toute sa théorie à elle sur ces vieillards qu'on avait deux fois privés de leur jeunesse, une fois en 14, une autre en 40, sans parler de l'Indochine et de l'Algérie, sans compter les inflations, les banqueroutes, leurs petits commerces balayés un matin dans l'eau des caniveaux, sans parler non plus de leurs femmes mortes trop tôt, de leurs enfants oublieux... Si les veines de ces vieillards-là n'avaient pas droit à la consolation, ni leur cervelle à l'éblouissement... si ces vies d'ombres ne pouvaient s'achever dans l'apothéose, même illusoire, d'un feu d'artifice, c'est qu'alors, vraiment, il n'y avait pas de justice.

— Comment savez-vous que je pense tout cela ?

Edith laissa échapper la question et le flic leva sur elle un visage qui semblait ravagé par une malédiction.

— Ce n'est pas *ce que vous pensez*, mademoiselle, c'est ce que vous *dites*.

Cela aussi était vrai. Elle n'avait jamais pu vivre sans le secours de la théorie : un alibi.

— Et peut-on savoir ce que je pense vraiment ?

Il prit son temps pour répondre, comme un très vieil homme qui n'en a plus beaucoup.

— Comme tous les psychothéoriciens de votre génération : vous haïssez votre père et vous voyoutez pour démolir sa respectabilité.

Il hocha la tête avec amertume.

— Ce qui est amusant, en l'occurrence, c'est que votre père vous a roulée dans la farine, mademoiselle.

Et l'inspecteur Pastor lâcha ici une révélation qui figea le sang de la jeune fille. Elle eut, fulgurante, la vision de Ponthard-Delmaire explosant d'un rire énorme. Elle vacilla sous le choc. Elle dut s'asseoir. L'émotion d'Edith gagna l'inspecteur. Il secoua une tête désolée.

— Mon Dieu, dit-il, tout cela est d'une épouvantable simplicité.

Quand Edith fut un peu remise, l'inspecteur Pastor (mais de quoi souffrait-il donc pour avoir une tête pareille ?) lui énuméra toutes les mairies d'arrondissement où elle avait exercé ses talents d'infirmière-tentatrice. Il exhiba des photos indiscutables (comme elle avait l'air joyeux, son sachet de gélules à la main, dans cette mairie du XIe !). Puis, l'inspecteur Pastor énonça une dizaine de témoignages possibles, et commença à égrener les noms de ceux qui avaient entraîné Edith dans ce circuit. Tout cela avec un si parfait naturel qu'Edith dénonça les autres, d'elle-même, jusqu'au dernier.

L'inspecteur Pastor sortit alors de sa poche une déposition prête à l'avance, y ajouta de sa main les quelques noms manquants, et demanda poliment à la jeune fille de bien vouloir signer. Loin d'être effrayée, Edith éprouva un immense soulagement. Société contractuelle, nom d'un chien ! Rien n'existait en ce bas monde, sans la confirmation d'une signature ! Bien sûr, elle refusa de signer.

Oui. Elle avait tranquillement allumé une cigarette, et avait refusé de signer.

*

Mais Edith n'était pas dans la tête de l'inspecteur. Pastor avait suivi le trajet de l'allumette vers le bout de la cigarette anglaise, puis il avait cessé de penser à la jeune fille. Il était, comme on dit, « absent ». Présent ailleurs... Quelque part dans son passé. Debout devant le Conseiller qui, tête basse, disait : « Cette fois, ça y est, Jean-Baptiste, à force de fumer ses trois paquets par jour, Gabrielle a attrapé une cochonnerie définitive. Du côté du poumon. Une tache. Déjà des métastases un peu partout... » Vieille querelle, les cigarettes, entre Gabrielle et le Conseiller. « Plus tu fumes, disait-il, moins je bande. » Ça la ralentissait un peu. Un peu seulement. Et, debout devant Pastor, maintenant, le Conseiller marmonnait : « Alors voilà, mon petit, tu ne vois pas Gabrielle se décomposant à l'hôpital ? Tu ne me vois pas tourner en veuf gâteux ? N'est-ce pas ? » Le vieil homme demandait une autorisation à son fils. Un double suicide, voilà ce qu'il lui demandait. Surtout, qu'il ne dise pas non ! Un double suicide... dans un sens ça ne pouvait pas finir autrement. « Laisse-nous trois jours, et reviens. Tous les papiers seront en règle. Creuse-nous le même trou pour tous les deux, quelque chose de simple, ne dépense pas inutilement ton héritage. » Pastor avait donné son accord.

*

— Je ne signerai certainement pas ce papier, affirmait Edith.

L'inspecteur posa sur elle un regard de mort vivant.

— J'ai une méthode infaillible pour vous y contraindre, mademoiselle.

*

Maintenant, Edith entendait l'inspecteur Pastor descendre l'escalier. Un pas très lourd pour un corps plutôt frêle. Elle avait sorti tout ce qu'elle savait devant cette tête de mort qui ne lui laissait aucun espoir. Puis, elle avait signé. La « méthode » de l'inspecteur était efficace, oui. Elle avait signé. Il ne l'avait pas arrêtée. « Quarante-huit heures pour faire votre valise et disparaître ; je me passerai de votre témoignage. » Elle prit un sac et le remplit de ce qui lui semblait la résumer le plus exactement : l'ours en peluche de sa naissance, les tampons de son adolescence, une robe d'aujourd'hui et deux bonnes liasses de billets pour demain. La main sur la poignée de la porte, elle se ravisa, s'assit à sa coiffeuse, et, sur une grande feuille blanche, écrivit : « *Ma mère à moi ne m'a jamais tricoté de pull.* »

Sur quoi, au lieu de retourner vers la porte, elle ouvrit la fenêtre, et, toujours son sac à la main, elle se dressa bien droit sur le chambranle. L'inspecteur Pastor marchait au fond du gouffre, en compagnie d'une minuscule Vietnamienne. A Belleville, ces temps derniers, Edith s'en souvint tout à coup, elle avait un peu trop souvent croisé une très vieille et toute petite Vietnamienne. L'inspecteur Pastor allait tourner le coin de la rue. Edith eut brusquement la vision de l'énorme Ponthard-Delmaire secouant son incroyable brioche dans un rire homérique, quelque chose comme le rire d'un ogre. Un ogre qui eût été son père. La fille de l'ogre... Elle émit un dernier souhait : que le flic entendît nettement l'éclatement de son corps sur le trottoir. Et elle se jeta dans le vide.

*

— Thian, s'il te plaît, raconte-moi une histoire drôle.

Dès qu'ils eurent tourné le coin de la rue, la Vietnamienne raconta :

— C'est un mec, un alpiniste, il se casse la gueule.

— Drôle, l'histoire, Thian, s'il te plaît...

— Attends deux secondes, gamin. Donc, il se casse la gueule, cet alpiniste, il dévisse, il dévisse, sa corde pète, et il se rattrape du bout des doigts à une plate-forme de granit verglacé. Au-dessous de lui, deux mille mètres de vide. Le gars attend un moment, les pieds ballants dans le gouffre, et finalement, il demande, d'une toute petite voix : « Y a quelqu'un ? »... que dalle. Il répète, un peu plus haut : « Y a quelqu'un ? » Une voix profonde, s'élevant de nulle part, monte alors jusqu'à lui : « Oui, dit la voix, il y a Moi, Dieu ! » L'alpiniste attend, le cœur battant et les doigts gelés. Et Dieu reprend : « Si tu as confiance en Moi, lâche cette foutue plate-forme, Je t'envoie deux anges qui te rattraperont en plein vol... » Le petit alpiniste réfléchit un instant, puis, dans le silence redevenu sidéral, il demande : « Y a quelqu'un d'autre ? »

La décharge que Thian connaissait bien traversa le visage de Pastor. Quand la tête du jeune homme eut retrouvé un semblant de vie, Thian dit :

— Gamin ?

— Oui ?

— Il va falloir coffrer le Yougoslave Stojilkovicz.

27

Comme le lui avait recommandé Malaussène, la veuve Hô s'était trouvée à neuf heures précises au coin du boulevard de Belleville et de la rue de Pali-Kao. A la même seconde, un antique autobus à impériale, bourré de vieilles dames en état de gaieté, pilait devant elle. Elle y monta sans hésiter et fut accueillie par une ovation digne d'une héritière royale qu'on conduit au taureau. Entourée, embrassée, cajolée, elle avait été installée à la meilleure place — un énorme pouf recouvert de cachemire, posé sur une sorte d'estrade à la droite du chauffeur. Lequel chauffeur, Stojilkovicz, un vieillard à la chevelure de jais, s'écria d'une incroyable voix de basse :

— Aujourd'hui, les copines, en l'honneur de madame Hô, on s'offre le Paris des Asiates.

Vu de l'intérieur, le bus n'avait plus rien d'un bus. Les petits rideaux de cretonne qui en égayaient les fenêtres, les profonds canapés disposés à la place des sièges, le long des parois tapissées de velours, les guéridons et les tables de bridge rivés au sol à travers l'épaisseur des tapis, le poêle de faïence à l'autrichienne qui produisait une odorante chaleur de bois, les appliques modern style qui diffusaient une lumière cuivrée, le samovar ventru qui scintillait comme un appel au rêve, tout ce bric-à-brac de récupération qu'on sentait piqué sur les trottoirs, au hasard des virées, donnait au bus de Stojilkovicz une allure de lupanar transsibérien qui ne laissa pas d'inquiéter la veuve Hô.

— Je te jure, gamin, je me suis dit que si je ne faisais pas gaffe, j'allais me retrouver vieille pute dans un clandé d'Oulan-Bator, Mongolie Extérieure.

Mais, le visage de Pastor n'exprimait rien d'autre qu'une attention professionnelle. Une jeune fille tombait dans la tête de Pastor. Un trottoir sanglant bétonnait la tête de Pastor. Thian tendit un verre de bourbon et deux gélules roses. Pastor repoussa les gélules et trempa ses lèvres dans le liquide ambré.

— Continue.

En fait, Thian était monté dans ce bus, la rage au ventre, toujours aussi convaincu (« l'intuition, gamin, la part féminine de tout flic ») de la culpabilité de Malaussène dans l'assassinat des vieilles, et de la complicité du Yougoslave à la voix de bronze. Il ne se laissa pas émouvoir par l'atmosphère du bus. Certes, grâce à Stojilkovicz toutes ces vieilles semblaient heureuses comme beaucoup de jeunes filles ne le sont plus, certes, aucune de ces femmes ne semblait avoir jamais souffert de solitude, de pauvreté, ni même du moindre rhumatisme, certes, tout le monde, ici, semblait s'aimer intimement, certes, le vieux Stojilkovicz savait prévenir le moindre de leur désir comme aucun mari au monde... certes...

— Mais si c'est pour finir comme une vieille oie sous le rasoir, gamin...

Vigilante, donc, la veuve Hô. Vigilante quand ils sillonnèrent le Chinatown derrière la place d'Italie, vigilante quand on lui tendit la mangue juteuse et le mangoustan rarissime (fruits qu'elle n'avait jamais goûtés et dont elle ne connaissait évidemment pas le nom — mais la veuve Hô poussait des petits cris de joie en se réfugiant derrière son incompréhensible sabir) vigilante, donc, hostile et vigilante, jusqu'à ce que Stojilkovicz, sans le savoir, lui porte un coup terrible, un seul coup, mais qui abattit tous ses remparts.

— Ça, c'est le Chinatown moderne, les filles, décréta-t-il, dans les senteurs de coriandre, entre les devantures idéogrammatiques de l'Avenue de Choisy, mais il en existe un autre, beaucoup plus ancien, et je vais vous montrer ça tout de suite, moi qui suis l'archéologue de vos jeunes âmes !

A ce stade de son récit, Thian hésita, rafla comme un joueur de dés les deux gélules négligées par Pastor, les fit glisser avec une longue gorgée de bourbon, essuya ses lèvres du dos de sa main et dit :

— Maintenant, écoute bien ça, gamin. Fini, le shopping extrême-oriental, on remonte toutes dans le bus, et voilà le Stojilkovicz qui nous descend, par la rue de Tolbiac, vers le pont du même nom qui, comme tu le sais peut-être, ouvre sur la halle aux vins, enfin, la nouvelle, celle d'après 48.

Pastor fronça un de ses deux sourcils :

— C'était le quartier de ton enfance, ça, non ?

— Justement gamin. Le Yougo braque à gauche, quai de Bercy, puis à droite, saute la Seine, et stoppe son mastodonte à rombières juste devant le New Vélodrome Made in Chirac.

— Vous voyez, cette gigantesque taupinière, les filles ? qu'il se met à gueuler. Cette poussée souterraine de l'imagination architecturale contemporaine, vous la voyez ? « OUIIII », fait le chœur des vierges. « Et vous savez à quoi ça sert ? » « NOOON ! » « Eh bien ça sert à faire tourner de jeunes maniaques en rond sur des vélocipèdes hypermodernes mais qui n'en restent pas moins des machines antédiluviennes : à pédales !

— Il parle vraiment comme ça, ce Stojilkovicz ? demanda Pastor.

— Encore mieux, gamin, avec un somptueux accent serbo-croate, et je ne suis pas du tout sûr qu'elles comprennent la moitié de ce qu'il leur sort ; mais ne m'interromps pas, écoute la suite.

— C'est un crime, cela, mesdames ! hurle Stojilkovicz. Parce que vous savez ce qu'il y avait, là, avant cette boursouflure ?

— NOOOON !

— Il y avait un petit entrepôt de pinard, oh ! trois fois rien, un modeste Gamay, qui titrait ce qu'il pouvait, mais qui était tenu par le couple le plus extraordinairement généreux que j'aie jamais connu !

*

Le cœur de la veuve Hô avait cessé de battre, et le cœur de l'inspecteur Van Thian s'était pétrifié dans le cœur de la veuve Hô. Il entendait là l'histoire de ses propres parents.

— Elle, la femme, s'appelait Louise, continuait Stojilkovicz, et tout le monde l'appelait Louise la Tonkinoise. Elle avait profité d'un bref séjour d'institutrice au Tonkin pour comprendre qu'il ne fallait pas jouer plus longtemps la farce coloniale. Elle était rentrée, portant dans son giron un Tonkinois minuscule, son mari, et tous les deux ensemble, ils avaient repris le petit entrepôt du père de Louise. Pinardière, elle était née, pinardière elle vivait, ce devait être sa merveilleuse destinée ! Et la plus charitable des pinardières ! Providence des étudiants fauchés et autres paumés de l'Histoire que nous étions, nous autres, Yougoslaves... « *Chez Louise et Thian* », les filles, c'était notre refuge quand nous n'avions plus un rond, notre paradis quand nous pensions avoir perdu nos âmes, notre village natal quand nous nous sentions apatrides. Et, quand l'après-guerre faisait trop de ravages dans nos têtes, quand nous ne savions vraiment plus si nous étions les paisibles étudiants d'aujourd'hui ou les héroïques tueurs d'hier, alors le vieux Thian, mari de Louise, Thian de Monkaï (c'était le nom de son patelin) nous prenait par la main et nous conduisait vers les mirages de son arrière-boutique. Il nous allongeait sur des nattes, avec précaution, comme les enfants malades que nous étions, nous tendait de longues pipes et roulait entre ses doigts les petites noisettes d'opium dont le grésillement nous apporterait bientôt ce que même le Gamay ne pouvait plus pour nous.

*

— Et tout à coup, je les ai revus, gamin, cette petite bande de yougos qui fréquentaient chez mes parents après-guerre. Et il en faisait partie, lui, le Stojilkovicz, oui, je l'ai reconnu comme si c'était hier, à quarante ans de distance ! Cette voix de pope... la fantaisie dans tout ce qu'il disait... en fait, il n'a pas changé d'un poil... Stojilkovicz, Stamback, Milojevitch... C'étaient leurs noms. Ma mère les abreuvait et les nourrissait gratis, c'est vrai. Ils étaient fauchés, bien sûr. Et parfois, mon père les endormait à l'opium... Ça ne me plaisait pas trop, je me rappelle.

— Ils se sont battus contre les nazis, disait ma mère, ils ont vaincu les armées Vlassov, et maintenant il va leur falloir surveiller les Russes, tu ne crois pas que ça mérite une petite pipe d'opium de temps en temps ?

Il faut te dire que j'étais déjà flic, à l'époque, toute jeune pélerine à bicyclette, et que cette arrière-boutique m'inquiétait plutôt. Elle commençait à être connue, et fréquentée par du beau linge. Moi, pour n'effrayer personne, j'enlevais mon uniforme avant de rentrer à la maison. Je le fourrais en boule dans mes sacoches, et je me pointais en bleu de travail, ma bécane à la main, comme si je sortais des usines Lumière.

Thian eut un petit rire de nostalgie.

— Et aujourd'hui je me déguise en Chinoise. Tu vois, gamin, depuis le début, j'ai la vocation de flic clandestin... Mais je voulais te dire autre chose...

Thian se passa la main dans sa brosse clairsemée. Chaque poil se redressait aussitôt comme un ressort.

— La mémoire, gamin... une chose en appelle une autre... c'est l'imagination à l'envers... aussi dingue.

Pastor écoutait, tout à fait là, maintenant.

— Un jour, dit Thian, ou plutôt un soir, un soir de printemps, sous la glycine, devant l'entrepôt — oui, on avait une glycine, mauve — les jeunes héros serbo-croates de maman étaient assis à une table, passable-ment bourrés, et l'un d'eux s'est écrié (je ne me rappelle plus si c'était Stojilkovicz ou un autre) :

— Nous sommes pauvres, nous sommes seuls, nous sommes nus, nous n'avons pas encore de femmes, mais vous venez d'écrire une sacrée page d'histoire !

Alors passe un grand mec, très droit, habillé de blanc, qui s'arrête à leur table et qui lâche cette phrase :

— Ecrire l'Histoire, c'est foutre la pagaille dans la Géographie.

C'était un client de mon père. Il venait fumer tous les jours à la même heure. Mon père, il l'appelait affec-tueusement son « droguiste ». Il disait : « Ce vieux monde rhumatisant aura de plus en plus besoin de vos drogues, Thian... » Tu sais qui c'était ce type, gamin ?

Pastor fit non de la tête :

— Corrençon. Le gouverneur colonial Corrençon. Le père de ta petite Corrençon qui joue les belles au bois dormant à l'Hôpital Saint-Louis. C'était lui. Je l'avais complètement oublié. Mais je le revois maintenant, si droit sur sa chaise, écoutant ma mère lui prédire la fin de l'Indochine française, puis celle de l'Algérie, ... , l'entends répondre :

— Vous avez mille fois raison, Louise : la géographie va retrouver ses droits.

*

La bouteille de bourbon était vide, maintenant, devant l'inspecteur Van Thian. Il hochait la tête, de droite à gauche, sans fin, comme en face d'une idée impossible.

— Je suis monté dans ce bus, gamin, pour traquer ce Yougoslave Stojilkovicz, persuadé de tenir mon égorgeur de vieilles, ou tout au moins son complice, et voilà qu'il me ressuscite ma mère dans toute sa splendeur, et mon père, dans toute sa sagesse....

Après un long silence, il ajouta :

— Et pourtant, en bons flics que nous sommes, il va nous falloir l'envoyer en cabane.

— Pourquoi ? demanda Pastor.

*

— Et maintenant, les filles, qu'allons-nous faire, maintenant ? Ce n'était pas une question que posait là le vieux Stojilkovicz, mais un cri qu'il poussait, une exclamation rituelle, façon Lucien Jeunesse. Et, d'une seule voix, toutes les vieilles dames répondirent :

— RESISTANCE ACTIVE A L'ETERNITE !

Stojilkovicz venait de garer l'autobus aux abords de Montrouge, près de la petite ceinture, à côté d'une gare abandonnée. C'était un de ces lieux perdus des confins de Paris, où ce qui est mort là n'est pas encore anéanti par ce qui va y naître. La gare avait depuis longtemps perdu ses portes et ses volets, les ronces poussaient entre ses rails, son toit s'était effondré sur son dallage ébréché, les graffiti de toutes sortes racontaient la vie sur ses murs, mais elle n'avait pourtant pas perdu cet air d'optimisme des gares qui ne peuvent croire à la mort du train. Les vieilles poussaient des cris de joie, comme des enfants retrouvant le jardin public de leurs dimanches. Elles sautillaient d'aise et les gravats crissaient sous leurs semelles de crêpe. L'une d'elle resta faire le guet à la porte pendant que Stojilkovicz soulevait une trappe dissimulée par l'estrade vermoulue qui, dans une pièce exiguë aux fenêtres trop hautes, devait surélever le bureau du chef de gare pour lui donner vue sur les quais. La veuve Hô, suivant timidement le mouvement, s'engouffra à la suite des autres vieilles dans la fosse cachée par la trappe. C'était un puits circulaire où l'on avait maçonné des échelons de fer. La vieille dame qui précédait la veuve Hô (elle portait un grand cabas, et un appareil auditif était lové dans la saignée de son oreille droite) la rassura en lui disant qu'elle la préviendrait de leur arrivée au dernier échelon. La veuve Hô crut qu'elle descendait en elle-même. Il y faisait noir. La veuve Hô se dit que son au-delà était humide.

— Attention, dit la vieille dame au grand cabas, vous y êtes.

La veuve Hô eut beau poser son pied sur le sol avec la plus extrême précaution, elle ne put empêcher les cheveux de l'inspecteur Van Thian de se dresser tout droit sous sa perruque. « Dieu de Dieu, dans quoi est-ce que je viens de m'enfoncer ! » C'était à la fois souple et dur, rigide et poudreux, ferme et totalement inconsistant, ce n'était ni solide, ni liquide, ni boueux, c'était sec et mou, cela pénétra dans les socques de la veuve Hô, c'était froid, et sans que l'on sût pourquoi, c'était absolument terrifiant, porteur de la plus ancienne terreur qui soit.

— Ce n'est rien, dit alors la dame au cabas, c'est la

déverse du cimetière de Montrouge, les plus vieux ossements de la fosse commune.

« C'est pas le moment de dégueuler », s'ordonnèrent mutuellement l'inspecteur Van Thian et la veuve Hô. Et ce qui venait de bondir dans leur gorge dut être ravalé.

— Vous avez refermé la trappe, là-haut ? demanda la voix de Stojilkovicz.

— Trappe refermée ! confirma une toute jeune voix de vieille dame, comme tombée de l'échelle d'un sous-marin.

— Bien, vous pouvez allumer vos lampes.

Et la veuve Hô fut « éclairée », comme on dit. On l'avait plongée dans les catacombes. Pas les catacombes artistico-ménagères de Denfert-Rochereau avec leurs jolis crânes tirés au cordeau et leurs tibias soigneusement calibrés, non, de vraies catacombes sauvagement bordéliques, où la petite troupe dut patauger pendant plusieurs centaines de mètres dans une bouillasse sèche d'ossements broyés d'où émergeait de temps à autre un coin de fémur qui se donnait encore des airs d'humanité. « Tout ça est parfaitement dégueulasse ! » L'inspecteur Van Thian sentait remonter en lui sa colère contre Stojilkovicz. « Fergme ta glande gueul' ! » lui intima la veuve Hô, « et ouve tes mir'hettes. » Il la ferma et les ouvrit d'autant plus que Stojilkovicz venait de prévenir :

— Attention, les filles, on est arrivés. Eteignez vos lampes.

Elles venaient toutes de déboucher dans une vaste salle dont la veuve Hô n'eut pas le temps de voir grand-chose, sinon qu'elle semblait entièrement capitonnée de sacs de sable. Une seconde d'obscurité, puis :

— Lumière ! cria Stojilkovicz.

Une lumière aveuglante tomba brusquement des plafonds, blanche comme une douche glacée. Toutes les vieilles dames s'étaient alignées en une seule rangée de part et d'autre de la veuve Hô. A peine l'eut-elle remarqué qu'elle vit autre chose. Cela jaillit devant elle, à une dizaine de mètres, bondissant du sol comme un diable à ressort, mais elle ne put identifier la chose, car une détonation retentit et la « chose » explosa aussitôt. La veuve Hô sursauta. Puis, ses yeux se portèrent sur sa voisine, la dame au cabas et à l'appareil acoustique. Buste arrondi sur ses genoux demi-pliés, les deux bras tendus en avant, elle crispait ses mains sur un pistolet P.38 qui fumait avec nonchalance.

— Bravo, Henriette, s'exclama Stojilkovicz, tu seras décidément toujours la plus rapide !

La plupart des autres dames avaient aussi une arme à la main, mais elles n'avaient pas eu le temps de viser la cible-surprise.

*

— Comme je te le dis, gamin, Stojilkovicz a armé ces vieilles pour qu'elles puissent se défendre contre l'égorgeur, et, tous les dimanches après-midi, il les entraîne : tir d'instinct, tir à la cible, tir couché, tir plongeant, ça flingue à tout va là-dedans, sans économiser les cartouches, et ça dégaine comme l'éclair, crois-moi, nos petits jeunots de la criminelle pourraient bien en prendre de la graine.

— Ça n'a pas empêché deux d'entre elles de se faire égorger quand même, fit observer Pastor.

— C'est ce que ne cesse de leur répéter Stojilkovicz. Et elles ont décidé de multiplier les séances d'entraînement.

— Alors c'est ça qu'elles appellent « la Résistance Active à l'Eternité ? » demanda Pastor qui venait enfin de retrouver son sourire.

— C'est ça, gamin, qu'est-ce que t'en penses ?

— Comme toi ; qu'il va falloir arrêter ce petit jeu avant qu'elles ne flinguent tout ce qui bouge.

Thian hocha tristement la tête.

— On fera ça mardi, si tu veux bien me donner un coup de main. Elles se réunissent tous les mardis chez la sourdingue pour nettoyer leurs armes, les échanger, fabriquer leurs cartouches, une sorte d'ouvroir, si tu veux, ou de réunion Tupperware...

Il y eut un silence. Puis :

— Dis donc, gamin, j'ai pensé à un truc.

— Oui ?

— Le Vanini, il se serait pas mangé une dragée de vieille dame, des fois ?

— Probable, dit Pastor. C'est en tout cas ce qu'affirme Hadouch Ben Tayeb.

Thian secoua de nouveau la tête très longuement, puis, avec un sourire dans le vide :

— Elles sont mignonnes, tu sais...

28

Elles n'opposèrent pas la moindre résistance aux trois inspecteurs. C'en était même une pitié. Pastor, Thian et Caregga avaient moins la sensation de désarmer une bande que celle de voler leurs jouets à des orphelines. Elles restaient là, assises autour de la grande table où elles avaient soigneusement disposé leurs petites balances, leurs douilles, leur poudre et leur plomb. (Elles s'apprêtaient à faire leur provision de cartouches pour la semaine.) Elles gardaient la tête basse. Elles restaient silencieuses. Non pas coupables, non pas terrifiées ou seulement inquiètes, mais redevenues vieilles soudain, rendues à leur solitude et à leur indifférence. Caregga et Pastor remplissaient un grand sac avec les armes saisies, Thian se chargeait des munitions. Tout cela se déroulait dans le silence le plus complet sous l'œil d'un Stojilkovicz dont on eût dit qu'il supervisait les opérations, tant son regard demeurait impassible.

En passant devant lui, Thian eut peur que le Yougoslave ne lui dît : « Alors, la Vietnamienne, c'était vous ? Félicitations. » Mais Stojil ne dit rien. Il ne le reconnut pas. Thian en éprouva comme un surcroît de honte. « Arrête de te torturer, bon Dieu, tu es complètement cinglé, tu ne pouvais tout de même pas laisser ces femmes flinguer tout ce qui tourne autour de vingt

ans ! La mort de Vanini ne te suffit pas ? » Thian avait
beau se raisonner, la honte restait accrochée là. « Et
depuis quand tu chiales sur cette petite frappe de
Vanini ? » Cette pensée non plus n'était pas faite pour
lui remonter le moral. Auraient-elles flingué une brochette de Vanini qu'il aurait plutôt eu tendance à les
décorer, ces vieilles sentinelles maintenant désarmées.
« Sans compter qu'elles vont retrouver leur peur,
maintenant, attendre comme des oies prises au piège
qu'on vienne leur trancher la gorge. » Thian se retrouvait une fois de plus confronté à son propre échec. Si ce
dingue courait toujours, c'était tout de même bien de
sa faute à lui ! Il les désarmait, sans être seulement
capable de les protéger. Il n'avait même plus de
suspect, car depuis qu'il avait fait la connaissance de
Stojilkovicz, la thèse Malaussène avait singulièrement
perdu de sa réalité. Un type comme Stojilkovicz ne
pouvait vraiment pas être l'ami d'un égorgeur.

*

Les trois flics avaient achevé leur tour de table. Ils se
tenaient sur le pas de la porte, embarrassés, comme
des invités qui n'arrivent pas à prendre congé. Finalement, Pastor se racla la gorge et dit :

— Vous ne serez pas arrêtées, mesdames, ni même
inquiétées, je vous en donne ma parole.

Il hésita :

— Mais nous ne pouvions pas vous laisser ces armes.

Et, cette phrase, dont il regretta aussitôt l'absurde
puérilité :

— C'était dangereux...

Puis, s'adressant à Stojilkovicz :

— Monsieur, si vous voulez bien nous suivre.

Toutes les armes saisies dataient d'avant-guerre. Il y
avait là une majorité de pistolets de toutes origines :

des Tokarev soviétiques aux Walther allemands, en passant par des Glisenti italiens, des S.I.G. Sauer parabellum suisses et des Browning belges, mais il y avait aussi des armes automatiques, pistolets mitrailleurs M3 américains, bonnes vieilles Sten anglaises, et même une carabine Winchester à la Joss Randal dont on avait scié la crosse et le canon. Stojilkovicz ne fit aucune difficulté pour reconnaître qu'il s'agissait là d'un armement récupéré par lui dans les derniers mois de la guerre et destiné à son maquis de Croatie. Mais, à la fin des opérations, il avait décidé d'enfouir ces armes le plus profondément possible.

— Inutile qu'elles servent à de nouveaux massacres, qu'elles arment les partisans de Tito, de Staline ou de Michaïlovicz. Moi, j'en avais fini avec la guerre. Enfin, je *pensais* en avoir fini. Mais quand on s'est mis à égorger ces dames...

Il expliqua alors que la conscience de l'homme était une chose étrange, comme un feu que l'on croit éteint et qui se réveille. Après sa guerre à lui, pour rien au monde il n'aurait ressorti ces armes. Pourtant, le temps passant, il avait assisté par télévision interposée à bien des injustices qui auraient mérité d'être combattues avec l'aide de son arsenal... Mais non, ces armes étaient enfouies, définitivement. Et puis voilà que ces assassinats de vieilles femmes (« sans doute parce que je vieillis moi-même ») l'avaient soudain plongé dans d'épouvantables cauchemars où il voyait des armées innombrables de jeunes gens nerveux monter à l'assaut de ces immeubles (il fit un geste vague qui balayait Belleville). C'était comme des loups lancés sur une bergerie : « Dans mon pays, on connaît bien les loups », de jeunes loups qui aimaient la mort ingénument, celle qu'ils donnaient et celle qu'ils s'injectaient dans les veines. Il connaissait, lui, cette passion de la mort ; elle avait animé sa propre jeunesse. « Savez-vous combien nous en avons égorgé, des prisonniers Vlassov ? Je dis bien *égorgés*, tués à l'arme blanche, parce que nous manquions de munitions, ou sous prétexte qu'ayant violé nos sœurs et tué nos mères ils ne méritaient pas une balle ? Combien, selon vous ? Au couteau... dites un nombre. Et, si vous ne pouvez pas imaginer le nombre total, combien en ai-je tué moi-même ? Et, parmi eux, des hommes vieux, que l'Histoire avait jetés là, combien en ai-je égorgé moi-même ? Moi, jeune séminariste défroqué ? Combien ?

Comme il n'obtenait pas de réponse, il dit enfin :

— C'est pourquoi j'ai décidé d'armer ces vieilles femmes, contre le jeune loup que j'étais.

Il fronça les sourcils et ajouta :

— Enfin, je suppose...

Puis, soudain, avec véhémence :

— Mais elles n'auraient fait de mal à personne, elles ! Il ne pouvait pas arriver d'accident, elles étaient bien entraînées, elles tiraient vite mais ne devaient tirer qu'à la vue du rasoir...

L'ombre verte et blonde de Vanini passa silencieusement sous les yeux des trois flics qui l'ignorèrent.

— Voilà, dit enfin Stojilkovicz, c'était mon dernier combat.

Il eut un demi-sourire :

— Les meilleures causes ont une fin.

Pastor dit :

— Nous allons devoir vous arrêter, monsieur Stojilkovicz.

— Evidemment.

— Vous ne serez inculpé que de détention d'armes.

— Ce qui va chercher dans les combien ?

— Quelques mois seulement, dans votre cas, répondit Pastor.

Stojilkovicz réfléchit un instant, puis, le plus naturellement du monde :

— Quelques mois de prison seront insuffisants ; j'aurais besoin, au moins, d'une année complète.

Les trois flics se regardèrent.

— Pourquoi ? demanda Pastor.

Stojilkovicz réfléchit encore, évaluant consciencieusement le temps qui lui était nécessaire, et dit enfin, de sa tranquille voix de basson :

— J'ai entrepris une traduction de Virgile en serbo-croate ; c'est très long, et assez complexe.

*

Carrega emmena Stojilkovicz dans sa voiture, pendant que Thian et Pastor battaient le pied, indécis, sur le trottoir. Visage et poings noués, Thian gardait le silence.

— Tu es fou de rage, dit enfin Pastor. Tu veux que je te trouve une bonne pharmacie ?

Thian refusa d'un geste.

— Ça ira, gamin. Marchons un peu, tu veux ?

Le froid avait repris possession de la ville. Le dernier froid de l'hiver, le coup de grâce. Pastor dit :

— C'est étrange, Belleville ne croit pas au froid.

Il y avait quelque chose de vrai, là-dedans ; même par moins quinze, Belleville ne perdait pas ses couleurs, Belleville jouait toujours à la Méditerranée.

— J'ai quelque chose à te montrer, dit Thian.

Il ouvrit son poing sous le nez de Pastor. Dans le creux de sa main, Pastor vit une balle de 9 mm dont on avait fendu le plomb en croix.

— J'ai pris ça à la sourdingue, propriétaire de l'appartement ; elle en remplissait le chargeur d'un P.38.

— Et alors ?

— Dans toutes les munitions fauchées, il n'y a que ça qui ait pu faire éclater la tête de Vanini comme un melon. Le plomb fendu pénètre, puis se sépare à l'intérieur ; résultat : Vanini.

Pastor empocha distraitement la cartouche. Ils avaient débouché sur le boulevard de Belleville. Ils se tenaient sagement debout devant un feu, attendant qu'il passe au rouge pour traverser.

— Regarde-moi ces deux cons, fit Thian avec un mouvement sec de son menton.

Sur le trottoir d'en face, deux jeunes gens à la coupe nette, l'un en manteau de cuir, l'autre en loden vert, vérifiaient l'identité d'un troisième, beaucoup moins net. La scène se déroulait à la porte d'un P.M.U. où de vieux Arabes tapaient le domino dans le rythme des flippers maniés par les jeunes.

— Les îlotiers de Cercaire, dit Pastor.

— Des cons, répéta Thian.

C'est parce qu'il était fou de rage contre lui-même, parce que ni le conducteur de la voiture ni le mitrailleur ne pouvaient prévoir une telle rapidité chez un si vieil homme, que Thian, cet après-midi-là, sauva sa vie et celle de Pastor.

— Attention ! hurla-t-il.

Et, dans le même temps qu'il dégainait, il envoya rouler Pastor derrière un amoncellement de poubelles. La première balle fracassa le feu rouge devant lequel, une seconde plus tôt, Pastor se tenait debout. La seconde vola directement de l'arme de Thian à la tempe droite du chauffeur où elle perça un petit trou rond d'une extrême propreté. La tête du chauffeur fut d'abord projetée sur sa gauche, elle rebondit contre la vitre pour s'abattre sur le volant, tandis qu'un pied mort écrasait l'accélérateur. Le bond de la BMW dévia la troisième balle, qui frappa Thian à l'épaule droite. Le choc fit tournoyer Thian et son MAC 50 passa, comme de lui-même, de sa main droite à sa main gauche. Le capot de la BMW explosa contre une colonne Maurice et la porte arrière droite éjecta une forme que Thian truffa en plein vol de trois balles 9 mm parabellum. Le corps du type retomba sur le trottoir avec un curieux bruit d'éponge. Thian resta une seconde encore, bras tendu, puis rabaissa lentement son arme et se retourna vers Pastor qui se relevait, vaguement frustré de n'avoir rien vu.

— Qu'est-ce que c'est que ce cirque ? demanda Thian.

— Ce cirque, dit Pastor, c'était pour moi.

L'arme au poing, les deux îlotiers de Cercaire traversaient le boulevard en gueulant :

— Bougez pas, vous deux, bougez pas où on vous flingue !

Mais Thian avait déjà sorti sa carte qu'il leur montrait négligemment :

— C'est à cette heure-là qu'on arrive ?

Puis, à Pastor :

— Ta proposition de pharmacie, elle tient toujours ?

— Fais voir ?

Pastor dégagea prudemment l'épaule de Thian. L'épaulette de la veste avait été déchiquetée par la balle, le deltoïde traversé, mais ni la clavicule ni l'omoplate n'avaient été touchées. Pastor lui-même s'était coupé la main à un tesson de bouteille.

— J'ai pourtant pas beaucoup de bidoche, fit observer Thian. Qu'est-ce qu'ils te voulaient, ces deux artistes ?

29

Moi, Benjamin Malaussène, je voudrais qu'on m'apprenne à dégueuler de l'humain, quelque chose d'aussi sûr que deux doigts au fond de la gorge, qu'on m'apprenne le mépris, ou la bonne grosse haine bestiale, celle qui massacre les yeux fermés, je voudrais que quelqu'un se pointe un jour, me désigne quelqu'un d'autre et me dise : celui-là est *le salaud* intégral, chie-lui sur la tête, Benjamin, fais-lui bouffer ta merde, tue-le et massacre ses semblables. Et je voudrais pouvoir le faire, sans blague. Je voudrais être de ceux qui réclament le rétablissement de la peine de mort, et que l'exécution soit publique, et que le condamné soit guillotiné par les pieds d'abord, puis qu'on le soigne, qu'on le cicatrise, et qu'on remette ça une fois guéri, nouveau guillotinage, toujours par l'autre bout, les tibias, cette fois, et de nouveau soigné, et de nouveau cicatrisé, et clac ! les genoux, au niveau de la rotule, là où ça fait le plus mal ; je voudrais appartenir à la vraie famille, innombrable et bien soudée, de tous ceux qui souhaitent le châtiment. J'emmènerais les enfants au spectacle, je pourrais dire à Jérémy : « Tu vois ce qui t'attend, si tu continues à foutre le feu à l'Education nationale ? » Au Petit, je dirais : « Regarde, regarde, celui-là aussi transformait des mecs en fleurs ! » et, dès que la petite Verdun l'ouvrirait, je la brandirais, à bout de bras, au-dessus de la foule, pour qu'elle voie bien le couperet sanglant : dissuasion ! Je voudrais appartenir à la grande, belle Ame Humaine, celle qui croit dur comme fer à l'exemplarité de la peine, celle qui sait où sont les bons, où sont les méchants, je voudrais être l'heureux proprio d'une *conviction intime*, putain que j'aimerais ça ! Bon Dieu, comme ça simplifierait ma vie !

Toutes pensées qui animent ma tête dans le métropolitain, alors que je reviens des Editions du Talion, où, comme le con que je suis, j'ai essayé d'attendrir la Reine Zabo sur mon sort, en la suppliant, au nom de ma petite famille, de ne pas me virer si j'échoue, demain, auprès de Ponthard-Delmaire.

— Arrêtez de pleurnicher, Malaussène, ce n'est pas à moi que vous devez faire votre numéro de bouc émissaire, c'est à Ponthard-Delmaire.

— Mais pourquoi faut-il que je sois viré si je n'obtiens pas ce délai de publication, bordel ?

— Ne soyez pas grossier. Parce que vous aurez échoué, tout simplement, et qu'une maison d'édition digne de ce nom ne peut pas se permettre de garder des tocards dans son équipe.

— Mais, vous, Majesté, vous l'Inoxydable, vous avez échoué, non ? En laissant cramer les épreuves du livre dans cette bagnole !

— C'est le chauffeur de la voiture qui a échoué, Malaussène, et il en est mort, grillé dans son enfer personnel.

J'ai regardé la Reine Zabo, ce corps invraisemblable, cette gigantesque carcasse toute maigre, au sommet de laquelle on a planté une pastèque obèse, ses longs bras aux mains de bébé, potelées comme des moufles, j'ai écouté sa voix enjouée de gamine monstrueuse, toujours à l'affût des manifestations de sa propre intelligence, et je me suis demandé pour la énième fois pourquoi je ne la haïssais pas.

— Ecoutez, Malaussène, mettons-nous bien d'accord. Vous comme moi, nous nous contrefoutons de l'architecture Ponthard-Delmaire. Mais, d'un côté, il ne faut pas laisser perdre cette avalanche de subventions (d'autres en profiteraient!) et, d'un autre côté...

Sa crécelle s'enraye une seconde et elle me jette un regard hautement persuasif.

— D'un autre côté, vous êtes *fait pour* ce genre de combat; la victoire en chialant, tel est votre génie! Il serait criminel de ma part de vous épargner cette bataille. Ce serait vous ôter toute raison d'être, mon pauvre vieux.

(Et voilà, c'est pour mon bien qu'elle m'envoie au casse-pipe.)

— Vous *êtes* bouc émissaire, nom d'un chien, flanquez-vous ça dans le crâne une fois pour toutes, vous êtes bouc émissaire jusqu'à la moelle de vos os, et vous y avez le génie que j'ai pour l'édition! Vous serez, aux yeux de tous, coupable de tout, toujours, et vous vous en tirerez pourtant en arrachant des larmes aux pires fripouilles, toujours! Pourvu que vous ne doutiez jamais de votre rôle. Doutez-en une seule fois, et vous serez lapidé!

Alors là, j'ai explosé, quand même :

— Mais qu'est-ce que ça veut dire, ces conneries, nom de Dieu, vous *êtes* bouc émissaire? Qu'est-ce que ça veut dire?

— Ça veut dire que vous attirez sur vous tous les emmerdements du monde, comme l'aimant, ça veut dire que dans cette ville, des tas de personnes que vous ne connaissez même pas doivent en ce moment vous tenir pour responsable de tas de choses que vous n'avez pas faites, et, d'une certaine façon vous en êtes bel et bien le responsable, pour la seule raison que ces personnes *ont besoin d'un responsable !*

— Pardon ?

— Il n'y a pas de « pardon ? » Ne faites pas l'imbécile, vous comprenez parfaitement ce que je veux dire, sans quoi vous ne seriez pas ici, aux Editions du Talion, à faire ce boulot pourri de bouc, après vous être fait virer du Magasin *où vous faisiez le même travail !*

— Justement, je m'en suis fait virer volontairement, du Magasin ! J'en avais plein le cul de me faire engueuler à la place de tous ces cons !

— Alors pourquoi avoir accepté de faire la même chose ici ?

— J'ai une famille à nourrir ! Je ne passe pas ma vie à m'allonger sur des canapés pour savoir comment fonctionnent mes rouages, moi !

— Famille, mon œil ! Il y a trente-six façons de nourrir une famille ; à commencer par ne pas la nourrir du tout. Rousseau a très bien su faire ça. Et il était au moins aussi cinglé que vous !

Engagée sur de pareilles bases, cette conversation aurait pu durer indéfiniment. La Reine Zabo sut lui donner un point final tout ce qu'il y a de professionnel.

— Vous irez donc demain mercredi chez Ponthard-Delmaire, vous obtiendrez ce délai de publication pour son livre d'architecture, sinon, vous serez viré. J'ai d'ailleurs annoncé votre visite : seize heures précises.

Puis, câline, tout à coup, passant sa main de bébé sur ma joue mal rasée.

— D'ailleurs vous réussirez ; vous nous avez tirés de situations autrement délicates.

*

J'arrive donc à la maison avec des rêves de guillotine dans la tête, et c'est Clara qui m'ouvre. Au premier coup d'œil à ma petite sœur préférée, je sens qu'il y a du drame dans l'air. Avant même qu'elle ait ouvert la bouche, je prends le ton le plus rassurant possible pour demander :

— Oui, ma chérie ? Il y a quelque chose qui cloche ?

— Oncle Stojil vient de téléphoner.

— Et alors ?

— Il est à la police, Ben, on va le mettre en prison.

— Pourquoi ?

— Il dit que ce n'est pas grave, il dit que la police a découvert un stock d'armes qu'il tenait cachées près de chez lui, dans les catacombes de Montrouge, depuis la fin de la guerre.

(Quoi ?)

— Il dit qu'il ne faut surtout pas nous inquiéter, qu'il nous fera signe dès qu'il sera bien installé dans sa cellule.

« Bien installé dans sa cellule »... c'est tout Stojil, ça ! Le moine se réveille en lui à la perspective de la taule ! Tel que je le connais, il doit être ravi, en plus. (Voilà la société : on entaule Hadouch et Stojil, on laisse la Reine Zabo en liberté !)

— Qu'est-ce que c'est que cette histoire d'arsenal planqué dans les catacombes ?

Clara n'a pas le temps de répondre que Jérémy me tire par la manche.

— C'est pas tout, Ben, il y a autre chose.

Il a un air que je n'aime pas et que je connais bien. Une certaine satisfaction de soi qui ne présage rien de bon.

— Quoi ? Qu'est-ce qu'il y a encore ?

— Une surprise, Ben.

Avec cette famille, je me méfie au plus haut point de tout ce qui peut ressembler à une surprise. Je jette donc un coup d'œil panoramique. Les grands-pères et les mômes arborent tous la même bouille indifférente, genre happy birthday secret. Et tout à coup je crois piger ce qui cloche : un calme inusité règne dans la maison, un silence de catastrophe accomplie. Je demande :

— Où est Verdun ?

— T'inquiète pas, elle dort, fait Rognon.

Comme son ton ne me dit rien qui vaille, j'insiste :

— Vous ne lui avez pas filé de la gnôle, au moins ?

— Non, dit Jérémy, la surprise, c'est autre chose.

Je regarde Julius. Gueule de travers et langue pendante : impénétrable.

— En tout cas, vous n'avez pas lavé Julius. Ça, ça aurait été une chouette surprise !

(C'est quand même pas vrai qu'on va embastiller mon Stojil ?)

— Ma surprise à moi est bien meilleure, reprend Jérémy qui commence à faire la gueule. (Il ajoute, mauvais :) Mais si t'en veux pas, je la ramène où je l'ai trouvée.

OK, je baisse les bras.

— Allez, Jérémy, c'est quoi, ta surprise ? J'aimerais savoir ce qui va encore me tomber sur la gueule.

Le visage de Jérémy s'épanouit :

— C'est là-haut, Ben, c'est dans ta chambre, c'est tout beau, c'est tout chaud, je serais toi, j'irais voir en vitesse.

*

C'est Julia ! C'est Julie ! C'est ma Corrençon ! C'est dans mon lit ! Ça a une jambe dans le plâtre, un goutte-à-goutte dans les veines, des traces d'ecchymoses sur la figure, mais c'est Julia ! Vivante ! *Ma* Julia *à moi*, nom de nom ! Elle dort. Elle sourit. Louna est debout à sa droite et Jérémy debout devant le plumard, qui la montre, avec un geste théâtral, en annonçant :

— C'est tante Julia.

Penché au-dessus du lit comme au-dessus d'un berceau, je pose toutes les questions en même temps :

— Qu'est-ce qu'elle a ? Où est-ce que vous l'avez trouvée ? C'est grave ? Qui est-ce qui lui a fait ça ? Elle a maigri, non ? Les marques, là, sur le visage, c'est quoi ? Et la jambe ? Mais qu'est-ce qu'elle fait là ? Pourquoi n'est-elle pas à l'hosto ?

— Justement, dit Jérémy.

Suit un silence vaguement louche.

— Justement, quoi, bon Dieu, justement ?

— Justement, elle *était* à l'hosto, Ben, mais elle y était pas bien soignée.

— Quoi ? Quel hôpital ?

— Saint-Louis, elle était à l'hôpital Saint-Louis ; elle était pas bien soignée du tout, répète Jérémy dont les yeux lancent des SOS à Louna.

Silence. Silence dans lequel je finis par dire, plus mort que vif :

— Et pourquoi ne se réveille-t-elle pas, quand on parle ?

Alors Louna vient enfin au secours de Jérémy :

— Elle est droguée, Ben, elle ne se réveillera pas tout de suite, elle était déjà droguée quand on l'a amenée à l'hôpital, et là-bas on continuait à la droguer pour que le choc du réveil ne soit pas trop brutal.

— Résultat, si on l'avait laissée à l'hosto, elle ne se serait pas réveillée du tout, lâche Jérémy. En tout cas, c'est ce que disait Marty, l'autre jour.

Cette fois-ci, le regard que je lui lance l'engage à s'expliquer vite fait :

— Tu te souviens, cette engueulade entre le docteur Marty et un autre toubib, Berthold il s'appelait, quand on est allés toi et moi à la mort de Verdun, Ben, tu te souviens ? Que Marty gueulait : « Si vous continuez à la droguer comme ça vous allez la tuer », eh ben j'ai jeté un œil, au retour, dans la chambre que le docteur Marty montrait, c'était tante Julia qui était dans le plumard, Ben, c'était elle !

Pour preuve, il me montre ma Julia à moi, dans mon lit.

Alors voilà ; voilà ce qu'ils ont fait, Jérémy et Louna, sans prendre l'avis de personne. Ils ont enlevé Julie, tout simplement. Ils l'ont fait sortir de l'hosto, sous prétexte de l'emmener à la radio. Ils l'ont chargée sur une civière roulante, lui ont fait traverser des kilomètres de couloir, Louna dans sa blouse d'infirmière et Jérémy en larmes jouant le rôle de la famille (« t'en fais pas m'man, ce sera rien, tu verras »), puis ils sont sortis, bien pénards, l'ont chargée toute dormante dans la bagnole de Louna et, fouette cocher, l'ont grimpée dans ma chambre. Voilà. Une idée de Jérémy. Et ils sont fiers d'eux, maintenant, tout contents, attendant les félicitations du grand frère, parce que rapter un malade dans un hôpital, selon eux, ça doit mériter une décoration... D'un autre côté, ils m'ont rendu ma Julie. Fidèle à moi-même, j'hésite donc entre deux extrêmes : leur foutre la raclée de leur vie ou les serrer contre mon cœur. Je me contente de demander :

— Vous avez une idée de la façon dont va réagir l'hôpital ?

— L'hôpital était en train de la tuer ! s'exclame Jérémy.

Silence du grand frère, long silence réfléchi. Puis, la sentence :

— Vous êtes des amours, tous les deux, vous venez de me faire la plus grande joie de ma vie... et maintenant foutez-moi le camp si vous ne voulez pas que je vous assomme sur place.

Il doit y avoir quelque chose de convaincant dans ma voix, parce qu'ils obéissent aussitôt, et sortent de la chambre à reculons.

222

*

— Mon pauvre vieux, ce n'est pas une famille que vous avez là, c'est un fléau naturel !

Le docteur Marty se marre doucement au bout du fil.

— La tête de mon confrère Berthold ! Disparition d'un de ses malades ! Il doit être en train de rassembler une conférence de presse d'autojustification, vous pouvez être tranquille !

Je le laisse un instant savourer cette petite jouissance professionnelle, puis je demande :

— Alors, qu'est-ce que vous en pensez, docteur ?

Il a toujours la réponse précise, le Marty.

— Je pense que d'un strict point de vue thérapeutique l'initiative de votre Jérémy se défend. Pour ce qui est de l'hôpital, ça pose bien sûr un problème administratif embêtant, mais c'est surtout vis-à-vis de la police que ça me paraît grave !

— La police ? Pourquoi, la police ? Vous allez prévenir les flics ?

— Non, mais votre Julie Corrençon a été amenée chez nous *par* la police. Vous ne le saviez pas ?

(Non, je ne le savais pas.)

— Non, je ne le savais pas. Il y a longtemps ?

— Une quinzaine de jours. Un jeune inspecteur venait de temps en temps s'asseoir à son chevet et il lui parlait comme si elle l'entendait — une bonne chose, d'ailleurs — c'est comme ça que je l'ai remarquée, dans cette chambre.

— Quinze jours de coma ?

(Ma Julie... quinze jours sans te réveiller. Mais qu'est-ce qu'on t'a fait, bon Dieu ?)

— Un coma entretenu, oui, pour éviter le choc du réveil, ce qui dans ce cas est une connerie, à mon avis.

Il faut maintenant qu'elle se réveille le plus vite possible.

— Il y a un risque d'accident ? Au réveil, je veux dire, le réveil peut mal se passer ?

— Oui. Elle peut faire une crise de démence, avoir des hallucinations...

— Elle peut mourir ?

— C'est là-dessus que nos avis diffèrent avec Berthold. Moi, je ne pense pas, elle est solide, vous savez !

(Oui, je sais, elle est solide, oui.)

— Vous passerez, docteur ? Vous passerez la voir ?

La réponse ne se fait pas attendre.

— Bien sûr, monsieur Malaussène, je vais surveiller ça de près, mais il faut d'abord régler le problème avec l'hôpital et mettre la police au courant, qu'elle n'aille pas s'imaginer qu'on planque un suspect ou quelque chose de ce genre.

— Qu'est-ce qu'on peut faire, pour la police ?

J'ai perdu les pédales, moi, je m'en remets complètement à ce type que je n'ai vu que deux fois dans ma vie : l'année dernière quand on lui a amené Jérémy coupé en morceaux et rôti comme un poulet, et le jour de la mort de Verdun. Mais c'est comme ça, la vie : si vous rencontrez un être humain dans la foule, suivez-le,... suivez-le.

— Je vais téléphoner à cet inspecteur Pastor, monsieur Malaussène, celui qui venait lui parler à l'oreille ; oui, je vais demander conseil à cet inspecteur Pastor.

30

— Entre, Pastor, entre mon gars, entre.

Nuit tombée, le bureau du divisionnaire Cercaire était éclairé a giorno, comme à n'importe quelle heure de la journée, par la même lumière homogène, de celles qui, sourdant à la fois des murs et du plafond, annulent les ombres, découpent froidement dans l'espace les contours de la vérité vraie.

— Pastor, je te présente Bertholet, Bertholet, voilà Pastor, le tombeur de Chabralle, tu te rappelles ?

Le grand Bertholet eut un bref sourire à l'adresse de l'inspecteur Pastor, debout là, dans son vieux pull de laine, plutôt timide, flottant dans la lumière ; vaguement mou même ; et, que cette reproduction en latex du Petit Prince ait arraché des aveux à Chabralle, ça, le grand Bertholet n'arrivait toujours pas à le croire.

— Alors Pastor, on a essayé de t'allumer ? Heureusement que le vieux Thian était là, à ce qu'il paraît.

Cercaire ne mettait aucune ironie dans cette constatation. Il se contentait de faire état du rapport des deux hommes qu'il avait sur place.

— Je n'ai même pas eu le temps de dégainer, dit Pastor, que tout était fini.

— Oui, fit Cercaire, j'ai déjà vu Thian tirer, c'est quelque chose. Qu'un si petit mec puisse manier avec une pareille rapidité de si gros calibres, franchement, ça me la coupe.

Puis, avisant la main bandée :

— Tu as morflé ?

— Un tesson de bouteille en tombant dans une poubelle, dit Pastor, blessure glorieuse !

— Faut un début à tout, mon gars.

La lumière, dans ce bureau, avait un autre effet. Venue de nulle part, elle annulait le temps. Un effet dont le divisionnaire avait appris à jouer sur les malfrats qu'il interrogeait. Pas de fenêtre dans ce bureau qui paraissait pourtant tout de verre. Pas d'horloge aux murs. Et pas de montre au poignet des flics qui pénétraient ici pendant un interrogatoire.

— Vous travaillez ? demanda doucement Pastor, j'aurais voulu vous prendre un peu de votre temps.

Le grand Bertholet eut un bref sourire. Il s'exprimait joliment, Pastor : la voix douce, et tout.

— Tout le temps que tu veux pour toi, petit.

— Un problème personnel, dit Pastor sur le ton de l'excuse, en regardant Bertholet.

— Casse-toi, Bertholet, mon grand, et dis bien à Pasquier de doubler les planques sur l'affaire Merlotti, je veux pas que ce rital de merde puisse couler un bronze sans que je le sache.

La porte se referma sur Bertholet porteur de consignes. C'était une épaisse porte de verre opaque, montée sur alu.

— Une canette, gamin ? demanda Cercaire. Ça a dû quand même te foutre les flubes, cette petite danse.

— Plutôt, oui, admit Pastor.

Cercaire tira deux bières du frigo mural, les décapsula, et en tendit une au jeune inspecteur en se laissant tomber dans le cuir blanc de son fauteuil.

— Assieds-toi, fils, et parle.

— J'ai quelque chose à vous montrer qui va vous intéresser.

226

La bière était de la bière : boisson sociale par excellence. Cercaire aimait Pastor. Il l'aima davantage encore quand Pastor eut posé devant lui une cartouche de 9 mm dont le plomb avait été limé en croix :

— Cette balle provient de l'arme qui a tué Vanini. Elle a été fabriquée artisanalement.

Le divisionnaire hocha longuement la tête en faisant tourner la balle entre son pouce et son index.

— Et tu as l'arme ?

— J'ai l'arme, j'ai l'assassin et j'ai le mobile.

Cercaire leva les yeux sur le jeune homme qui lui tendit une demi-douzaine de photos noir et blanc. On y voyait un Vanini efficace, matraquant à coup de poing américain des manifestants à terre. Sur l'une d'elles, le visage d'un des types éclatait. L'œil pendait hors de l'orbite.

— Où est-ce que tu les as dégotées ? J'ai perquisitionné chez tous les mecs de Ben Tayeb et je n'ai rien trouvé.

— Elles étaient chez Malaussène, dit Pastor. Cambriolage discret, précisa-t-il. Il n'a même pas dû s'apercevoir de ma visite.

— Et l'arme ?

— Pareil, dit Pastor, un P.38, vous aviez raison. Chez Malaussène aussi.

Cercaire regardait ce jeunot, assis en face de lui, le tombeur de Chabralle, qui lui apportait sur un plateau ce que lui-même et son équipe tout entière cherchaient depuis si longtemps.

— Qu'est-ce qui t'a mis sur la piste, petit ?

— Vous. Je me suis dit que vous aviez raison et que Ben Tayeb m'avait chambré. Je n'aime pas ça ; et puis j'enquête sur une fille que Malaussène a essayé de tuer, et ça m'a obligé à faire un détour sur votre terrain.

Cercaire approuva de la tête.

— Ensuite ?

Pastor eut un sourire embarrassé.

— Comme vous le savez sans doute par mon dossier, je suis riche. Un gros héritier, et je peux m'offrir à prix d'or les meilleurs indics qui soient, c'est-à-dire les moins corruptibles.

— Simon le Kabyle ?

— Par exemple. Et Mo le Mossi.

Cercaire but une longue gorgée de bière. Quand le dernier flocon d'écume se fut évaporé de sa moustache, il demanda :

— Et alors, comment tu vois l'histoire, en gros ?

— Simple, dit Pastor. Vous aviez raison sur Ben Tayeb, il fait bien dans la pharmacie. Mais la tête, c'est Malaussène, planqué derrière l'alibi de l'irréprochable chef de famille. Tayeb et lui ont eu une idée originale : déplacer le marché de la drogue des jeunes sur les vieux. Ils ont commencé par Belleville avec la ferme intention de s'agrandir un jour. Mais Vanini, auquel on pouvait reprocher tout ce qu'on voudra sauf d'être idiot — et qui avait d'autres moyens que moi, mais aussi efficaces, pour faire parler ses indics — a eu vent de la chose ; alors ils l'ont descendu. Voilà. Ou plutôt, Malaussène l'a descendu. Ils pensaient que vous ne feriez pas trop de foin tant que vous n'auriez pas mis la main sur les photos, trop compromettantes pour vos services.

Pastor vida son verre et conclut :

— Mais maintenant, les photos, vous les avez. Et les négatifs avec.

Le temps n'existait vraiment pas dans le bureau du divisionnaire Cercaire. Pastor n'aurait su dire combien de secondes s'étaient écoulées quand Cercaire lui demanda :

— Et tu viens m'offrir ça à moi, comme ça, sur un plateau, gratis...

— Non, dit Pastor, contre quelque chose.

— Je t'écoute.

L'inspecteur Pastor eut un sourire étonnamment enfantin.

— Contre une seconde bière.

Cercaire éclata d'un rire-cercaire et se retrouva devant son frigo. L'homme tournait le dos à Pastor, les entrailles lumineuses du miniréfrigérateur, encastré haut dans la bibliothèque d'alu, lui faisaient un torse en contre-jour, irisé de jaune, tandis que le reste du corps demeurait dans la luminosité vide du bureau. Cercaire tenait une bière dans chaque main et tournait encore le dos à Pastor quand celui-ci dit, d'une voix atone :

— Il ne fallait pas essayer de me tuer, Cercaire.

L'homme ne se retourna pas. Il restait là, les mains prises par ses bouteilles, la porte du réfrigérateur refermée, debout dans cette lumière intemporelle, parfaitement immobile, tournant le dos au danger.

Pastor eut un rire de franche gaieté.

— Retournez-vous ! Je ne suis pas en train de vous braquer ! Je dis simplement que vous n'auriez pas dû essayer de me faire descendre.

Le premier coup d'œil de Cercaire, quand il se retourna, fut pour les mains de Pastor. Non, il ne pointait pas d'arme sur lui. Longue et lente expiration.

— Je ne vous en veux même pas d'avoir essayé. Je suis juste en train de vous expliquer que c'était une erreur.

Quelque chose d'enfantin passa sur le visage de Cercaire.

— C'est pas moi ! dit-il.

Les enfants crient fort quand ils mentent. Plus fort encore quand ils disent la vérité. Pastor crut celui qui se tenait là debout devant lui.

— Ponthard-Delmaire, alors ?

Cercaire opina.

— Sa fille a laissé un mot qui t'identifiait avant de se balancer. Ponthard a voulu la venger. Je lui avais dit que c'était une connerie.

Pastor approuva par un long hochement de tête.

— Votre Ponthard ne fait *que* des conneries. Alors, on se les boit, ces bières ?

Enfin décapsulées, les bouteilles, en remplissant les verres, exhalèrent un long frémissement de plaisir.

— D'abord, buter un flic, c'est bête, non ?

Pastor posa la question en souriant à un Cercaire qui fit oui de la tête sans sourire.

— Ensuite, utiliser deux idiots pour le faire, c'est encore plus bête.

Le verre de Cercaire restait plein.

— Sans compter que ces deux-là — et je mettrais ma main au feu que ce sont les mêmes — ont déjà raté un premier contrat.

Pastor vit nettement deux oreilles se dresser *à l'intérieur* de la tête de Cercaire, le grand masque moustachu et musclé ayant, lui, retrouvé son impassibilité.

— La journaliste Corrençon, ils l'ont ratée, Cercaire. Ils l'ont droguée et balancée dans la Seine. Elle est tombée dans une péniche et ils ne s'en sont même pas aperçus !

— Les cons, lâcha Cercaire.

— C'est aussi mon avis. Et vous savez où ils l'ont balancée ?

Non de la tête.

— Le Pont-Neuf, juste en face de chez nous. Evidemment, quelqu'un les a vus. C'était la nuit où Vanini s'est fait descendre.

Pastor lâchait ses phrases une à une, leur laissant le temps d'imbiber la cervelle d'en face, qu'il sentait en plein exercice. Il y a des circonstances de la vie où l'homme ressemble effectivement à un ordinateur :

tout lisse à l'extérieur, mais clignotant des neurones avec frénésie. Quand Cercaire eut mesuré l'ampleur de ce qu'il venait d'apprendre, il adopta la seule solution jouable :

— Ecoute, Pastor, arrête ton cirque, tu veux ? Dis-moi plutôt ce que tu sais, comment tu l'as appris, et ce que tu veux. D'accord ?

— D'accord. J'ai commencé à enquêter sur le corps de cette fille jetée dans la péniche, qui est encore dans le coma aujourd'hui. J'ai découvert qu'elle était journaliste, et vu le genre des papiers qu'elle aimait faire, je me suis bien douté qu'elle avait mis le nez dans une histoire où quelqu'un voulait la faire taire. Jusqu'ici vous me suivez ?

Oui de la tête.

— En allant perquisitionner chez elle, j'ai rencontré un certain Malaussène qui se barrait en courant si vite qu'il a percuté le vieux Thian et lâché une série de photos dans le choc. C'étaient des clichés d'Edith Ponthard-Delmaire.

Un temps. Oui de la tête-Cercaire.

— Comme tout bon flic, j'ai fait mon stage aux stups et ce visage me disait quelque chose. J'ai consulté le fichier et constaté que vous aviez bel et bien arrêté cette fille en 80. J'ai donc pensé qu'elle avait repiqué au deal et que ces photos devaient constituer des preuves. Malaussène les apportait-il à la Corrençon ou venait-il de les faucher chez elle ? Voilà ce que je ne savais pas encore. Et là, vous m'avez aidé sans le savoir.

Coup d'œil du genre : moi ? Comment ?

— En me faisant cuisiner Hadouch Ben Tayeb. Vous étiez obsédé par la mort de Vanini. Vous vouliez la tête de Tayeb, absolument. Mais quand je vous ai dit que les médicaments périmés avec lesquels vous l'aviez piqué venaient d'une mairie et qu'ils avaient été

distribués à un petit vieux par une infirmière municipale lors d'une remise de décoration, vous n'avez pas
voulu me croire, vous vous rappelez ?

Oui de la tête qui commence à piger.

— Il y avait trop de précipitation dans votre refus.
Pourquoi ne veut-il pas croire ? Qu'est-ce que ça a de si
invraisemblable ? Je me suis dit que j'allais vérifier,
par curiosité. J'ai vérifié.

Un temps. Petite gorgée. La bière est bonne.

— Et j'ai découvert une chose étrange. Cette
médaille du cinquantenaire, ce matin-là, dans la Mairie du XIe, était offerte à un vieillard méritant par
Arnaud Le Capelier, Secrétaire d'Etat aux Personnes
Agées.

Sourcils attentifs ; sur le mode « Où veut-il en venir ?
Jusqu'où va-t-il aller ? »

— Or, sur une des photos lâchées par Malaussène, il
y avait Edith Ponthard-Delmaire en premier plan, et
Arnaud Le Capelier sur la tribune, au fond, vous
voyez ? Avec ses beaux cheveux lisses, bien partagés
par une raie médiane qui tombe pile sur l'arête de son
nez et la fossette de son menton.

(Ça va, ça va...)

— La suite a glissé toute seule. J'ai filé la petite
Edith pendant quelques jours. Elle se trouvait à toutes
les manifestations provieillards organisées (fonction
oblige) par le bel Arnaud, Secrétaire d'Etat aux
Personnes Agées. Très officiel, tout ça, très propre, tout
à fait insoupçonnable. Et chaque fois, elle séduisait
une brochette de petits vieux, et chaque fois un paquet
de gélules passait discrètement de son sac dans leurs
poches.

Silence, silence, et le temps suspendu dans la trans-
parente lumière de la vérité.

— Et pourtant, dit Pastor, sincèrement surpris, il y
avait au moins un flic, dans chacune de ces salles. Un

flic des stups, vous savez, loden vert, ou manteau de cuir. Sur le modèle du patron.

Le patron comprenait de mieux en mieux. C'était comme un château de cartes qui s'effondrait au ralenti.

— Je trouvais bizarre qu'ils ne la repèrent pas. D'autant qu'elle n'était pas d'une grande discrétion. Et puis, je me suis dit : à moins qu'ils soient là *pour la protéger*, cette enfant, pour lui éviter les risques du métier... Qu'est-ce que vous en pensez, Cercaire ?

— Ça va, continue.

— Je suis donc allé trouver Edith Ponthard-Delmaire, fort de ces hypothèses que je lui ai évidemment présentées comme des certitudes. Elle les a confirmées. Elle s'est mise à table. Elle a fait quelques difficultés pour signer sa déposition, mais j'ai une méthode, pour ça. Une méthode dont vous avez apprécié le résultat dans l'affaire Chabralle.

Plus un seul flocon de mousse dans la bière-Cercaire. Mais la bière stagnante toujours là, manquant tragiquement d'oxygène. Voix de Pastor :

— Avant d'aller trouver Edith Ponthard-Delmaire, j'ai fait un autre travail, très simple, administratif. Routine. Je voulais savoir de qui cette charmante enfant était la fille. Ponthard-Delmaire le père : architecte. Beau métier. Beaux discours, aussi. « Unité de l'homme et espace architectural »... c'est le titre d'une de ses conférences. « Que chaque appartement soit l'émanation rythmique du corps qui le hante » (sic). C'est beau, non ?

— Continue. (Le verre est plein, la voix est sèche.)

— Oui. J'ai téléphoné à la Ville de Paris. Au cadastre. Je me suis renseigné sur la nature des chantiers Ponthard-Delmaire dans la capitale. J'ai appris qu'il ne voulait pas défigurer Paris en construisant de nouveaux immeubles. (Ce dont on peut lui être reconnaissant quand on voit ce qu'il a fait de Brest et de

Belleville.) Non, son architecture à lui est de « mode-lage interne ». En d'autres termes, conserver les formes architecturales extérieures de Paris, et rénover l'intérieur des appartements acquis par une filiale du cabinet. J'ai répertorié ces appartements. 2 800, au total. (Pour l'instant.) J'ai cherché à connaître leurs précédents propriétaires. A 97 %, il s'agissait de vieillards solitaires, décédés à l'hôpital et sans famille pour la plupart. J'ai téléphoné à quelques hôpitaux et cherché à savoir de quoi ces vieillards étaient morts. Morts de démence, presque tous. En hôpital psychiatrique. Appartements vacants...

Cette fois-ci, le silence était bel et bien celui de l'éternité. Le jeune homme sans âge qui se tenait là était propriétaire du temps.

— Je résume ? demanda-t-il.

Silence, évidemment, silence.

— Bon ; je résume. Voici l'affaire dans toute sa simplicité : Paris abrite entre ses murs un nombre impressionnant de vieillards solitaires et sans espoir. Si l'on récupère les appartements de ces vieillards au plus bas prix et qu'on les rénove selon les normes de l'architecture la plus humaine qui soit : l'architecture intime Ponthard-Delmaire, et si on les revend au prix que justifie l'œuvre du maître, le bénéfice est de l'ordre de 500 à 600 %. Encore faut-il libérer les appartements. De quoi meurt un vieillard ? De vieillesse. Hâter cette vieillesse, lui faire prendre plus vite le virage final de la sénilité, est-ce un grand crime ? Discutable. Cela peut être aussi considéré comme une œuvre humanitaire. Voilà donc les consciences à l'abri et l'on peut enfin ouvrir les bourses du troisième âge au marché de la drogue. Je parle beaucoup. Je voudrais une troisième bière.

Un robot se lève. Un robot ouvre la porte du petit frigo. Un robot décapsule. Un robot se rassied.

— Cette reconversion du marché de la drogue de la jeunesse vers les vieillards est presque morale, et source d'énormes bénéfices. Clientèle insoupçonnable, protection du divisionnaire Cercaire, chargé de la répression des stupéfiants, bénédiction du Secrétariat d'Etat aux Personnes Agées, un marché en or. Les dealers ? Facile à recruter. Il suffit d'utiliser ceux qui sont déjà fichés et que l'on tient. Avec interdiction de repiquer à la came. Des gens sûrs. Comme Edith Ponthard-Delmaire, par exemple. Et les payer correctement. On a les moyens.

Toujours la même lumière silencieuse, et la vérité de plus en plus vraie.

— Et puis voilà qu'une journaliste vient mettre son nez dans ce commerce... C'est la première tuile.

Oui, une sacrée tuile, l'éternel foutu grain de sable.

— Voilà, dit Pastor. C'est tout ce que je sais. J'ai fini.

Il ne se leva pas. Il restait là, buvant sa troisième bière, comme un champion de rodéo devant le beau mustang noir, maté pour la vie.

— D'accord, Pastor. Qu'est-ce que tu veux ?

Il n'y eut pas de réponse, d'abord, puis, cette précision, utile.

— Mon patron Coudrier ne sait rien. Il est aiguillé sur la piste Malaussène pour l'assassinat de la Corrençon, pour le meurtre des vieilles et pour le trafic de drogue.

C'est beau de voir un visage se détendre. Rien de plus apaisant au monde que le spectacle du soulagement. Ce fut ce cadeau qu'offrit le divisionnaire Cercaire au jeune Pastor, là, assis devant lui, en s'exclamant :

— Putain, ma bière est chaude !

Nouveau voyage-frigo, aller-retour.

— Alors, petit, qu'est-ce que tu veux ?

— D'abord que vous cessiez de m'appeler « petit »,
il me semble que j'ai un peu grandi, ces derniers
temps.

Fin d'une idylle.

— D'accord, Pastor, qu'est-ce que tu veux ?

— Je veux 3 % sur tous les bénéfices. 3 %.

— Tu es fou ?

— Je suis lucide. 3 %. Et n'oubliez pas, je sais
compter, je gère très bien ma propre fortune, de mon
côté. Je veux un rendez-vous, demain, avec Ponthard-
Delmaire, et qu'on se mette d'accord à trois sur les
termes du contrat.

Une armée de comptables se mit en branle derrière
le front du divisionnaire.

— Ne comptez pas, Cercaire, je n'arrive pas sans
rien, de mon côté. J'ai une sacrée dot, même !
D'abord je vous tiens, et la vérité à 3 %, ça me
semble très bon marché. Mais surtout, je vous
apporte Malaussène, mouillable jusqu'au cou dans
tous les domaines, comme je vous l'ai démontré tout
à l'heure, assassin de Vanini, tueur de vieilles, dro-
gueur de vieux : le bouc émissaire rêvé. En plus, on
fera un heureux, il paraît que ce rôle est dans sa
nature profonde.

Sur quoi, téléphone.

— Qu'est-ce que c'est ? gronda Cercaire dans le
combiné.

— Oui, il est là.

Puis :

— C'est pour toi, Pastor.

Le téléphone passa de main en main.

— Oui ? dit l'enfant Pastor. Oui docteur, c'est moi,
oui. Non ? Pourquoi ont-ils fait ça ? Ah ! bien, je
comprends, oui, je comprends... non, elle n'est accu-
sée de rien, non, je ne pense pas que ce soit bien
grave. Oui, ça devrait pouvoir s'arranger... je vous en

prie docteur, il n'y a pas de quoi... non, non, je vous en prie... voilà, oui, bonsoir, docteur.

Raccrochage en douceur et longue rêverie souriante.

— Et je vous offre un petit cadeau en prime, Cercaire. Malaussène a fait enlever Julie Corrençon de l'Hôpital Saint-Louis où il estimait qu'elle était mal soignée. C'est sa petite amie, figurez-vous. Elle est chez lui, à présent. Et, si vous voulez mon avis, il serait excellent qu'elle y meure.

Dernier sourire. Cette fois-ci, il se leva.

— Mais cela aussi nous le réglerons demain, chez Ponthard-Delmaire. Vers quinze heures trente, ça vous va ? Et n'oubliez pas : 3 %.

31

La veuve Hô avait mal à l'épaule. La veuve Hô s'était fait transpercer le peu de gras qui enrobait encore son os et elle voyait là une grande injustice du sort. Si ce truand avait tiré quelques centimètres ailleurs, vers l'intérieur de son corps, il n'y aurait plus eu de veuve Hô, et la veuve Hô en eût éprouvé un grand soulagement. Au lieu de quoi, la veuve Hô restait là, tout entière présente dans cette épaule trouée, à regarder Belleville s'effondrer autour d'elle, à sentir monter de sa cage d'escalier l'odeur de pisse et de crottes de rats venue combattre, jusque sous son nez, les effluves de son propre parfum « Mille Fleurs d'Asie ». La veuve Hô regardait sans faim le couscous-brochettes du vieil Amar refroidir dans son assiette. La veuve Hô haïssait la petite Leila, qui s'en était retournée avec son dernier loukoum. La veuve Hô se savait injuste à l'égard de la petite fille, mais cette haine lui permettait de supporter la douleur de son épaule. La veuve Hô en avait assez d'être un vieux flic veuf, solitaire et raté. Elle s'en voulait d'autant plus que ce projet de déguisement était une idée à elle, très officiellement soumise à son supérieur estimé : le commissaire divisionnaire Coudrier. « Un appât, Thian ? Ce n'est pas une mauvaise idée. Je vous fais ouvrir un compte immédiatement, au nom de ?... de ? « Hô Chi Minh. » Thian n'avait aucune connaissance de son Indochine ancestrale, de son Vietnam, et c'était le premier nom qui lui était venu à l'esprit, avec celui du général Giap. Mais la veuve Hô n'avait pas voulu être la veuve Giap. La veuve Hô s'était enterrée sur un sommet, dans l'attente de celui qui aurait la charité de venir lui trancher la gorge. La moitié des appartements de l'immeuble étaient vides et condamnés, et le tueur n'était pas venu. Bourrée de Palfium jusqu'aux yeux (une sorte de coton chimique enrobait sa douleur d'une gaze imprécise), la veuve Hô était plus lucide que jamais. Elle s'était déçue elle-même, elle avait probablement déçu son chef, et pire, elle n'avait pas su donner l'exemple de l'efficacité à ce jeune inspecteur frisé qui partageait son bureau aux heures de la nuit où elle redevenait l'inspecteur Van Thian. La veuve Hô aurait aimé, par-dessus tout, s'offrir la considération de ce Pastor dont elle aimait la douceur hors d'époque, et qu'elle estimait pour sa droiture. Elle avait raté cela aussi. Et, ce soir, elle se retrouvait brusquement seule avec elle-même. Et avec le souvenir de sa trahison. Car, la seule chose que la veuve Hô eût réussie, ces temps derniers, ç'avait été de trahir un homme de bien, un Serbo-Croate à l'âme bleue, qui défendait les vieilles dames de Belleville avec plus d'abnégation qu'elle, et probablement plus d'efficacité. La veuve Hô avait laissé assassiner son amie Dolgorouki, sa voisine d'en face. Une sorte de Judas en robe thaï, voilà ce qu'était la veuve Hô.

La veuve Hô se mit à somnoler. Bientôt, par les interstices d'un rêve nerveux que déchiraient les esquilles de la douleur, elle revit l'image de sa mère que le Serbo-Croate avait ressuscitée, et celle, minuscule et souriante, de son père, flottant dans un nuage aux senteurs de miel. Puis elle vit un visage blond, une raie médiane tombant pile sur la fossette d'un menton rond. Ce visage-là témoignait au procès de ses parents, contre eux. C'était le visage poli du Secrétaire d'Etat aux Anciens Combattants, un tout jeune énarque qui savait de quoi il parlait quand il disait que cette fumerie d'opium clandestine était une injure aux anciens d'Indochine... il s'appelait... comment s'appelait-il ? il y avait du « chapeau » dans son nom, ou du « cellier ». Il était aujourd'hui Secrétaire d'Etat aux Personnes Agées... On avait envoyé les parents de la veuve Hô en prison, et l'inspecteur Van Thian n'avait su éviter cette catastrophe. Le père, le vieux Tonkinois de Monkaï, s'était dissous dans sa cellule. Son corps était si léger, quand Thian était allé le serrer une dernière fois dans ses bras, à l'infirmerie de la prison, qu'on eût dit un grand papillon mort. Et il était bien vrai que, de son vivant, les mains de cet homme avaient eu la chatoyante légèreté du papillon. Puis on avait libéré la mère, la veuve Louise désormais, et on l'avait envoyée, elle et ce qui lui restait de tête, se reposer définitivement dans un hôpital psychiatrique. Elle y était morte d'un excès de médicaments ingurgités frauduleusement dans l'armoire de la pharmacie, « pourtant cadenassée, monsieur, vous pouvez le constater vous-même ». Thian avait alors vendu l'entrepôt et, bien des années plus tard, on avait construit là cette sorte de terrain de golf qu'on aurait oublié dans un four, cette gigantesque cloque verte, omnisportive et vélodramatique. La veuve Hô ne cessait de pleurer les malheurs du veuf Thian dont elle abritait les secrets, et qui, outre ses parents, avait perdu sa femme, Janine la Géante, aux mains expertes à faire grandir démesurément ce qu'il avait de plus petit. Janine était morte. Incroyable, de la part d'une géante. « Il te reste tout de même Gervaise. » Sourire précaire dans les derniers mots de Janine. C'était vrai, il restait Gervaise, la fille laissée sur terre par la géante. Elle n'était pas de Thian, mais tout comme. On lui avait donné un nom rouge, pris dans un livre réputé rouge. Ça ne l'avait pas empêchée d'attraper la Foi, Gervaise. Elle avait aplati ses jolies boucles sous le voile. Petite sœur des pauvres. Comment peut-on attraper la Foi dans un monde pareil ? Pour Thian, le résultat avait été pire que la maladie mortelle de la géante. Plus de Gervaise. Entièrement dévouée à sa cause. Les héros n'ont pas de parents. A rabibocher les putes avec le bon Dieu dans un foyer de Nanterre. Pute, ç'avait été le métier de sa mère, Janine la Géante, jusqu'à ce que Thian tombe en adoration devant elle et foute en taule toute sa famille de maquereaux toulonnais. Des beaux-frères, des cousins qui juraient en corse qu'ils auraient la peau du petit flic jaune. Que dalle : en taule. Et si maintenant on faisait le bilan : les uns étaient morts, les autres encore en prison, Gervaise en Dieu, et la veuve Hô toute seule, avec en elle ce veuf raté, si seul lui-même qu'il ne lui tenait pas compagnie. Et la veuve Hô se surprit à prier à son tour. Un coup de pompe. Elle priait entre ses lèvres brûlantes. Mon Dieu, envoyez-moi l'égorgeur et qu'on arrête de rigoler. Envoyez-le et je vous promets d'endormir en moi le flic Van Thian. Je le débranche. J'annihile ses redoutables réflexes. Vous ne me croyez pas ? Tenez, voyez, mon Dieu, je sors mon Manhurin de sa cachette et je le décharge. Voilà. Je lance au loin le chargeur et au loin le calibre. Et maintenant, mon Dieu, je vous en supplie, envoyez-le-moi, mon libérateur.

Ainsi marmonnait-elle, en état, presque, de lévitation, pour la première fois de sa longue vie. Et, la Foi, comme chacun sait, soulevant les montagnes, quand elle rouvrit les yeux, il était là, debout devant elle, l'égorgeur de Belleville, pointant sur elle un Llama 27, celui-là même qu'il avait trouvé dans le sac de la veuve Dolgorouki. Il était entré par la porte que la veuve Hô laissait toujours ouverte dans l'attente de sa visite, il l'avait regardée un long moment marmonner des paroles incompréhensibles, et il avait patiemment attendu qu'elle rouvrît les yeux, pour jouir pleinement de sa victoire. Quand, finalement, elle avait entrouvert ses paupières rougies par la fièvre, il avait dit :

— Bonsoir, inspecteur.

Du coup, ce fut l'inspecteur Van Thian qui se réveilla. Assis en tailleur derrière la table basse, son premier réflexe fut de chercher la présence du Manhurin avec son genou. Pas de Manhurin. Et l'autre qui se tenait là, debout, braquant sur lui un Llama muni de son silencieux.

— Laissez donc vos mains sur la table, je vous prie.

Pas de Manhurin, bordel. Thian revit soudain la veuve Hô, dans son délire mystique, décharger l'arme, jeter le chargeur d'un côté — oui, il avait glissé là-bas, sous le buffet — et le flingue de l'autre. Nom de Dieu de nom de Dieu, la vieille pute ! Thian n'avait jamais haï personne comme la veuve Hô à cet instant-là. Il n'aurait jamais le temps de rassembler son artillerie avant que l'autre ne presse sur la détente. Sacrée vieille pute de veuve à la con ! Foutu. Il était foutu. Ce ne fut qu'après s'en être convaincu qu'il s'intéressa à l'identité de son visiteur. Alors c'était lui ? Incroyable... Il se dressait devant Thian, très debout, très vieux, une somptueuse auréole de cheveux blancs autour de sa sainte tête, l'apparition de Dieu le Père Soimême, attiré là par les prières inconsidérées de cette sale vieille conne de veuve Hô. Mais ce n'était pas Dieu le Père, c'était le plus camé de ses anges déchus ; c'était le vieux Risson, l'ancien libraire que la veuve Hô avait rencontré chez Malaussène.

— Je suis venu récupérer mon livre, monsieur l'inspecteur.

Le vieux Risson souriait, aimable. La façon dont il tenait le revolver, bien calé au creux de sa paume... oui, ce genre d'outils lui était familier.

— Vous l'avez lu ?

Il secouait le petit livre rose de Stefan Zweig, *Le joueur d'échecs*, qui gisait au pied du lit, d'où il était tombé sans que Thian l'eût ouvert.

— Vous ne l'avez pas lu, n'est-ce pas ?

Le vieillard secouait une tête désolée.

— Je suis aussi venu m'approprier les quelque trois ou quatre mille francs que vous avez brandis sous mon nez, l'autre jour, quand vous jouiez le rôle de la veuve fortunée, chez Malaussène.

Il eut un sourire réellement bon.

— Savez-vous que vous avez été la distraction favorite de la jeunesse bellevilloise, ces dernières semaines ? Un vieux flic travesti en veuve vietnamienne, tous ces jeunes gens ont voulu vous voir au moins une fois, pour pouvoir raconter ça à leur descendance.

Il parlait, mais le Llama 27 ne bronchait pas, braqué avec une grande sûreté.

— Mais le clou, ce fut tout de même cet après-midi, quand vous avez descendu ces deux truands. Là, vous avez gagné les galons de la Légende, monsieur l'inspecteur.

Du pouce, il arma le chien. Thian vit le barillet tourner d'un alvéole.

— C'est pourquoi il vous faut mourir, inspecteur. Ces gamins des rues vous aiment tel qu'ils vous ont vu cet après-midi. Vous laisser en vie plus longtemps, ce serait les décevoir. Il faut accéder à la légende.

Les balles étaient parfaitement visibles dans la chambre des alvéoles, comme autant de petits pénis dans leurs fourreaux. Thian pensa au bâton de rouge à lèvres de la veuve Hô, il lui faisait le même effet.

— Et c'est un service que je vous rends car, entre nous, vous êtes un flic plutôt médiocre, n'est-ce pas ?

Thian pensa que la situation justifiait assez cette opinion.

— Vous avez cru que Malaussène était capable d'égorger des vieilles dames ?

Oui, il avait cru ça.

— Quelle erreur ! Ce Malaussène est un saint authentique, monsieur l'inspecteur, probablement le seul de cette ville. Voulez-vous que je vous raconte son histoire ?

Il raconta. Il avait l'arme, donc il avait le temps. Il raconta pourquoi Malaussène l'abritait, lui Risson, et trois autres vieillards, de vieilles ruines droguées à mort par des récupérateurs d'appartements. Il raconta comment Malaussène et les enfants les avaient soignés, et guéris, comment cette incroyable famille leur avait redonné la raison et le goût de la vie, comment lui-même, Risson, s'était senti ressuscité par Thérèse, comment il avait trouvé le bonheur dans cette maison et comme il était transporté le soir, par la joie des enfants, quand il leur racontait des romans.

— Et c'est aussi pour cela que je vais être obligé de vous tuer, monsieur l'inspecteur.

Je vais me faire descendre parce que ce vieux cinglé raconte des romans à des mouflets ? Thian ne comprenait pas.

— Ces romans dorment dans ma tête. J'ai été libraire toute ma vie, voyez-vous, j'ai beaucoup lu, mais la mémoire n'y est plus tout à fait. Ces romans dorment et il me faut, chaque fois, les réveiller. Une petite piqûre est alors indispensable. C'est à cela que j'utilise l'argent de ces veuves incultes : pour acheter de quoi réveiller la Littérature dans mes veines afin d'illuminer l'esprit de ces enfants. Comprenez-vous ce bonheur, au moins ? Pouvez-vous seulement le comprendre ?

Non, Thian ne comprenait pas qu'on égorge des vieilles pour pouvoir raconter des histoires aux enfants, non. Mais ce qu'il comprenait parfaitement, c'est que cet homme à la toison blanche, dont les yeux commençaient à luire et la main à trembler, était le plus dangereux cinglé qu'il eût rencontré dans toute sa longue carrière de flic. « Et si je trouve pas une solution vite fait, il va me refroidir, ça fait pas un pli. »

— Ce soir, par exemple, continuait le vieux Risson, je vais leur raconter Joyce. Vous connaissez James Joyce, monsieur l'inspecteur ? Non ? Pas même de nom ?

Le chargeur du Manhurin sous le buffet, et le Manhurin lui-même, invisible, derrière le lit...

— Eh bien, je vais leur raconter Joyce ! Dublin et les enfants de Joyce !

La voix de Risson était montée d'un cran... il psalmodiait comme un prédicateur...

— Ils vont faire la connaissance de Flynn, le briseur de calice, ils joueront avec Mahonny autour de l'usine de vitriol, je leur ferai retrouver l'odeur qui planait dans le salon du prêtre mort, ils découvriront Evelyne et sa peur de se noyer dans toutes les mers du monde, je leur offrirai Dublin, enfin, et ils entendront comme moi le Hongrois Villona s'exclamer, debout sur le pont du bateau : « L'aube, messieurs ! »

La sueur perlait sous les cheveux blancs, la main tremblait de plus en plus, crispée autour de la crosse.

— Mais pour ressusciter cela avec toute la puissance de la vie, il me faut la Lumière, monsieur l'inspecteur, celle que votre argent va diffuser dans mes veines !

Thian n'entendit pas le « plop », mais fut conscient du choc qui le propulsa contre le mur. Il sentit sa tête rebondir et comprit que, brusquement dressé sur ses jambes, il plongeait en avant, dans l'intention absurde de désarmer l'autre. Il y eut alors un second choc, de nouveau le mur, l'éblouissant hurlement de son épaule déjà blessée, puis la nuit... Avec une dernière image, toutefois : celle d'un nourrisson gazouillant dans les bras d'une Vietnamienne sans âge.

32

Dès qu'il avait vu monter le grand vieux aux cheveux blancs, le petit Nourdine était sorti de sa cachette. Il avait jailli de la cage d'escalier et s'était mis à courir, courir cent fois plus vite que quand il coursait Leila et ses copines. Il s'arrêta au Koutoubia, chez Loula, aux Lumières de Belleville, chez Saf-Saf, à la Goulette, et partout il demandait — Sim le Kabyle, vous avez vu Sim le Kabyle ? Je veux voir Simon le Kabyle.

Il courait dans le grésillement des merguez, il traversait des nappes de menthe, il courait sans songer à voler de dattes aux étalages, il fit deux ou trois bonneteaux au fond de couloirs où les Noirs se dissolvaient dans l'obscurité, et ce fut dans cette nuit qu'il percuta les abdominaux de Mo le Mossi.

— Qu'est-ce que tu lui veux, à Sim ?

— Il me croyait pas, hurla le petit Nourdine, il me croyait pas quand je lui disais que le Rasoir c'était un vieux, il me croyait pas, mais il peut vérifier maintenant, le même vieux, avec les cheveux blancs, il vient de monter chez la veuve Hô.

— Chez le travelo ?

— Oui, chez le flic qui fait la veuve. Il y est monté, le vieux tueur, vous pouvez aller y vérifier que c'est lui, le Rasoir, vous verrez ! C'était lui aussi, chez la veuve Dolgorouki.

Mo le Mossi se retourna vers l'obscurité :

— Mahmoud, remplace-moi une minute, je reviens tout de suite.

Puis il prit le gamin par le coude.

— Allons-y, Nourdine, on va passer prendre Sim, et si tu nous as raconté des conneries, les merguez, on pourra les faire griller sur ton cul.

— Rien du tout, sur mon cul, ça fait quinze jours que je planque sous cet escalier pour le choper ! Le Rasoir, c'est ce vieux ! C'est pas un autre !

*

Ils interceptèrent le grand vieillard à la toison blanche au moment même où il sortait de l'immeuble. La fièvre dans ses yeux, le frémissement de sa peau, la sueur-miroir sur son visage, il n'y avait aucun doute, ce vieux était habité. Simon l'allégea du Llama 27 et l'entraîna dans la cave pendant que le Mossi bouffait les étages pour aller prendre la tension de la veuve Hô. Nourdine se coula de nouveau sous la cage d'escalier ; sentinelle.

Le vieux crut d'abord à des fournisseurs qui l'avaient repéré. Il exhiba son argent et tendit l'autre main. D'ordinaire, l'échange ne durait pas plus d'une paire de secondes. Cette fois, ce fut plus long. Simon le Kabyle repoussa l'argent, presque avec politesse. La cave sentait la pisse rance et le champignon de cuir. Un fauteuil spongieux tendait ses bras à la nuit. Simon y fit asseoir le vieillard.

— Tu veux ta dose, vieil homme ? Tu vas l'avoir.

Il sortit de son blouson une seringue longue

comme un cauchemar, une cuiller à semoule et un petit sachet de poudre blanche.

— Gratuitement.

Une ombre tomba au centre de la cave : c'était le Mossi redescendu de ses hauteurs.

— Il a buté le travelo.

D'un coup de dent, le Kabyle éventra le sachet. Il hochait lentement la tête.

— Un flic qui tombe à Belleville, vieil homme, c'est toute la jeunesse qui trinque. Pourquoi nous fais-tu ça ?

La réponse monta jusqu'aux jeunes gens, aussi stupéfiante que si le fauteuil s'était mis à parler tout seul.

— Pour sauver la Littérature !

Le Kabyle ne s'en émut pas. Un long filet de salive reliait ses incisives rieuses à la petite montagne de poudre qui pointait au fond de la cuiller. Furieuse, la poudre grésilla. Elle crachait comme un chat.

— Et toutes les vieilles que tu as tranchées, c'est aussi pour la littérature ?

Mo le Mossi croyait avoir tout entendu, pourtant, du Père Lachaise à la Goutte d'or.

— Pour toutes les littératures, la mienne, comme la tienne !

Le vieux était exalté, mais il ne cherchait pas à fuir. Il retroussait fébrilement sa manche. Sa voix montait, mais il restait sagement assis dans son fauteuil. La pâleur de son bras flottait dans la nuit.

— L'argent de ces vieillardes incultes a tiré de l'oubli des chefs-d'œuvre qui revivent maintenant dans de jeunes cœurs. Grâce à moi ! Le baron Corvo... connaissez-vous le baron Corvo ?

— Connais pas de baron, fit Mo le Mossi avec sincérité.

Simon avait plongé l'aiguille dans la petite montagne en fusion. Il n'avait jamais eu besoin de la lumière du jour pour travailler avec précision.

— Et connais-tu au moins Imru al Qays, prince de la tribu de Kinda, jeune homme ? Il est de ta culture, celui-là, de ta culture la plus ancienne, l'antéislamique !

— Connais pas de prince non plus, avoua Mo le Mossi.

Mais le vieux s'était mis à psalmodier, sans crier gare :

— *Qifa, nabki min dikra habibin oua manzili...*

Simon traduisit pour le Mossi, en repoussant doucement le piston de la seringue. Il souriait.

— *Arrêtons-nous, pleurons au souvenir d'une amante et d'une demeure...*

— Oui ! s'écria le vieillard dans un éclat de rire enthousiaste. Oui, c'est une des traductions possibles. Et dis-moi, toi, connais-tu la poésie de Mutanabbî ? Son dithyrambe de la mère de Saïf al Dawla, tu le connais ?

— Je le connais, oui, dit Simon en se penchant sur le vieux, mais je veux bien l'entendre encore, s'il te plaît.

Il venait de ligaturer le biceps du vieillard avec une lamelle de chambre à air. Il sentit les veines gonfler sous ses doigts. Il avait parlé avec douceur.

— *Nouidou l — machrafiataoua l — aouali...* récita le vieillard.

Simon enfonça l'aiguille en traduisant :

— *Nous préparons les glaives et les lances...*

Et il récita la suite en pressant sur le piston.

— *Oua taqtoulouna l-manounoubilla qitali.*

Le mélange de salive et de poudre blanche se rua dans la veine. Quand il atteignit le cœur, le vieux fut arraché de son fauteuil, propulsé dans l'espace. Il retomba aux pieds des deux garçons, les os brisés, recroquevillé sur lui-même, pareil à une araignée morte.

— Traduction ? demanda le Mossi.

— *Et voici que la mort nous tue sans combat*, récita le Kabyle.

*

Les yeux au plafond, allongé sur son lit de camp, Pastor avait laissé la nuit s'installer dans le bureau. « Je vais vendre le boulevard Maillot », décida-t-il. Il disait « le boulevard Maillot », comme s'il jouait au Monopoly, mais il s'agissait de la maison de Gabrielle et du Conseiller. « De toute façon, je n'ose plus y mettre les pieds. » « Je vais vendre le boulevard Maillot, et j'achèterai un petit truc rue Guynemer, qui donne sur le Luxembourg, ou près du Canal Saint-Martin, dans ces immeubles neufs... »

Il n'aurait même pas à retourner à la maison ; il passerait par une agence. « Ne t'embarrasse pas d'héritage sentimental, Jean-Baptiste, vends, bazarde, élimine, construis-toi du neuf... » Pastor allait satisfaire les derniers vœux du Conseiller. « Pour construire du neuf, je vais construire du neuf ! » « Et trouve-toi une Gabrielle. » « Ça, Conseiller, c'est une autre histoire... »

Pastor se demanda un instant s'il avait réellement joui de sa victoire sur Cercaire. Non. Où est donc le plaisir ? Puis, nouvelle apparition du Conseiller dans la tête de Pastor. Le Conseiller était assis dans le rayon oblique d'une fenêtre de la bibliothèque. Il tricotait son dernier chandail à Pastor. Il dissertait en comptant les mailles. « Ma Sécurité Sociale est déficitaire *par nature*, Jean-Baptiste, mais il se trouve qu'une bande de salopards forcent un peu cette nature. » « Et comment s'y prennent-ils ? » avait demandé Pastor. « Mon petit, ce ne sont pas les moyens qui manquent. Par des internements arbitraires, par exemple, surtout des internements de vieillards. As-tu une idée de ce que coûte à la collectivité un internement en hôpital psychiatrique ? » « Comment fait-on pour envoyer un vieux, sain d'esprit, finir ses jours dans un hôpital psy, Conseiller ? » « En le martyrisant, en le rendant alcoolique, en le surmédicalisant, en le droguant, ces salauds ont de l'imagination, va... » Puis, cette phrase. « Il y a un dossier à faire là-dessus. » Mailles comptées, les deux longues aiguilles avaient retrouvé leur paisible obstination. « J'ai posé le problème, il y a quelques mois, à la Commission de Contrôle, et si Gabrielle et moi n'avions pas décidé de nous suicider la semaine prochaine, j'aurais bien aimé mener cette affaire à son terme. » Gabrielle, justement, venait de pénétrer dans la bibliothèque. « Je lui évite une corvée, en somme », dit-elle. La maladie ne l'avait pas encore marquée. Mais il n'y avait plus de cigarette pendue à ses lèvres. « J'ai pourtant pris quelques notes, continuait le Conseiller, tu les trouveras dans mon secrétaire. » Puis : « Tends ton bras, s'il te plaît. » Pastor avait obéi et le Conseiller avait revêtu son bras d'une manche à laquelle il manquait encore quelques mailles. « Pour tout te dire, Jean-Baptiste, le petit Capelier — tu sais, le fils de mon ami Le Capelier, le sous-préfet — eh bien, il ne me paraît pas très *net*, ce garçon, comme dirait Gabrielle. » Pastor et le Conseiller s'étaient amusés à l'évocation d'Arnaud Le Capelier avec sa fossette, son nez droit, sa raie médiane, sa raideur de petit Grand Commis, et son immense respect pour le Conseiller. « Un cancre, dans son genre, disait le Conseiller, un énarque, mais sorti bon dernier de sa promotion. En tant que tel, il a d'abord été nommé aux Anciens Combattants où il a contracté une maladie incurable : la haine du vieux. Et voilà que maintenant ses amis politiques le nomment Secrétaire d'Etat aux Personnes Agées... » Le Conseiller secouait sa longue tête chauve : « Non, ce n'est certainement pas ce tout petit Capelier qui dénoncera les internements arbitraires de vieillards. »

Pendant que le Conseiller parlait, Gabrielle s'était armée d'une fine peau de chamois. Elle avait entrepris de lustrer le crâne de son homme. « Il faut que ça brille, que cela, au moins, fasse *net*. » Le crâne était pointu. Il se mit à luire dans le soleil couchant comme un pain de sel léché par un troupeau de chèvres. « Les structures sont une chose, disait le Conseiller, mais, si sûres soient-elles, reste le problème de la confiance. A qui peut-on faire confiance dès qu'il s'agit d'argent ? »

« A personne, Conseiller, à personne... » Pastor murmurait, dans la nuit de son bureau. Il s'était assis, tout au bout de son lit de camp. Il s'était recroquevillé sur lui-même. Il avait le menton sur les genoux. Et, par-dessus ses genoux, il avait tiré le dernier chandail du Conseiller, mailles distendues, jusqu'aux chevilles, comme font les jeunes filles rêveuses, ou les enfants maigres.

Comme souvent, quand Pastor était en conversation posthume avec le Conseiller, le téléphone sonna dans son bureau.

— Pastor ? Cercaire. Van Thian s'est fait buter. Le coup de fil anonyme qui vient de m'annoncer ça me dit qu'on trouvera l'égorgeur des vieilles dans la cave du même immeuble, buté lui aussi.

*

L'inspecteur Van Thian n'était pas mort. L'inspecteur Van Thian, dans sa robe de veuve ensanglantée ne valait guère mieux, mais il vivait encore. Il gazouillait étrangement. On eût dit une très ancienne nounou jouant avec un nourrisson. Au moment où on l'enfournait dans le ventre luminescent de l'ambulance, l'inspecteur Van Thian reconnut l'inspecteur Pastor. Il lui posa une question d'ordre médical.

— Dis voir, gamin, le *saturnisme*, qu'est-ce que c'est, au juste, comme maladie, le *saturnisme* ?

— Exactement ce que tu as, répondit Pastor : un excédent de plomb dans l'organisme.

*

L'égorgeur, lui, était bien mort. On le trouva au fond d'une cave suant l'urine fermentée. Contre toute attente, ce n'était pas un jeune homme, mais un vieillard à la crinière blanche. Son visage était atrocement violacé. Il était recroquevillé sur lui-même, comme ratatiné par un spasme de tout son corps. On trouva près de 3 000 francs dans sa poche, un Llama modèle 27, et un de ces rasoirs dont usaient les bons coiffeurs, du temps où les prix permettaient encore de faire la barbe. Cela rasait de près, cela s'aiguisait sur une courroie de cuir, cela s'appelait un sabre. Quant à savoir comment lui-même s'était fait tuer, ce fut le divisionnaire Cercaire qui émit le diagnostic :

— Une bonne giclée de soude. Où est la seringue ?

Un grand flic répondant au nom de Bertholet, dit : « Là, elle est là », et sa voix s'étrangla sous l'effet d'une terreur irrépressible. Toutes les personnes présentes portèrent leur regard sur l'endroit désigné par le grand inspecteur et crurent d'abord à une hallucination collective. Une grosse seringue de verre brisée, de celles qu'on utilisait jadis pour faire les prises de sang les plus copieuses, avait été jetée là. Et elle *bougeait*. Elle bougeait toute seule. Tout à coup, elle se dressa, pivota sur elle-même, et fonça sur les flics, aiguille en avant. Tout le monde reflua vers la sortie, à l'exception du jeune Pastor et du puissant Cercaire qui, d'un coup de talon, écrasa ce chevalier venu du fond de l'horreur pour un dernier tournoi. Attirée par le sang, une petite souris grise s'était tout bonnement introduite dans la seringue, la soude l'avait rendue folle et elle s'était mise à courir en tous sens sur ses pattes arrière.

33

Et le grand jour arriva. Je veux parler de ce fameux mercredi, le jour de ma rencontre, chez Ponthard-Delmaire, avec ces deux flics qui voulaient me faire porter le chapeau. Evidemment, à force de converger, il fallait bien que ça se termine par une collision. « Nous étions faits pour nous rencontrer », comme on dit. Eh bien, je tire de cette enrichissante expérience une de mes rares convictions : *Il vaut mieux ne pas être fait pour.*

*

J'avais passé la nuit auprès de Julia. Je m'étais glissé à côté d'elle avec un projet tout simple : la ressusciter. Les salauds qui l'avaient coincée lui avaient brûlé la peau à la cigarette. On voyait encore les traces. Elle ressemblait à un grand léopard endormi. Va pour un léopard, tant que ça reste ma Julia. Ils n'avaient rien pu changer au parfum de sa peau, rien à sa chaleur. Ils avaient dû cogner fort sur son visage, mais elle a un solide visage de montagnarde, ma Corrençon, et si ses pommettes étaient encore bleuies, elles n'avaient pas cédé au matraquage, ni la falaise de son beau front. Ils ne lui avaient pas cassé les dents. Ils lui avaient fendu les lèvres, qui s'étaient refermées et qui, dans son sommeil, me faisaient un sourire dodu, (« aimer, en argot espagnol, se dit « comer »). Ils lui avaient brisé une jambe que le plâtre statufiait jusqu'à la hanche, et l'autre cheville portait un anneau de cicatrices, comme si on l'avait mise aux fers. Pourtant, dans son sourire, il y avait une sorte de certitude goguenarde. Elle avait réussi son coup, ils n'avaient pas pu la faire parler. (Ma main au feu !) Elle avait dû finir son article et l'avait planqué quelque part. C'était ça que les plombards avaient cherché en dépiautant son appartement. Mais son sourire disait à ces cons qu'elle n'était pas une journaleuse à laisser traîner chez elle les brouillons d'une pareille affaire. *But where ?* Où as-tu caché tes papiers, Julia ? En fait, je n'étais pas trop pressé de connaître la réponse. Qui dit Vérité dit procès, qui dit procès dit témoignages, qui dit témoignages dit toute une armée de flics, de juges, et d'avocats occupés à secouer mes grands-pères par les pieds pour leur faire recracher tout ce que les enfants et moi avons eu tant de mal à leur faire oublier. D'un autre côté, laisser traîner l'affaire, c'est permettre à ces fumiers de shooter d'autres grands-pères, et mon appartement n'est pas assez grand ni ma vocation assez vaste pour abriter tous les vieux junkies de la capitale. Un aïeul par mouflet que fabrique maman, ça me paraît une proportion à ne pas dépasser.

J'étais donc allongé près de Julia, balançant entre ces pensées contradictoires, lorsque je choisis de les combattre par une résolution simple : ramener Julia au royaume des lumières. Pour ce faire, la connaissant comme je la connais, je savais qu'il n'y avait qu'un seul moyen : le coup du prince charmant. Oui, oui, je sais, c'est abuser honteusement de la situation, mais justement, notre plus grand plaisir à Julia et à moi, c'est d'abuser l'un de l'autre sans nous abuser nous-mêmes. Si elle m'avait trouvé à sa place, en ce moment, benoîtement comateux depuis une bonne quinzaine, il y a belle lurette qu'elle aurait « tout mis en œuvre » (comme disent les responsables) pour me redonner au moins la conscience de son corps admirable. Je la connais, va. J'ai donc décidé de l'aimer tout endormie, puisqu'elle est, éveillée, si aimable. Ce sont ses seins qui m'ont reconnu les premiers. Puis le reste a suivi (sage et lente progression du plaisir dont elle a le secret) et quand j'ai su que ma maison m'était ouverte, ma foi, j'y suis entré.

Nous y avons joué puis dormi ensemble jusqu'à ce qu'on vienne frapper des coups à la porte de ma chambre, ce matin, et que la voix de Jérémy se mette à beugler :

— Ben ! Ben ! Maman s'est réveillée !

Voilà le genre de choses qui m'arrivent à moi : je baise ma belle au bois dormant et c'est ma mère qui se réveille... Car Julia dort toujours, à côté de moi, pas l'ombre d'un doute. Oh ! bien sûr, je peux témoigner de l'éveil intérieur, mais le beau visage reste clos, avec aux lèvres ce même demi-sourire canaille que j'ai si finement analysé hier soir.

— Et puis, il y a autre chose, Ben !

— Qu'est-ce qu'il y a ?

— Le vieux Risson n'est pas rentré, cette nuit.

(Merde. Ça, je n'aime pas.)

— Comment ça, pas rentré ?

— Pas rentré du tout, son plumard pas défait, ni rien. Et on n'a pas eu d'histoire, hier soir.

Je roule hors du lit pour tomber dans mon froc, mes pieds rampent vers mes pompes, mes bras se glissent dans leurs manches. Voilà, je suis à peine réveillé que déjà *je pense*. Risson n'est pas rentré. Depuis que nous planquons les grands-pères, c'est la première fugue. Eux qui passaient leurs nuits à courir la dope et leurs journées à planer, ils ne nous ont jamais fait le coup de la fugue. Aucun. Sauf Risson, maintenant. Que faire ? Attendre ou partir à sa recherche ? Et comment le retrouver ? Pas question de prévenir les flics, bien sûr. Merde, Risson, merde, qu'est-ce qui te prend ?

— Eh ! Ben ? Tu t'es rendormi, ou quoi ?

Les coups redoublent à la porte. Si je n'y suis pas arrivé, Jérémy va bien réussir à réveiller Julia, lui.

— Je m'habille, Jérémy, je m'habille et je réfléchis ; va préparer le biberon de Verdun, et dis à Merlan de venir me faire la barbe.

*

La clinique des Gardiens de la Paix, boulevard Saint-Marcel, noire de murs mais fraîchement lumineuse à l'intérieur, a pour vocation de rapetasser tous les flics troués par balle, tranchés au couteau, brûlés dans les incendies, victimes de la route, et plus généralement de la vie de flic, dépressions nerveuses comprises. La clinique des Gardiens de la Paix abritait dans ses murs une vieille passoire dépressive, l'inspecteur Van Thian, dont Pastor n'aurait su dire s'il luttait contre la mort ou au contraire pour expulser de sa carcasse le peu de vie qui le maintenait dans ce lit.

— Je peux faire quelque chose pour toi, Thian ?

Les drains profondément fichés dans son corps, Thian ressemblait à un saint Sébastien qui aurait passé sa longue vie au poteau. Pastor ne lisait rien d'autre dans ses yeux que la satisfaction d'avoir enfin atteint la limite d'âge. Il se leva et fut surpris d'entendre encore une fois la voix du vieil inspecteur quand il eut atteint la porte.

— Gamin ?

— Thian ?

— Tout de même, oui, j'aimerais bien voir encore une fois cette fille : Thérèse Malaussène.

La voix de Thian sifflait. Pastor fit oui de la tête, referma la porte sur lui, parcourut un couloir d'éther et descendit le perron au bas duquel le divisionnaire Cercaire l'attendait, au volant de sa Jaguar personnelle.

— Alors ?

— Pas brillant, fit Pastor.

L'objet de collection démarra dans un souffle, glissa le long du boulevard de l'Hôpital en direction de la Bastille. Ce ne fut qu'après avoir franchi le pont d'Austerlitz que Pastor consentit enfin à troubler le beau silence du moteur.

— J'ai un nouveau petit cadeau pour vous, dit-il.

Cercaire lui jeta un bref coup d'œil. Depuis la veille, il avait appris à ne pas anticiper les révélations de son nouvel associé. Pastor eut un rire bref. Puis, il se tut.

Cercaire attendait maintenant au feu rouge qui ferme le goulet de la Roquette.

— Le tueur de vieilles habitait chez Malaussène, déclara Pastor.

Le feu passa au vert, mais Cercaire ne démarra pas. Sous l'effet de la surprise, le moteur, pourtant flegmatique, avait calé. Derrière, les klaxons s'exprimèrent. Cercaire se mit à torturer son démarreur sous l'œil amusé de son voisin.

— Je vois que vous mesurez tout le parti qu'on peut tirer de la chose, dit Pastor.

La Jaguar fit un bond en avant, laissant les klaxons sur place.

— Nom de Dieu, dit Cercaire, tu es sûr de ça ?

Il savait qu'avec un type comme Pastor, il serait désormais réduit à poser des questions inutiles.

— Thian vient de me l'apprendre. Malaussène abritait ce tueur chez lui, et il loge trois autres vieux camés.

Pastor souriait. Cercaire n'en revenait pas d'avoir pu

un jour juger ce sourire angélique. Il était partagé entre une admiration de potache, lui, le puissant Cercaire, comme s'il eût été assis à côté du Grand Sage, et une haine profonde, nourrie de peur. Il y avait quelque danger à s'associer à une pareille cervelle... Place Voltaire, Pastor eut un nouveau gloussement.

— Incroyable, la Corrençon et les vieux drogués sous son toit, il travaille pour nous, ce Malaussène !

Un temps :

— Et plutôt mieux que vous, Cercaire, non ?

(« Je te tuerai un jour, petit con. Il faudra bien qu'un jour tu fasses une erreur. Alors, je te tuerai. ») La violence de cette pensée coupa le souffle de Cercaire, puis elle se dilua en une merveilleuse sensation d'apaisement. Cercaire sourit à Pastor.

— Ça va, ta main ?

— Ça tire.

Ils fonçaient maintenant vers le portail du Père Lachaise. La Jaguar prit sur les chapeaux de roues le virage où quelques semaines plus tôt s'était envolé le manteau de Julie Corrençon. Une femme sans âge, à sa fenêtre, frappa de son index un front festonné de bigoudis. Peut-être, celle que Thian a cuisinée, se dit Pastor.

— Et Van Thian, qu'est-ce qu'il sait, au juste ? demanda soudain Cercaire.

— Quelques détails, des bribes, répondit Pastor.

Il ajouta :

— De toute façon, il ne passera pas la nuit.

Froid comme une lame, oui, pensa Cercaire. Je te tuerai avec plaisir, mon gars. Le moment venu, je ne te raterai pas.

Place Gambetta, la Jaguar trouva la rue des Pyrénées qu'elle gravit en trombe pour plonger à angle droit rue de la Mare et se couler dans une place libre, juste devant chez l'architecte Ponthard-Delmaire.

*

Il fallait retrouver Risson. A midi, j'ai envoyé la famille bouffer à droite et à gauche, les uns chez Saf-Saf, les autres aux Lumières de Belleville, et moi chez Amar. Mission : ne poser aucune question ; se contenter d'écouter Belleville. Pourquoi Belleville, d'ailleurs ? Pourquoi un personnage aussi distingué que Risson s'amuserait-il à fuguer dans mon Sud à moi ? Parce qu'on est censé y trouver de la dope ? Je vois mal mon vieux Risson faire la tournée des revendeurs d'ici pour les taper d'une dose. Et pourtant, pourtant, c'est bien l'idée qui me travaille. Il n'y a pas trente-six raisons de fuguer pour un ancien camé. A moins que Risson, par nostalgie, ne se soit laissé enfermer vivant dans une bonne grosse librairie, « la Terrasse de Gutenberg », par exemple, et qu'il y ait passé sa nuit à bouquiner. Faudra bien qu'il se ressource un jour où l'autre, non ? Sa culture romanesque n'est pas inépuisable. Il est peut-être en train de se farcir ce dernier bouquin dont on cause, *Le parfum*, de Süskind, pour le raconter ce soir aux enfants ? Arrête de déconner, Benjamin, arrête. Et s'il avait une copine, Risson ? Cette Vietnamienne-berceuse, par exemple ? J'ai eu comme l'impression qu'elle ne le laissait pas indifférent. Risson et la Vietnamienne... Benjamin, je t'ai dit d'arrêter, alors, arrête, tu veux ? Bon, je me suis obéi, j'ai arrêté. J'ai écouté. Et j'ai entendu qu'on avait buté la Vietnamienne, cette nuit. Ça m'a foutu un coup. Chagrin égoïste d'ailleurs, parce que ma première pensée a été qu'on ne retrouverait pas de sitôt quelqu'un capable de réduire Verdun au silence. Et puis, j'ai appris que la Vietnamienne était un Vietnamien (ce qui ne m'étonne pas de la part de Belleville) et que ce Vietnamien, flic, de surcroît, avait refroidi deux mecs quelques heures plus tôt, des méchants authentiques qui avaient défouraillé les premiers. Paraît même qu'il en a descendu un en plein vol. C'est Jérémy qui a récolté tous les détails, comme quoi touché à l'épaule, le Vietnamien aurait fait sauter son pétard de sa main droite à sa main gauche pour assaisonner le tueur volant comme au ball-trap. Eperdu d'admiration, le Jérémy ! Et dire qu'il y a quelques jours ce flingueur gazouillait avec Verdun dans ses bras et se faisait planifier par ma Thérèse... tout à coup, m'est venue une idée marrante : supposons que Risson en ait effectivement pincé pour ce qu'il croyait être une authentique « miss Sud-Est Asiatique », qu'il se soit pointé tout transi chez elle et qu'au moment crucial il ait découvert que sa super-chérie était une super-cherie... Il est assez romantique pour lui faire la peau, Risson. (Benjamin, pour la dernière fois, arrête !) Total, rien du tout. Aucune nouvelle de Risson. On est rentrés tête basse à la maison. Verdun dormait. Julia aussi. Mais pas le téléphone.

— Allô, Malaussène ? Vous n'avez pas oublié votre rendez-vous, j'espère ?

— Est-ce que je peux vous injurier, Majesté ?

— Si ça doit vous mettre en condition, ne vous gênez pas.

Elle est comme ça, la Reine Zabo. J'ai seulement dit :

— Non, je ne l'ai pas oublié, votre Ponthard-Delmaire ; j'y vais de ce pas.

*

— Vous avez tué ma fille.

Pastor soutenait un genre de regard qu'il connaissait bien. Ce gros Ponthard-Delmaire, qui faisait pousser les maisons sur la terre entière n'était pas seulement

263

un architecte. Ce n'était pas non plus un père éploré
— et il ne souhaitait même pas le paraître. Avant tout,
ce gros type assis derrière cet immense bureau de
chêne auquel il avait bizarrement donné la forme
enveloppante d'une matrice, ce gros type était un
tueur.

— Vous l'avez tuée, répéta Ponthard-Delmaire.

— Possible, mais vous, vous m'avez raté.

Une conversation « nette » (Pastor entrevit en un
éclair le visage bouclé de Gabrielle) dont les premiers
échanges prirent Cercaire au dépourvu.

— La prochaine fois, je ne vous raterai pas.

Le gros homme dit cela sans élever le ton. Il ajouta
en esquissant un sourire :

— Et j'ai les moyens de susciter d'innombrables
« prochaines fois ».

Pastor eut un regard las vers Cercaire :

— Cercaire, soyez gentil, expliquez à ce père ravagé
par le chagrin qu'il n'a plus les moyens de quoi que ce
soit.

Brève approbation de Cercaire.

— C'est vrai, Ponthard, ce jeunot qui n'a l'air de
rien nous tient par les couilles. Autant que tu t'en
persuades tout de suite, ça nous fera gagner du temps.

Le regard qui pesait sur Pastor se teinta de curiosité
incrédule.

— Ah ! oui ? Ce n'est pas en cuisinant Edith qu'il
aura appris quelque chose, en tout cas, elle ne savait
même pas que j'étais de la partie.

— En effet, dit Pastor. Et ça lui a flanqué un drôle de
choc quand je le lui ai annoncé...

Tremblement de graisse. A peine perceptible, mais
tremblement.

— Votre fille était une idéaliste, à sa façon, monsieur Ponthard-Delmaire. En vendant de la came aux
vieux, elle pensait se révolter efficacement contre son

vieux à elle, elle voulait ternir « l'image du père »,
comme on dit aujourd'hui. Quand elle a appris qu'en
fait vous étiez son employeur...

— Bon Dieu...

Il avait blêmi, cette fois-ci. Pastor enfonça le clou.

— Oui, Ponthard, c'est vous qui avez tué votre fille ;
moi, je n'ai été que le messager.

Un temps.

— Maintenant que ce problème est réglé, passons
aux choses sérieuses, voulez-vous ?

La maison était en bois. Rien de visible, dans
cette maison qui ne fût en bois. Toutes les essences,
toutes les teintes, toutes les chaleurs du bois dans une
ville de pierre. Une de ces idées abstraites d'architectes qui, prenant forme, donnent des maisons abstraites.

— Pastor a une proposition à nous faire, enchaîna
Cercaire ; et nous n'avons pas les moyens de la refu-
ser.

Sur quoi, deux coups discrets résonnèrent à la porte
du bureau qui s'ouvrit sur le vieux larbin au gilet
abeille. Lui aussi était couleur de bois.

— Monsieur, il y a là un M. Malaussène qui prétend
avoir rendez-vous avec Monsieur.

— Envoie-le se faire foutre.

— Non ! s'exclama Pastor. (Puis, digérant sa surprise, il ajouta :) Faites-le attendre.

Et, dans un grand sourire au larbin :

— Quant à vous, prenez donc votre après-midi,
ça vous fera le plus grand bien. N'est-ce pas, Ponthard ?

Le domestique interrogea son patron du regard. Le
patron eut un signe bref d'assentiment et un autre de
la main qui envoya l'abeille butiner Paris.

— On aura besoin de ce Malaussène tout à l'heure,

265

expliqua brièvement Pastor, et maintenant, comme je ne veux pas me répéter, vous allez écouter ça.

Des replis de son vieux chandail, il sortit un minuscule boîtier qu'il posa sur le bureau. Le petit magnétophone répéta fidèlement à Ponthard-Delmaire la conversation Pastor-Cercaire de la veille.

34

Et moi, pendant ce temps, comme un con, au lieu de prendre mes jambes à mon cou, ma famille sous le bras, et de courir me réfugier au fin fond de l'Australie, je poireaute dans la pièce d'à côté. Et bouillant d'impatience, encore ! Parce qu'avec Risson dans la nature, Julia dans le coltar, et Verdun en campagne, je me préfère chez moi qu'ailleurs. *En outre*, le numéro du grossium qui fait attendre pour qu'on prenne la mesure exacte de son importance, j'ai déjà donné. Trop souvent. Et puis je suis là pour me faire engueuler, non ? Le plus tôt sera donc le mieux. C'est comme les piqûres ces choses-là, plus on attend, plus ça fait mal. Avis à tous les apprentis boucs émissaires : un bon bouc doit aller *au-devant* de l'engueulade, bastonner sa coulpe avant même d'être accusé, c'est un principe de base. Se pointer avant le peloton, toujours, et lever sur lui une frime à faire enrayer les fusils. (Pour ça, il faut du métier : j'ai.)

Donc, au lieu de me tirer à toutes pompes, voilà que je me lève et que, le dos préalablement voûté, la bajoue subtilement tombante, le regard en écharpe, la lèvre inférieure tremblotante, et les doigts agités, je m'avance vers le bureau de Ponthard-Delmaire dans le but de lui avouer que son merveilleux ouvrage ne sortira pas à la date escomptée, que c'est ma faute, oui, ma faute à moi tout seul, que je suis impardonnable, mais néanmoins soutien de famille, que s'il fait du foin je serai viré, ce qui réduira les miens à la mendicité... et si, loin de le calmer, cette perspective l'enchante, la seconde face de mon disque professionnel lui criera : « Oui, oui, vous avez raison de m'enfoncer, je n'ai jamais rien valu, cognez plus fort, c'est ça, là où ça fait le plus mal, dans les couilles, oui, oui, encore ! » En général, quand la première face ne marche pas, la seconde désarme l'adversaire, il vous lâche enfin, de peur de trop vous plaire en vous massacrant. Dans les deux cas, le sentiment final est proche de la pitié ; pitié de l'âme : « Dieu que cet homme est malheureux et que mes problèmes sont dérisoires par rapport aux siens » ou pitié clinique : « Qu'est-ce qui m'a foutu un maso pareil ? N'importe quoi pour ne plus le voir, il me déprime trop. » Et si, entre les deux versions, j'arrive à caser à l'énorme Ponthard que de toute façon les Editions du Talion restent mieux placées que les autres pour sortir son bouquin vite fait, vu que nous le connaissons par cœur (tellement on l'aime), si j'arrive à lui sortir ça, j'aurai gagné la partie. Au fond, la Reine Zabo avait raison, les choses ne se présentent pas si mal.

Voilà exactement ce que je me dis, en posant la main sur la poignée de la porte, d'ailleurs entrouverte : *les choses ne se présentent pas si mal !* Et, comme je m'apprête à pousser franchement cette foutue porte, une exclamation hautement dissuasive me cloue sur place :

— Ces vieux camés sont chez Malaussène ?

— Deux sont déjà morts, répond une voix (que j'ai déjà entendue), ça fait qu'il en reste encore deux.

— L'un des deux morts est le tueur des vieilles de Belleville. Un certain Risson. Il les tuait pour se procurer de la came.

(Quoi ? Mon Risson à moi ? Dieu de Dieu, comment vont réagir les enfants en apprenant ça ?)

— Nom de Dieu, et moi qui les ai cherchés partout !

Celle-ci, c'est la voix de l'architecte. Elle ajoute :

— Je savais que la journaliste les avait récupérés, mais impossible de lui faire dire où elle les planquait !

Troisième voix, inconnue :

— C'est pour le lui demander que vous l'avez enlevée ?

— Oui, mais on n'a pas pu lui faire cracher le morceau. Une drôle de coriace. Pourtant, mes gars étaient des spécialistes.

— Vos gars étaient des minables, ils ont raté la fille, ils m'ont raté moi, et la façon dont ils ont fouillé l'appartement indiquait trop clairement qu'ils étaient du bâtiment. Une grave erreur, Ponthard.

C'est bizarre, l'Homme. A ce moment-là encore, j'avais l'occasion de me tirer en remerciant le bon dieu Hasard. Mais une des innombrables particularités qui distinguent l'homme de la bestiole, c'est qu'il en veut plus. Et même quand il a la quantité suffisante, c'est la qualité qu'il réclame. Les faits bruts ne lui suffisent pas, il lui faut aussi les « pourquoi », les « comment » et les « jusqu'où ». Tout en chiant dans mon froc, j'ai donc entrouvert davantage la porte pour embrasser la scène dans son ensemble. Trois types sont assis là-dedans. J'en connais deux : Cercaire, le grand flic tout cuir, aux moustaches en fourreau de sabre, et l'énorme Ponthard-Delmaire derrière son burlingue en forme de haricot géant. Je ne connais pas le troisième, un jeune mec dans un grand pull de laine, genre Gaston Lagaffe mais sur le mode tragique, à en juger par son visage ravagé. (Je le vois de profil, son œil droit est si enfoncé dans son orbite cernée de mort, que je ne saurais même pas en dire la couleur.)

— Ecoutez, Pastor, dit tout à coup Ponthard-Delmaire (Pastor ? Pastor ? Le flic Pastor ? Celui auquel a téléphoné Marty ?), comme dit Cercaire, vous nous tenez par les couilles, c'est une affaire entendue, on ne peut pas faire autrement que de traiter avec vous, d'accord, mais ce n'est pas une raison pour venir à domicile m'apprendre à faire mon boulot.

Moustaches de cuir tente la conciliation :

— Ponthard...

La réplique de l'énorme est sèche :

— Ta gueule, toi ! Ça fait des années que cette combine fonctionne à l'échelon national, Pastor ; si vous n'aviez pas eu le cul insensé de tomber sur le corps de cette fille, vous n'auriez rien pigé à rien, tout futé que vous êtes, alors un peu de modestie, s'il vous plaît ; n'oubliez pas que vous êtes tout jeune dans votre nouveau boulot et que vous avez beaucoup à y apprendre. Vous réclamez 3 %, va pour 3 %, c'est le prix juste pour un nouveau collaborateur de votre trempe, mais ne la ramenez pas trop, mon gars, si vous voulez faire longue route.

— Je ne veux plus 3 %.

Difficile de dire la stupeur où ces simples mots du jeunot à tête de mort plongent soudain les deux autres. C'est le grand flic en cuir qui réagit le premier. L'exclamation des exclamations :

— Quoi ? Tu veux davantage !

— Dans un sens, oui, répond le vieux pull de laine d'une voix complètement exténuée.

*

Pendant que le petit magnétophone déroulait sans heurt sa bande de mensonges et de vérités, un autre film était repassé sous les yeux de Pastor. « Mon Dieu, combien de fois faudra-t-il que je revive ça ? » Un appartement déchiqueté, avec la même et méthodique sauvagerie que celui de la journaliste Corrençon. Une bibliothèque d'éditions originales jetée à terre, tous les livres écartelés. La même façon professionnelle de sonder tous les creux de la maison... une obstination de machine. Mais sur les deux corps de Gabrielle et du Conseiller, c'était des fauves qui s'étaient acharnés. Pastor s'était tenu debout plus d'une heure devant la porte de leur chambre. On les avait tant torturés que la mort n'avait apporté aucun soulagement aux corps maintenant immobiles. Ils gisaient là, pétrifiés par la douleur et l'effroi. Pastor ne les avait pas reconnus, d'abord. « Je ne les reconnaîtrai plus jamais. » Il était resté là dans un effort désespéré pour recomposer le souvenir, mais la mort remontait à trois jours et l'on ne pouvait plus rien pour assouplir cette horreur. « Ils voulaient se suicider », ne cessait de répéter Pastor, « Gabrielle était malade, elle allait mourir, ils voulaient se suicider ensemble, et on leur a fait *ça*. » D'autres phrases suivirent : « On leur a pris la vie, on leur a volé leur mort, et on a tué leur amour. » Pastor était jeune, à l'époque, il croyait encore les phrases capables de réduire l'innommable. Il se saoulait de mots, de rythmes, debout dans l'encadrement de cette porte, comme un adolescent après sa première blessure d'amour. L'une de ces pauvres phrases s'accrocha plus particulièrement à lui : « ILS ONT ASSASSINÉ L'AMOUR. » C'était une phrase étrange, d'un romantisme désuet, comme sortie d'un livre en forme de cœur. « ILS ONT ASSASSINÉ L'AMOUR », mais cela s'était planté dans sa peau comme une ronce, et ça le réveillait la nuit, dans un hurlement rouillé, au bureau, sur son lit de camp : « ILS ONT ASSASSINÉ L'AMOUR ! » Les corps de Gabrielle et du Conseiller lui apparaissaient alors, comme s'il était encore debout sur le seuil de leur chambre. Il *voyait* ces corps qu'il ne reconnaissait plus, et il lui fallait se battre contre cette idée que l'amour ne peut pas résister à tout, que leur amour n'avait pas dû résister à *ça*. « ILS ONT ASSASSINÉ L'AMOUR ! » Il se levait, s'asseyait à son bureau, consultait un rapport ou sortait dans la nuit. L'air froid des quais chassait parfois la phrase. D'autres fois au contraire les deux corps suppliciés accompagnaient sa promenade qui devenait une fuite.

Les collègues de Pastor s'étaient chargés de l'enquête. Comme les bijoux de Gabrielle avaient disparu avec l'argent liquide que le Conseiller conservait dans un petit coffre mural, Pastor s'était empressé de souscrire à la thèse du cambriolage. Oui, oui, cambriolage, les tortures n'ayant été administrées que pour faire parler les deux vieillards. Mais Pastor savait qu'on les avait éliminés. Il savait pourquoi. Et un jour, il saurait qui. Les notes du Conseiller sur les internements arbitraires avaient disparu. Des notes techniques, incompréhensibles pour tout autre que des spécialistes. Pastor avait gardé l'information pour lui. Jardin secret. Jardin dévoré par un seul et gigantesque roncier : « ILS ONT ASSASSINÉ L'AMOUR ! » Un jour il extirperait cette ronce ; il retrouverait ceux qui avaient fait *ça*.

Ce jour était enfin arrivé.

*

— Alors, quoi, merde, Pastor, 3 % ne te suffisent plus ?

— Non. Je ne veux plus 3 %, et je ne vous livrerai pas Malaussène.

Le nommé Malaussène (moi-même), accroupi derrière la porte entrebâillée, en éprouve comme un soulagement.

— Qu'est-ce que c'est que ces histoires, Pastor ? Qu'est-ce que tu veux, au juste ?

Il y a de l'inquiétude dans la voix de Cercaire.

Inquiétude justifiée. Pastor sort une petite liasse de feuilles dactylographiées qu'il pose sur le bureau.

— Je veux que vous me signiez ces dépositions. Vous y reconnaissez votre culpabilité, ou votre complicité dans diverses affaires, allant du trafic de stupéfiants à l'assassinat aggravé de tortures, en passant par la tentative de meurtre, le trafic d'influences, et autres broutilles. Je veux vos deux signatures en cinq exemplaires, rien d'autre.

(Moi qui suis plutôt bavard, j'aime bien parler du silence. Quand le vrai silence s'installe là où on ne l'attend pas, on sent que l'Homme repense l'Homme de fond en comble ; c'est beau.)

— Ah ! oui ? dit enfin Cercaire, mezza voce, pour ne pas effrayer tout ce silence, tu veux qu'on signe ça ? Et comment tu vas t'y prendre, pour nous y forcer ?

— J'ai une méthode.

Pastor lâche cette petite phrase avec une extrême lassitude, comme s'il l'avait prononcée une centaine de fois.

— C'est vrai, s'exclama Cercaire, la fameuse méthode ! Eh bien expose-la-nous, mon gars, ta méthode, et si tu nous convaincs, on signera, c'est promis. Pas vrai, Ponthard ?

— Promis, fait le gros Ponthard en se calant à l'aise dans son fauteuil.

— Voilà, explique Pastor ; quand je me trouve en face de salauds dans votre genre, je me fabrique la tête que j'ai en ce moment, et je leur dis ceci : j'ai un cancer, j'en ai pour trois mois au plus, je n'ai donc aucun avenir, pas plus dans la police qu'ailleurs, dès lors le problème est simple : ou vous signez, ou je vous tue.

Re-silence.

— Et ça marche ? demande enfin Ponthard en lançant un coup d'œil goguenard à Cercaire.

— Ça a très bien marché avec votre fille, Ponthard.

(Il y a des silences qui lavent encore plus blanc. La large tronche de Ponthard-Delmaire vient de passer par cette lessive.)

— Eh bien, ça ne marchera pas avec moi, déclare Cercaire dans un grand sourire.

Trop ouvert, le sourire, car Pastor vient d'y enfoncer le canon d'un pétard sorti d'on ne sait où. Ça a fait un drôle de bruit en pénétrant dans la bouche du divisionnaire. Pastor a dû casser une ou deux dents au passage. La tête de Cercaire se trouve clouée au dossier de son fauteuil. Par l'intérieur.

— On va essayer, dit tranquillement Pastor. Ecoutez-moi bien, Cercaire : vous voyez ma tête ? J'ai un cancer, j'en ai pour trois mois au plus, je n'ai donc aucun avenir, pas plus dans la police qu'ailleurs, dès lors, le problème est simple : ou vous signez, ou je vous tue.

(A mon avis, ce gars a *vraiment* un cancer. Ce n'est pas possible une tête pareille.) Apparemment, le commissaire divisionnaire Cercaire ne fait pas le même diagnostic que moi. Après un temps d'hésitation, pour toute réponse, il se contente de dresser le médius de sa main droite et de le brandir sous le nez de Pastor. Lequel Pastor appuie sur la détente de son arme, et la tête du divisionnaire explose. Encore un mec transformé en fleur. Ça ne fait pas un bruit extraordinaire, mais ça tapisse en rouge toute la surface disponible. Il ne reste plus qu'une mâchoire sur les épaules de Cercaire, une mâchoire inférieure qui n'en revient pas d'avoir échappé au massacre, si j'en juge par son air d'intense stupéfaction.

Lorsque Pastor se relève, et laisse tomber l'arme sanglante sur le bureau de Ponthard-Delmaire, il a l'air plus mort que le mort, ce qui n'est pas peu dire. Ponthard, lui, est bien vivant. Avec la vivacité que lui autorise sa corpulence, il saisit le pistolet et entreprend d'en vider le chargeur sur Pastor. Seulement, vider un chargeur déjà vide, ça n'a jamais fait énormément de dégât. Pastor entrouve alors la veste de Cercaire, dégage son arme de service de son holster — un bel engin spécial divisionnaire, chromé, nacré et tout — et la pointe sur l'ample personne de l'architecte.

— Merci, Ponthard. J'avais besoin de vos empreintes sur ce P.38.

— Il y a les vôtres aussi, bredouille l'énorme.

Pastor montre sa main pansée, dont l'index a été soigneusement sparadrapé.

— Depuis hier soir, grâce à vos tueurs, ma main ne laisse plus d'empreinte. Alors, Ponthard, cette déposition, vous la signez, ou je vous tue ?

(Eh bien, c'est-à-dire, d'un côté il aimerait mieux ne pas signer, mais d'un autre côté...)

— Ecoutez, Ponthard, ne réfléchissez pas trop, les choses se présentent simplement. Si je vous tue, ce sera avec l'arme de Cercaire. Je l'appuierai quelque part du côté de votre cœur et vous vous serez entretués dans un corps à corps un peu brutal. Si vous signez, Cercaire se sera tout bonnement suicidé. Vous comprenez ?

(Les vrais problèmes ont toujours été posés par ce que l'on comprend trop bien.) Le siège sur lequel se laisse enfin tomber Ponthard-Delmaire semble avoir été spécialement conçu pour supporter le désespoir des obèses : il tient vaillamment le coup. Après avoir encore réfléchi une longue minute, Ponthard-Delmaire tend enfin une main résignée vers sa déposition. Pendant qu'il la signe, Pastor essuie soigneusement le canon et la crosse du P.38, replace dans le chargeur les balles manquantes, et place l'arme dans la main de Cercaire dont le médius peut enfin se replier.

Suite de quoi, routine administrative, Pastor

demande par téléphone à un certain Caregga d'aller appréhender le nommé Arnaud Le Capelier, à son domicile ou au Secrétariat aux Personnes Agées, s'il s'y trouve.

— Caregga, tu diras à cet Arnaud qu'Edith Ponthard-Delmaire l'a mouillé jusqu'au cou, que le père d'Edith, l'architecte, s'est mis à table et que le divisionnaire Cercaire s'est suicidé. Oui, oui, Caregga, suicidé... Ah! j'oubliais, dis-lui aussi que je l'interrogerai personnellement ce soir. Et si mon nom ne lui rappelle rien, précise-lui que je suis le fils adoptif du Conseiller Pastor et de sa femme Gabrielle; ça devrait éclairer sa mémoire, il les a fait assassiner tous les deux.

Un temps. Et, d'une voix très douce :

— Caregga, ne le laisse pas sauter par une fenêtre, ou avaler une boulette, hein? « Je le veux vivant », comme on dit dans les westerns. Je le veux vivant, Caregga, s'il te plaît...

(La douceur de cette voix... Pauvre Arnaud avec sa jolie raie médiane qui tranchait en deux la blonde motte de ses cheveux, pauvre Arnaud dévoreur de grands-pères...)

— Caregga? Envoie-moi aussi une ambulance ici et un fourgon. Et préviens le divisionnaire Coudrier de la mort de Cercaire, tu veux?

Clic. Raccrochage. Puis, sans même se retourner vers la porte derrière laquelle je n'ai pas perdu une broque du meurtre et de tout le reste :

— Vous êtes toujours là, monsieur Malaussène? Ne partez pas, j'ai quelque chose à vous rendre.

(A me rendre? Lui? A moi?)

— Tenez.

Toujours sans me regarder, il me tend une enveloppe kraft qui porte le nom de l'inspecteur VANINI !

— J'ai dû vous emprunter ces photos pour appâter

276

ces messieurs. Reprenez-les, elles pourront servir à votre ami Ben Tayeb. On va le libérer.

Je prends les photos du bout des doigts, et je m'esbigne vite fait, sur la pointe des pieds. Mais :

— Non, ne partez pas. Il faut que je passe chez vous, pour régler quelques détails.

35

— Et voilà, belle dame : c'est fini.

Pastor s'est agenouillé au pied du lit. Il parle à Julia comme si elle se contentait d'avoir les yeux fermés.

— Les méchants sont morts ou en prison.

Evidemment, Julia ne bronche pas. (Ce serait un comble !)

— Je vous avais promis de les arrêter, vous vous rappelez ?

La voix est douce. (Une vraie douceur, cette fois.) On dirait qu'il tend la main à une enfant tombée au fond d'un cauchemar.

— Eh bien voilà, j'ai tenu parole.

Toute la famille, rassemblée là, fond littéralement d'amour pour cet inspecteur angélique, qui fait si jeune, dont la voix est si apaisante...

— Dites-moi, belle dame, vous avez dû leur flanquer une sacrée trouille pour qu'ils commettent tant d'erreurs !

C'est pourtant vrai qu'il a l'air angélique à présent... Son visage s'est recomposé. Un visage plutôt rose et poupin où les yeux ne creusent pas de cavernes et dont les boucles ont cette légèreté propre aux cheveux des tout petits enfants. Quel âge peut-il avoir ?

— Eh ! bien, vous avez gagné votre bataille.

(N'empêche que moi, je l'ai bel et bien vu transformer un mec en fleur il n'y a pas plus d'une heure !)

— Grâce à vous, on y regardera deux fois avant de pratiquer de nouveaux internements arbitraires !

C'est une longue conversation, entre ces deux-là, on le sent. Elle, retranchée derrière l'énigme de son demi-sourire, et lui patient, parlant seul, non pas comme si elle était endormie, mais au contraire comme si elle était pleinement là, absolument d'accord avec lui. Tout cela rend une petite musique d'intimité qui m'empoisonne le sang.

— Oui, il va y avoir procès, les victimes que vous avez sauvées vont témoigner...

Le docteur Marty, venu soigner Julia à domicile tire une drôle de bouille. Il doit se demander si c'est une habitude maison de tenir des conférences aux moribonds et aux comateux.

— Mais il manque une pièce importante au dossier, belle dame...

(Pour tout dire, il commence à me les briser menu, ce tueur mondain, avec ses « belles dames » susurrées dans l'oreille sans défense de ma Julia.)

— Il me manque votre article, murmure Pastor en se penchant davantage.

Julius le Chien, tête penchée et langue pendante, donne l'impression d'assister à un cours un peu trapu pour lui. Sous l'effort de la concentration, on peut *voir* son odeur monter autour de lui.

— J'aurais besoin de comparer mon enquête à votre article. Vous n'y voyez pas d'inconvénient, j'espère ?

Et la conversation de prendre un petit tour professionnel.

— Il va sans dire que je ne communiquerai avec aucun autre journaliste, vous avez ma parole.

Faut voir la tête de maman et des filles : l'extase ! Des garçons : la vénération ! Des vieux : l'adoration des mages ! (Eh ! la famille, déconnez pas, ce mec vient de faire sauter le crâne d'un type sans plus d'émotion que s'il s'offrait une pastèque !)

— Et puis j'aimerais savoir autre chose, aussi.

Cette fois-ci, il est tout contre ma Julia.

— Pourquoi avez-vous pris tant de risques ? Vous saviez qu'ils vous avaient repérée, vous saviez ce qu'ils allaient vous faire, pourquoi n'avez-vous pas laissé tomber ? Qu'est-ce qui vous a poussée ? Il n'y avait pas que le métier, cette fois, n'est-ce pas ? D'où vous venait le besoin de défendre ces vieillards ?

Toute raide sur ses jambes raides, Thérèse a le froncement de sourcils professionnel ; si j'en juge par son regard, elle estime que ce gars-là sait y faire. Ma foi, la suite lui donne raison.

— Allons, dit Pastor un peu plus haut, avec une douceur suppliante, j'ai *vraiment* besoin de savoir. Où avez-vous caché votre article ?

— Dans ma voiture, répond Julia.

(Oui, parfaitement, vous venez de lire ce que je viens d'entendre : « Dans ma voiture », *répond Julia !*) « Elle a parlé ! », « Elle a parlé ! ». Exclamations de joie, précipitations tous azimuts, et moi tellement soulagé, tellement heureux, mais tellement anéanti par la jalousie que j'en reste sur place, comme si cette liesse ne me concernait pas. A peine si j'entends le docteur Marty me dire :

— Soyez gentil, Malaussène, quand j'aurai besoin d'un authentique miracle à l'hôpital, envoyez-moi quelqu'un de chez vous.

*

Elle parlait depuis longtemps, maintenant, elle avait une voix un peu hors du temps, elle parlait d'ailleurs, de très loin, ou de très haut, mais avec des mots bien à elle, les mêmes. Quand Pastor lui avait demandé où il pouvait trouver sa voiture, elle avait répondu avec cette bizarre voix de fée, un peu traînante :

— Vous êtes flic, non ? Vous devriez le savoir : à la fourrière, bien sûr, comme d'habitude...

Puis sont venues les explications sur les raisons de son acharnement dans cette lutte. Pastor avait eu raison : il n'y avait pas eu là qu'une obstination professionnelle. Chez Julia, le désir d'enquêter sur ces vieux drogués venait de plus loin. Non, elle ne connaissait aucun des patrons de la bande, ni l'architecte, ni le commissaire divisionnaire, ni le bel Arnaud Le Capelier. Elle n'avait aucun compte à régler avec qui que ce fût, si ce n'était avec Monseigneur l'Opium. Oui, en toute simplicité, avec Monseigneur l'Opium et tous ses dérivés.

*

Une vieille histoire, entre l'opium et Julie. Jadis, ils s'étaient disputé le même homme. Cela avait commencé dans son enfance (et c'est à pleurer, cette voix de petite fille qu'elle prend pour nous raconter ça, cette toute petite voix sortant de ce grand corps de femme-léopard).

Julie se revoyait dans les montagnes du Vercors, en compagnie de son père, l'ex-gouverneur colonial Corrençon, « l'homme des Indépendances », comme les journaux l'appelaient à l'époque, ou « le fossoyeur de l'Empire », c'était selon. Ils possédaient là, le père et la fille, une vieille ferme hâtivement retapée, « Les Rochas », où ils se réfugiaient le plus souvent possible. Julie y avait planté des fraisiers. Ils y laissaient pousser les roses trémières. « L'homme des Indépendances »... « le fossoyeur de l'Empire »... Corrençon avait été le premier à pouvoir négocier avec le Viêt Minh quand les massacres étaient encore évitables, et il avait été l'artisan de l'autonomie tunisienne, aussi, l'homme de Mendès, puis celui de de Gaulle quand il avait fallu rendre l'Afrique Noire à elle-même. Mais, pour la petite fille, il était « le Grand Géographe ».

(Couchée sur ce lit, entourée maintenant d'une famille qui n'est pas la sienne, Julie récite, de sa voix d'enfant.)

Elle récitait les noms de tous ceux qui étaient passés là, dans cette ferme des Rochas, et qui avaient fait l'indépendance de leurs nations. Sa voix d'enfant prononçait les noms de Farhat Abbas, Messali Hadj, Hô Chi Minh et Vô Nguyen Giap, Ybn Yûsuf et Bourguiba, Léopold Sedar Senghor et Kwame Nkrumah, Sihanuk, Tsiranana. Il s'y mêlait d'autres noms, aux consonances latino-américaines datant de l'époque où Corrençon jouait au Consul, sur le continent jumeau de l'Afrique. Les Vargas, les Arrães, les Allende, les Castro, et le Che (le Che ! Un barbu lumineux dont elle devait retrouver le portrait quelques années plus tard, accroché dans toutes les chambres de jeune fille).

A un moment ou à un autre de leur vie, la plupart de ces hommes étaient passés par les Rochas, dans cette ferme perdue du Vercors, et Julie se rappelait mot pour mot les conversations passionnées qui les opposaient à son père.

— Ne cherchez pas à écrire l'Histoire, contentez-vous de rendre ses droits à la Géographie !

— La géographie, répondait le Che, dans son éclat de rire, ce sont les faits qui se déplacent.

Le plus souvent, ces hommes étaient en exil. Certains avaient la police aux trousses. Mais, en compagnie de son père ils avaient tous la gaieté tapageuse des gars du bâtiment. Ils parlaient sérieusement, et soudain ils se mettaient à jouer.

282

— Qu'est-ce qu'une *colonie,* élève Giap ? demandait Corrençon, sur le ton de l'instituteur colonial.

Et Vô Nguyen Giap, pour faire rire la petite Julie, Vô Nguyen Giap, celui qui allait devenir le vainqueur de Diên Biên Phu, répondait, en imitant l'ânonnement de l'écolier :

— Une colonie est un pays dont les fonctionnaires appartiennent à un autre pays. Exemple : l'Indochine est une colonie française, la France est une colonie corse.

Une nuit d'orage, la foudre tomba tout près des Rochas. L'ampoule de la cuisine explosa, jetant des étoiles de feu exactement comme une fusée d'artifice. La pluie se mit à tomber comme si le ciel se vidait d'un coup. Il y avait là Farhat Abbas et deux autres Algériens dont Julie avait oublié le nom. Farhat Abbas s'était brusquement dressé, et s'était rué dehors, où, sous une tempête d'apocalypse, il s'était écrié :

— Je ne parlerai plus le français aux miens, je leur parlerai l'arabe ! Je ne les appellerai plus « camarades », je les appellerai « frères » !

Pelotonnée au pied de la cheminée, Julie écoutait ces hommes parler des nuits durant.

— Va te coucher, Julie, disait Corrençon, les secrets des Etats à venir sont encore plus secrets.

Mais elle suppliait de rester et il se trouvait toujours quelqu'un pour intervenir en sa faveur :

— Laissez votre fille nous écouter, Corrençon, vous n'êtes pas éternel.

Tous ces visiteurs étaient les amis de son père. L'exaltation de ces nuits était immense. Pourtant, quand ils quittaient la maison, le gouverneur Corrençon retombait sur lui-même, tassé, soudain. Il se retirait dans sa chambre et la maison se mettait à sentir le miel grillé, une odeur qui vous poissait le cœur. Julie faisait la vaisselle pendant la cérémonie solitaire de l'opium, puis elle se couchait. Elle ne retrouvait son père que tard le lendemain, la pupille dilatée, plus léger que l'air, plus triste.

— Je mène une drôle de vie, ma fille, je prône la liberté et je défais notre empire colonial. C'est exaltant, comme d'ouvrir une cage, et c'est déprimant, comme de tirer sur le fil d'un vieux chandail. Au nom de la liberté, je vais jeter des familles entières dans l'exil. Je travaille à l'hexagonie de l'Empire.

A Paris, il fréquentait une fumerie aujourd'hui remplacée par un vélodrome. La fumerie était tenue par une ancienne institutrice coloniale prénommée Louise et mariée à un minuscule Tonkinois que Corrençon appelait son « droguiste ». On ferma l'entrepôt de Gamay qui servait de couverture à ce couple et il y eut procès. Corrençon voulut témoigner en faveur de Louise et de son Tonkinois. Il fulminait contre les « anciens d'Indochine », responsables de l'action judiciaire.

— Des âmes de criminels avec une conscience de médailles pieuses.

Il devenait prophétique :

— Leurs enfants se piqueront pour oublier que leurs pères n'ont rien inventé.

Mais il était lui-même tellement marqué par la drogue, à cette époque, que les avocats de la défense le récusèrent.

— Votre visage témoignerait contre vos arguments, monsieur Corrençon, cela nuirait à nos clients.

C'est qu'il était passé de l'opium à l'héroïne, de la longue pipe à la froide seringue. Ce n'étaient plus ses propres contradictions qu'il traquait dans ses veines, mais celles du monde qu'il avait contribué à faire naître. A peine les Indépendances proclamées, la Géographie engendrait l'Histoire, comme une maladie incurable. Une épidémie qui laissait des cadavres.

Lumumba exécuté par Mobutu, Ben Barka égorgé par Oufkir, Farhat Abbas exilé, Ben Bella emprisonné, Ybn Yûsuf supprimé par les siens, le Viêt-nam imposant son histoire à un Cambodge vidé de son sang. Les amis de la maison du Vercors traqués par les amis de la maison du Vercors. Le Che, lui-même, abattu en Bolivie, avec, murmuraient certains, la complicité silencieuse de Castro. La Géographie indéfiniment torturée par l'Histoire... Corrençon n'était plus qu'une ombre trouée de mort. Il flottait dans le vieil uniforme de gouverneur colonial qu'il portait encore, par dérision, pour jardiner. Il cultivait les plans de fraisiers des Rochas pour que Julie, qui l'y rejoignait en juillet, y retrouvât les fruits de son enfance. Il laissait les roses trémières envahir le reste. Il jardinait parmi ses plantes folles, plus hautes que lui, son uniforme blanc battait sur son squelette, comme un drapeau follement enroulé autour de sa hampe.

C'est alors qu'un été l'idée absurde vint à Julie de sauver son père. Le raisonnement et l'amour n'y suffisant pas, elle choisit de l'effrayer. Elle revoyait encore l'aiguille qu'elle s'était, ce soir-là, plantée dans la saignée du coude, sachant qu'il allait rentrer d'un moment à l'autre, et la seringue déjà à moitié vide quand la porte s'ouvrit. Et elle entendait encore le hurlement de rage qu'il avait poussé en se jetant sur elle. Il avait arraché aiguille et seringue et s'était mis à la battre. Il la battait comme on se venge d'un cheval, avec toute sa force d'homme. Ce n'était plus une enfant. C'était une grande femme puissante, et journaliste, et baroudeuse, et qui s'était tirée de plus d'un coup dur. Elle ne se défendit pas. Non par respect filial, mais parce qu'une terreur inattendue la paralysait : *les coups qui pleuvaient sur son visage ne lui faisaient aucun mal !* Il n'avait plus de force. Sa main ne pesait plus le moindre poids. On aurait dit un fantôme cherchant à reprendre corps en étreignant un vivant. Il la battit tant qu'il put. Il la battait en silence, avec une sorte de rage consciencieuse.

Puis il mourut.

Il mourut.

Son bras s'immobilisa en l'air, comme en un geste d'adieu, et il mourut. Il tomba sans bruit aux pieds de sa fille.

*

Et maintenant, de sa voix de gamine, elle l'appelle. Elle dit : « Papa... » plusieurs fois. Le docteur Marty, qui supporte la police jusqu'à une certaine limite, écarte sans ménagement le jeune inspecteur Pastor, et fait à la grande enfant hallucinée la piqûre de l'oubli.

— Elle va dormir. Demain, elle se réveillera pour de bon, et vous êtes prié de lui foutre la paix.

IV

LA FÉE CARABINE

*C'était l'hiver sur Belleville
et il y avait cinq personnages.
Six, en comptant la plaque de
verglas.*

36

La ville avait baissé le son, et les doubles rideaux du divisionnaire Coudrier s'étaient ouverts sur la nuit. La dernière cafetière, laissée là par Elisabeth, était chaude encore. Assis droit sur une chaise Empire, l'inspecteur Pastor venait d'achever la seconde version de son rapport verbal. Elle était en tous points identique à la première. Mais, ce soir-là, l'esprit du divisionnaire Coudrier semblait la proie des brumes. Prise globalement, cette affaire lui paraissait des plus claires ; pourtant, dès qu'il en envisageait les détails, le divisionnaire Coudrier voyait l'ensemble se troubler, comme un lac d'une irréprochable limpidité dans lequel un farceur eût versé une seule goutte d'invraisemblance, mais fantastiquement condensée.

COUDRIER : Pastor, soyez gentil, prenez-moi pour un imbécile.

PASTOR : Je vous demande pardon, monsieur ?

COUDRIER : Expliquez-moi tout ça, je n'y comprends rien.

PASTOR : Vous ne comprenez pas qu'un architecte veuille récupérer des logements rénovables au plus bas prix pour les revendre au prix le plus élevé, monsieur ?

COUDRIER : Si, je peux comprendre ça.

PASTOR : Vous ne comprenez pas qu'un Secrétaire

d'Etat aux Personnes Agées puisse tremper dans un trafic d'internements arbitraires si ça lui rapporte suffisamment gros ?

COUDRIER : A la rigueur.

PASTOR : Vous ne comprenez pas qu'un divisionnaire, spécialiste des stupéfiants, se fasse marchand de drogue pour s'offrir une retraite dorée ?

COUDRIER : Ça s'est déjà vu, si.

PASTOR : Et que ces trois-là (le divisionnaire, le Secrétaire d'Etat et l'architecte) unissent leurs efforts et partagent leurs bénéfices, cela vous paraît invraisemblable, monsieur ?

COUDRIER : Non.

PASTOR : ...

COUDRIER : Ce n'est pas cela. C'est une foule de minuscules détails...

PASTOR : Par exemple ?

COUDRIER : ...

PASTOR : ...

COUDRIER : Pourquoi cette vieille dame a-t-elle tué Vanini ?

PASTOR : Parce qu'elle était trop rapide, monsieur. Un certain nombre de nos collègues sont mis à pied chaque année pour la même raison. C'est pourquoi je propose de ne pas l'inquiéter, maintenant qu'elle est désarmée.

COUDRIER : ...

PASTOR : ...

COUDRIER : Et cette jeune fille, Edith Ponthard-Delmaire, la fille de l'architecte, pourquoi s'est-elle suicidée ? Qu'un Cercaire se tue face à la défaite, c'est compréhensible (voire même souhaitable), mais je n'ai jamais vu un dealer se jeter par la fenêtre parce qu'il était pris !

PASTOR : Elle n'était pas un dealer ordinaire, mon-

290

sieur. Elle trafiquait pour déshonorer un père qu'elle imaginait irréprochable. Or, elle a brusquement découvert qu'elle n'était que l'employée dudit père, et que pour déshonorer une pareille crapule il fallait se lever de bonne heure. Elle s'est tuée pour lui dire tout son mépris filial. Les jeunes gens cultivés font ça, depuis que la psychanalyse a inventé le papa.

COUDRIER : C'est vrai, il y a deux sortes de délinquants, aujourd'hui : ceux qui n'ont pas de famille, et ceux qui en ont une.

PASTOR : ...

COUDRIER : ...

PASTOR : ...

COUDRIER : Et puis, dites-moi, Pastor, si je ne m'abuse, vous avez démêlé cet imbroglio grâce à une photographie trouvée par hasard ?

PASTOR : En effet, monsieur, la photographie d'Edith Ponthard-Delmaire fournissant un vieillard en gélules d'amphétamines. Si vous ajoutez à cela que quatre affaires qui n'avaient apparemment rien à voir ensemble (le meurtre de Vanini, la tentative d'assassinat sur la personne de Julie Corrençon, le massacre des vieilles bellevilloises et le trafic de drogue à l'usage des vieillards) étaient étroitement liées, on peut dire que le hasard a travaillé à notre place.

COUDRIER : Mieux qu'un ordinateur, oui.

PASTOR : C'est ce qui fait la réputation romanesque de notre métier, monsieur.

COUDRIER : ...

PASTOR : ...

COUDRIER : Un petit rab de café ?

PASTOR : Volontiers.

COUDRIER : ...

PASTOR : ...

COUDRIER : Pastor, il y a une chose que je voulais vous dire depuis longtemps.

PASTOR : ...

COUDRIER : J'avais beaucoup d'estime pour le Conseiller votre père.

PASTOR : Vous l'avez connu, Monsieur ?

COUDRIER : Il a été mon professeur de droit constitutionnel.

PASTOR : ...

COUDRIER : Il faisait ses cours en tricotant.

PASTOR : Oui, et ma mère lui polissait le crâne à la peau de chamois chaque fois qu'il sortait.

COUDRIER : En effet, le crâne du Conseiller était luisant comme un miroir. Il nous le montrait parfois en disant : « *En cas de doute, messieurs, venez examiner ici le reflet de votre conscience.* »

PASTOR : ...

COUDRIER : ...

PASTOR : ...

COUDRIER : Tout de même... un monde où des Serbo-Croates latinistes fabriquent des tueuses dans les catacombes, où les vieilles dames abattent les flics chargés de leur protection, où les libraires à la retraite égorgent à tour de bras pour la gloire des Belles-Lettres, où une méchante fille se défenestre parce que son père est plus méchant qu'elle... il est temps que je prenne ma retraite, mon garçon, et que je me consacre tout entier à l'éducation de mes petits-fils. Il va falloir me remplacer, Pastor. D'ailleurs, vous semblez plus doué que moi pour comprendre les paradoxes de cette fin de siècle.

PASTOR : Il faudra pourtant que cette fin de siècle se passe de ma perspicacité, monsieur. Je suis venu vous présenter ma démission.

COUDRIER : Allons bon ! Vous vous ennuyez déjà, Pastor ?

PASTOR : Ce n'est pas cela.

COUDRIER : Peut-on savoir ?

PASTOR : Je suis tombé amoureux, monsieur, et je ne peux pas faire deux choses à la fois.

37

— Ils sont partis, Benjamin.

Thérèse m'annonce la nouvelle le plus froidement du monde. Thérèse, ma petite sœur clinique, me fend le cœur en deux, d'un joli coup de bistouri.

— Ils sont partis il y a une heure.

Clara et moi restons sur le pas de la porte.

— Ils ont laissé une lettre.

(Au poil. Une lettre où ils vont m'annoncer qu'ils sont partis. Au poil...) Clara me murmure à l'oreille :

— Tu ne vas pas me dire que tu ne t'y attendais pas, Ben ?

(Oh ! que si, je m'y attendais ! Mais d'où tiens-tu, ma Clarinette, que les malheurs prévus sont plus supportables que les autres ?)

— Allez, entre, on est en plein courant d'air !

La lettre est là, en effet, sur la table de la salle à manger. Combien de lettres, dans combien de films, sur combien de commodes, de guéridons, de cheminées, j'ai pu voir dans ma vie ? Chaque fois, je me disais : Cliché ! Bouh, le mauvais cliché !

Aujourd'hui, le cliché m'attend, bien rectangulaire, bien blanc, sur la table de la salle à manger. Et je revois Pastor agenouillé au chevet de Julia... C'est honteux de profiter d'une endormie ! Tout ce qu'il a dû lui déverser comme fausses promesses dans le conduit de l'oreille pendant qu'elle était sans défense... dégueulasse !

— Mon cœur saigne, Thérèse, t'aurais pas un sparadrap, quelque chose ?

(Je n'aurai jamais le courage d'ouvrir cette lettre...)

Clara doit le sentir, car elle s'approche de la table, prend l'enveloppe, l'ouvre (ils ne l'ont même pas collée), déplie, parcourt, laisse rêveusement tomber son bras, et voilà que de la petite neige de pacotille dégringole au ralenti dans son regard de jeune fille.

— Il l'a emmenée à Venise, au Danielli !

— Elle a enlevé son plâtre, pour l'occasion ?

C'est tout ce que je trouve à dire pour cimenter la brèche. (« Elle a enlevé son plâtre ? » J'estime que ça a de la gueule. Non ?) Peut-être... mais si j'en juge par le double regard que me lancent les frangines, ça ne doit pas être très clair. Visiblement, elles pigent pas. Puis, tout à coup, Clara comprend. Elle éclate de rire :

— Mais ce n'est pas avec Julia que Pastor est parti, c'est avec maman !

— Pardon ? Répète-moi ça, pour voir ?

— Tu as cru qu'il était parti avec Julie ?

C'est Thérèse qui vient de poser cette question. Elle ne rigole pas du tout, elle. Elle enchaîne :

— Et c'est comme ça que tu réagis ? Un homme s'en va avec la femme de ta vie et tu restes planté dans une porte ouverte sans bouger le petit doigt !

(Merde, l'engueulade !)

— Et c'est toute la confiance que tu as dans Julie ? Mais quel genre d'amoureux tu es, Ben ? Et quel genre de mec ?

Thérèse continue de dévider son chapelet de questions assassines, mais je suis déjà dans l'escalier, grimpant quatre à quatre vers ma Julie, bondissant vers ma Corrençon, tel l'enfant déjà pardonné, oui ma Thérèse, je suis un amoureux dubitatif, j'ai le palpitant qui doute. Et pourquoi on m'aimerait ? Pourquoi moi plutôt qu'un autre ? Tu peux répondre à ça, Thérèse ? Chaque fois, c'est un miracle quand je constate que c'est moi ! Tu préfères les palpitants musclés, Thérèse ? Les grosses pompes à certitudes ?

*

Bien des heures plus tard, Clara nous ayant apporté notre omelette au lit, bien des heures plus tard, Julius ayant nettoyé sa gamelle, Julie et moi léché nos assiettes, bien des heures plus tard, le cadavre de notre seconde Veuve Clicquot ayant roulé dans notre ruelle, bien des heures plus tard, corps et cœurs rassasiés, moulus, rétamés, lessivés, ma Julie (ma Julie à moi, bordel !) ma Julie demande :

— Alors, cette visite à Stojil ?

Et je m'entends répondre, avec le souffle qui me reste :

— Il nous a foutus à la porte.

*

C'est pourtant vrai, ça... Notre vieux Stojil nous a foutus à la porte, Clara et moi. Comme Pastor nous avait pistonnés, on ne l'a pas vu au parloir de la taule, mais direct dans sa cellule : une piaule miniature, encombrée de dictionnaires, au sol crissant de feuilles froissées.

— Soyez gentils, les enfants, faites passer la consigne : pas de visite au vieux Stojilkovicz.

Ça sentait l'encre fraîche, la gitane, la double sueur des pinglos et des neurones. Ça sentait le bon boulot de la tête.

— Pas une minute à moi, mes petits. Publius Vergilius Maro ne se laisse pas traduire en croate comme ça, et je n'en ai pris que pour huit mois.

Il nous poussait vers la porte.

— Même les arbres, là, dehors, ça me dérange...

Dehors, c'était le printemps. Ça bourgeonnait ferme à la fenêtre de Stojil.

— En huit mois, je n'aurai pas seulement fini de commencer.

Stojil debout dans sa cellule, des brouillons jusqu'aux genoux, rêvant d'une condamnation à perpète pour pouvoir traduire l'intégral de Virgile...

Il nous a foutus dehors.

Il a lui-même refermé la porte sur lui.

*

Beaucoup plus tard encore, après une seconde omelettre, une troisième Veuve et de nouvelles retrouvailles, c'est moi qui ai demandé :

— D'après toi, pourquoi Pastor est-il parti avec maman ?

— Parce qu'il attendait ça depuis toujours.

— « Ça » ? Quoi, « ça » ?

— Une apparition. D'après ce qu'il me disait quand j'étais dans les vapes, il ne pouvait tomber amoureux que d'une apparition.

— C'est de ça qu'il te parlait ?

— Il m'a raconté sa vie. Il m'a beaucoup parlé d'une certaine Gabrielle, qui aurait été l'apparition de son père à lui, le Conseiller Pastor.

*

— Alors, aujourd'hui, à part le départ de Pastor et de maman ?

— Thérèse est allée à la clinique des Gardiens de la Paix.

— Encore ?

— Je crois qu'elle a décidé de ressusciter le vieux Thian.

38

A la clinique des Gardiens de la Paix du boulevard Saint-Marcel, l'infirmière Magloire se sentait dépassée par le cas de l'inspecteur Van Thian. Les gardiens de la paix n'étaient jamais des malades de tout repos. Ils en voulaient à la paix de les avoir couchés sur un lit d'hôpital. Blessés par balle ou surinés à blanc, la plupart d'entre eux rêvaient d'une vengeance que le port de l'uniforme leur interdisait. Ils le savaient. Ils haïssaient la paix et cela aggravait leur mal. Jusqu'au moment où ils tombaient entre les mains de l'infirmière Magloire. Avec son quintal de bonne maternité, sa douceur de colosse, une sagesse ronronnante, l'infirmière Magloire était l'incarnation de la paix. La paix ainsi retrouvée, les gardiens guérissaient. Quand ils ne guérissaient pas, quand ils mouraient tout de même, c'était encore dans les bras titanesques de la paix. L'infirmière Magloire les berçait jusqu'à ce qu'ils fussent froids.

Cet inspecteur Van Thian, c'était une autre paire de manches. D'abord, il aurait dû mourir dès son admission. Un organisme si frêle et si troué, cela n'aurait pas dû faire un pli. Mais une force étrange maintenait l'inspecteur Van Thian en vie. Cette force, l'infirmière Magloire le comprit enfin, était de la haine à l'état pur. L'inspecteur Van Thian n'était pas seul dans son lit.

L'inspecteur Van Thian partageait son lit avec une veuve vietnamienne, la veuve Hô. Prisonniers du même corps, la veuve et l'inspecteur semblaient instruire le même divorce depuis une éternité. Chacun des deux désirait ardemment la mort de l'autre ; c'était ce qui les maintenait en vie.

Les horreurs qu'ils se faisaient subir, ces deux-là, l'infirmière Magloire n'avait jamais vu pire.

La veuve Hô reprochait, entre autres, à l'inspecteur Van Thian les longues nuits d'hiver passées à plonger son bras dans la mâchoire coulissante des distributeurs de billets. A l'entendre, c'était aussi dangereux que d'aller rechercher une alliance tombée dans la gueule d'un squale. Mais, le vieux flic ricanait, rappelant à la veuve le plaisir secret qu'elle avait éprouvé à secouer ses liasses de billets sous le nez du pauvre monde.

— Menteurg ! s'écriait la veuve, tsal' menteurg !

— Arrête de me casser les burnes, retourne vendre ton nhuok-mam à Cho Lon.

C'était aussi un fameux terrain de dispute, cela, leurs nationalités respectives... L'inspecteur Van Thian reprochait ses origines à la veuve, d'autant plus méchamment que celle-ci ne se privait pas de lui rappeler son manque total de racines.

— Et toâh ? D'oùg tiu eïs, toâh ? Tiu eïs de niull' parg ! Dje suis fierg, moâh, d'êtle de Tchoaleun ! (Ainsi prononçait-elle le nom de Cho Lon, le faubourg chinois de Saigon, quand il avait plutôt tendance à en faire un Cholon sur Marne.)

— Je suis né dans le pinard et je t'emmerde.

Mais cette réponse laissait Thian insatisfait. Le coup de la veuve avait porté. L'inspecteur sombrait dans une dépression de quelques heures qui reposait l'infirmière Magloire. Puis la discussion reprenait, sans crier gare.

— Pas la peine de tourner autour du pot, tu as bel et bien essayé de me faire buter.

— Tça, c'eï la meilleurgue !

Qui donc avait exposé la veuve Hô dans la rue pendant des semaines ? Qui donc avait laissé la porte de l'appartement ouverte jour et nuit, dans l'attente de l'égorgeur ? Qui avait obligé la veuve à tailler des bavettes aux camés les plus désargentés ? Qui avait eu l'idée de la transformer en appât alors qu'il n'avait pas été foutu de défendre sa propre voisine de palier ? Qui ? On ne traite pas ainsi un être humain !

— Et qui a déchargé le Manhurin ? C'est moi, peut-être ? Qui a prié le bon Dieu pour que l'autre se pointe et me fasse la peau ? Qui a balancé le chargeur d'un côté et le flingue de l'autre ?

La moindre de leurs conversations menait à une impasse. Elle détestait le couscous et, pendant des semaines, il l'avait gavée de couscous-brochettes. A quoi il répondait que l'effroyable puanteur de son parfum « Mille fleurs d'Asie » avait décuplé ses doses de tranquillisant.

— Les begtites bilules, tse n'eï pas moâh ! protestait-elle, tseï Dzanine !

Il grondait :

— Ne touche pas à Janine.

— Dzanine la dzeïante, c'eï elle, les begtites bilules !

Il répétait :

— Touche pas à Janine.

Mais elle sentait qu'elle tenait le bon bout.

— Elle eï morgte !

Alors, l'inspecteur Van Thian se jetait sur la veuve Hô, lui hurlait de se taire, et, finalement, arrachait à pleines poignées les innombrables tentacules qui ne cessaient de pousser de son corps pour aller se ficher là-haut, dans des flacons, ou là-bas, dans des machines clignotantes.

— Toi aussi, tu vas mourir !

Le sang jaillissait. Des petits bouts de peau s'envolaient. La sonnette d'alarme retentissait automatiquement et l'infirmière Magloire jetait sur le double corps de la veuve et de l'inspecteur toute l'autorité de son propre corps de Sumo. Puis elle demandait de l'aide. On réparait les dégâts. On épongeait le sang. On plantait de nouveaux drains. On rebranchait la vie. Et on sanglait le petit corps aussi solidement que s'ils eussent, en effet, été deux. Réduits à l'impuissance physique, l'inspecteur Van Thian et la veuve Hô se taisaient. Ils devenaient un moribond exemplaire. Ils ne se disputaient plus, même en pensée. Ils dormaient paisiblement. Calme, calme... Au point qu'on relâchait peu à peu l'étreinte des sangles, puis tout à fait. On rendait à la liberté ce corps qui, d'ailleurs, s'affaiblissait d'heure en heure et ne semblait plus capable du moindre geste. Mais, dans la pénombre de la chambre, un mauvais sourire se dessinait sur les lèvres de l'inspecteur Van Thian. Une sourire luisant d'arrière-pensées. Pur désir de nuire. Profitant d'une absence de l'infirmière Magloire, il murmurait :

— T'as vu tes seins ?

La veuve Hô ne comprenait pas tout de suite. Elle restait sur la défensive.

— Deux steaks hachés.

Elle ne relevait pas.

— Et tes fesses ? T'as vu tes fesses ?

Elle se taisait. Il murmurait.

— Liquides. T'as la fesse liquide.

La tension montait dans la pénombre.

— Une question que je me suis toujours posée...

Silence.

— Où sont tes épaules ? T'as pas d'épaules ?

Elle tenait bon. Il pilonnait, mais elle faisait le gros dos.

302

— Janine avait des seins, des fesses et des épaules. Janine ne vivait pas enfermée dans une bouteille de parfum. Janine sentait la femme. Janine était plantée dans la terre, elle ne s'envolait pas au moindre courant d'air. Janine était un arbre, Janine portait des fruits !

Elle ne s'attendait pas à cela. Elle supportait les injures, mais, comme toute femme, le nom de l'autre femme lui était une torture aussi insupportable que le nom de l'autre homme à tout homme.

— Janine...

L'une des machines sur lesquelles on les avait branchés se mettait à clignoter dangereusement, son aiguille oscillait aux abords d'une zone rouge vif. Puis une soupape sautait et la voix stridente de la veuve glapissait :

— Redzoins la dong, ta Dzanine !

Dans son petit poing crispé, les tubes arrachés ressemblaient à une moisson de soja. La sonnette d'alarme retentissait et l'infirmière Magloire faisait irruption avec un garçon de salle. Ils se jetaient sur le blessé qui se calmait aussitôt. Ils avaient l'impression de saucissonner un cadavre.

L'infirmière Magloire n'y comprenait rien. Preuve qu'elle avait encore à apprendre, après quarante ans de métier. Mais qui pourrait lui enseigner à calmer cette douleur ?

*

Ce fut une grande fille osseuse.

Elle pénétra dans la chambre du vieux flic jaune et fou un après-midi de crachin printanier. Elle s'assit toute raide au chevet du patient, sans plus d'effet sur lui que n'en avaient provoqué les autres visiteurs — un jeune inspecteur frisé perdu dans un chandail de grosse laine et une huile discrète, le divisionnaire Coudrier. Mais l'inspecteur Van Thian n'honorait pas ses visiteurs. Il ne répondait à aucune question, il ne rendait aucun regard. Quand la grande adolescente à la mine de déterrée se pencha sur ses sangles, il ne broncha pas davantage. L'infirmière Magloire ne comprenait pas quel genre d'autorité émanait de cette fille à la peau si sèche. La fille dénoua les liens de cuir, comme si elle eût été mandatée par Dieu le Père en personne et l'infirmière Magloire laissa faire. Quand elle eut libéré le corps de l'inspecteur Van Thian, la fille en frotta les poignets, longuement, massant le bras jusqu'à la saignée du coude, rétablissant on ne sait quel courant. Le fait est que les yeux du vieux policier, rivés au plafond, basculèrent enfin sur le côté et se posèrent sur la longue fille silencieuse. La fille n'eut aucun sourire pour ce regard de miraculé et ne posa aucune question au blessé. Elle se saisit seulement de sa main, qu'elle lissa du tranchant de la sienne avec une sorte de brutalité professionnelle. Quand la main fut parfaitement détendue, la fille y plongea son regard. Enfin, elle parla :

— La première partie du programme s'est donc réalisée. Vous avez été victime de saturnisme : dose excessive de plomb dans votre organisme.

Elle avait la voix de son corps : droite et sèche. L'infirmière Magloire en fut surprise, alors qu'elle-même avait la voix plutôt ronde. La fille continuait :

— Je vous disais que cette maladie a entraîné la chute de l'Empire romain, c'est exact. Par la folie. Le saturnisme rend fou. Exactement votre genre de folie. Les dernières générations des Césars ont passé leur temps à s'entretuer, entre maris et femmes, frères et sœurs, pères et fils, tout comme vous vous entretuez en ce moment avec vous-même. Mais on a extrait les balles de votre corps et vous allez vous en tirer.

Elle n'en dit pas davantage. Elle se leva sans prévenir et sortit de la chambre. Sur le pas de la porte, elle se retourna vers l'infirmière Magloire.

— Rattachez-le.

Elle revint le lendemain. Elle délia de nouveau le vieil inspecteur, le massa, lissa la paume de sa main, y plongea son regard et parla. Le blessé avait passé une nuit relativement paisible. L'infirmière Magloire l'avait entendu esquisser des embryons de disputes, mais ces bagarres intérieures étaient immédiatement étouffées par une autorité mystérieuse.

— Je vois que nous nous comprenons, dit la longue fille sèche sans la moindre entrée en matière. A partir d'aujourd'hui, vous entamez votre convalescence.

Elle parlait sans regarder le blessé. Elle s'adressait à la main. Elle massait des deux pouces les collines et les vallons de cette main, et c'était le visage de l'inspecteur qui devenait soyeux comme un cul de bébé. L'infirmière Magloire n'avait jamais rien vu de pareil. La jeune fille s'exprimait pourtant sans la moindre tendresse :

— Mais ce n'est pas encore tout à fait ça. Quand vous aurez fini de vous lamenter sur votre propre sort, nous pourrons parler sérieusement.

Ce fut la fin de la deuxième visite. Elle sortit sans demander qu'on rattachât le malade. Elle revint le jour suivant.

— Votre Janine est morte, dit-elle tout de go à la main ouverte, quant à la veuve Hô, elle n'existe pas.

Le blessé n'accusa aucun de ces deux coups. Pour la première fois depuis son admission à la clinique, l'infirmière Magloire le voyait concentré sur quelque chose qui se disait *hors* de lui.

— Mais ma mère s'est tirée avec votre collègue Pastor, et j'ai sur les bras un bébé qui a le plus grand besoin de vous, continua la visiteuse. C'est une petite fille. Cet imbécile de Jérémy l'a prénommée Verdun. Elle hurle dès qu'elle se réveille. Elle porte en elle tous les souvenirs de la Grande Guerre : une époque où on se croyait allemand, français, serbe, anglais, bulgare, et qui a fini en hachis parmentier dans les grandes plaines de l'Est, comme dirait Benjamin. Voilà ce que notre petite Verdun a sous les yeux, dès qu'elle les ouvre : le spectacle du suicide collectif perpétré au nom des nationalités. Il n'y a que vous qui puissiez la calmer. Je ne saurais expliquer pourquoi, mais c'est un fait, dans vos bras, elle cesse de pleurer.

Sur quoi elle disparut pour reparaître le matin suivant. Elle ne respectait pas l'horaire des visites.

— Et puis, dit-elle, il va falloir remplacer Risson pour raconter des histoires aux enfants. Après Risson, mon frère Benjamin n'est plus à la hauteur. Mais vous, vous pourrez remplir ce rôle. On n'a pas passé douze ans de sa vie à se raconter des histoires à soi-même, on n'a pas inventé le personnage de la veuve Hô sans devenir un excellent conteur. Et vos histoires ont ressuscité plus d'une fois l'inspecteur Pastor. A vous de choisir, donc : mourir ou raconter. Je reviendrai dans une semaine. Mais je vous préviens honnêtement : ma famille, il faut se la faire !

*

Ce à quoi assista l'infirmière Magloire pendant les sept jours qui suivirent tenait purement et simplement du miracle. Le blessé cicatrisait à vue d'œil. Il se mit à manger comme quatre dès qu'on lui eut enlevé les sondes. Les grands pontes défilaient à son chevet. Les étudiants noircissaient leurs calepins.

Le septième jour, vêtu dès l'aube, assis sur son lit, sa petite valise prête, il attendit la jeune fille maigre. Elle apparut à six heures du soir. Dans l'encadrement de la porte, elle dit :

— Le taxi nous attend.

Il sortit sans même s'appuyer à son bras.

39

« C'était l'hiver sur Belleville et il y avait cinq personnages. Six, en comptant la plaque de verglas. Sept, même, avec le chien qui avait accompagné le Petit à la boulangerie. Un chien épileptique, sa langue pendait sur le côté. »

Et chez nous, c'est la nuit. Clara vient de déposer le cachemire sur la petite lampe qui diffuse sa lumière rasante dans la chambre des enfants. Les pyjamas et les chemises de nuit sentent la pomme fraîche. Les charentaises se balancent dans le vide. Assis sur le tabouret de Risson, Van Thian raconte. La petite Verdun, pénarde, dort, dans ses bras. Les yeux des enfants ne sont pas partis en voyage tout de suite. Ils épiaient le vieux flic. Ils l'attendaient au tournant. Qui est-ce, ce mec qui prétend pouvoir remplacer Risson ? Round d'observation. Mais le vieux Thian n'est pas du genre à s'émouvoir. Et puis il a la voix de Gabin. Ça aide.

— Je vais vous raconter l'histoire de la fée Carabine.

Voilà ce qu'il a annoncé.

— C'est la fée qui transforme les mecs en fleurs ? a demandé le Petit.

— Tout juste, a fait le vieux Thian. (Il a ajouté :) Faites gaffe, c'est une histoire où chacun de vous joue un rôle.

— J'ai passé l'âge des fées, a dit Jérémy.

— Y a pas d'âge, a répondu Thian.

Depuis, il raconte.

Posée sur mes genoux, la tête de Julie pèse le bon poids des retrouvailles.

Les yeux des gosses ont enfin lâché Thian. Ils se sont envolés. Et quand, à la fin du premier chapitre, la vieille dame à l'appareil acoustique se retourne pour flinguer le blondinet, c'est le sursaut général. Suivi du beau silence : la surprise qui retombe en douceur.

Mais Jérémy a décidé de faire sa mauvaise tête. Quand tout le monde est remis sur pied, il dit :

— Y a quèque chose qui cloche.

— Qu'est-ce qui cloche ? demande Thian.

— Ce blondinet, là, ce Vanini, c'est un sale con de raciste, hein ?

— Oui.

— Il casse la tête aux Arabes avec son poing américain, non ?

— Si.

— Alors pourquoi t'en fais un marrant ?

— Un marrant ?

— Quand il pense que la plaque de verglas a une forme d'Afrique, quand il pense que la vieille est arrivée jusqu'au milieu du Sahara, qu'elle pourrait couper par l'Erythrée ou la Somalie mais que la mer Rouge est affreusement. gelée dans le caniveau, c'est plutôt des idées poilantes, non ?

— Plutôt, oui.

— C'est ça qui cloche, parce qu'un fumier pareil peut pas avoir des pensées aussi rigolotes.

— Ah ! non ? Pourquoi ?

(Ouh-là, je sens qu'on est embarqué dans un débat de fond...)

— Parce que !

Devant la puissance de l'argument, Thian réfléchit. C'est une chose de savoir raconter, c'en est une autre de modifier les convictions de Jérémy.

Silence.

Qu'est-ce qu'il va sortir ? Un discours subtil sur l'ambivalence humaine, comme quoi on peut être le dernier des salopards et ne pas manquer d'humour pour autant ?

Silence.

Ou bien un plaidoyer sur la liberté du créateur, liberté qui consiste, entre autres, à flanquer les pensées que l'on veut dans les caboches de son choix...

Mais non. Comme tous les grands stratèges, le vieux Thian opte pour une troisième voix : l'inattendue. Il jette sur Jérémy un regard sans émotion, qui prend toute la mesure du môme, puis sa voix à la Gabin prononce paisiblement :

— Ecoute voir, p'tite tête, si tu continues à me les briser, je donne la parole à Verdun.

Sur quoi il élève Verdun à bout de bras, dans la lumière vague de la chambre, bien en face de Jérémy. Verdun ouvre des yeux de braise, une bouche comme un cratère, et Jérémy hurle :

— NOOOON ! Raconte, oncle Thian, la suite, bordel, LA SUITE !

DU MÊME AUTEUR

Aux Éditions Gallimard

AU BONHEUR DES OGRES, *Folio n° 1972.*

LA FÉE CARABINE, *Folio n° 2043.*

LA PETITE MARCHANDE DE PROSE (Prix du Livre Inter 1990), *Folio n° 2342.*

COMME UN ROMAN, *Folio n° 2724.*

MONSIEUR MALAUSSÈNE.

MONSIEUR MALAUSSÈNE AU THÉÂTRE.

Aux Éditions Gallimard-Jeunesse

KAMO ET L'AGENCE BABEL.

L'ÉVASION DE KAMO.

KAMO ET MOI.

L'IDÉE DU SIÈCLE.

Aux Éditions Hoëbeke

LES GRANDES VACANCES, en collaboration avec Robert Doisneau.

LA VIE DE FAMILLE, en collaboration avec Robert Doisneau.

Aux Éditions Nathan

CABOT-CABOCHE.

L'ŒIL DU LOUP.

Aux Éditions Centurion-Jeunesse

LE GRAND REX.

Aux Éditions Futuropolis

LE SENS DE LA HOUPPELANDE.

Aux Éditions Grasset

PÈRE NOËL : biographie romancée, en collaboration avec Eliad Tudor.

Chez d'autres éditeurs

LE TOUR DU CIEL, Calmann-Lévy et Réunion des musées nationaux.

COLLECTION FOLIO

Dernières parutions

Impression Bussière Camedan Imprimeries
à Saint-Amand (Cher),
le 16 septembre 1996.
Dépôt légal : septembre 1996.
1er dépôt légal dans la collection : mars 1989.
Numéro d'imprimeur : 1/2165.

ISBN 2-07-038131-5./Imprimé en France.

79578